BEAUCOUP D'AMOUR
ET QUELQUES CENDRES

Du même auteur

La Chambre des merveilles,
Calmann-Lévy, 2018

La vie qui m'attendait,
Calmann-Lévy, 2019

Les Étincelles,
Calmann-Lévy, 2020

Vers le soleil,
Calmann-Lévy, 2021

Merci, Grazie, Thank you,
Calmann-Lévy, 2022

Les Extraordinaires,
Calmann-Lévy, 2023

JULIEN SANDREL

BEAUCOUP D'AMOUR ET QUELQUES CENDRES

roman

CALMANN LEVY

CALMANN LÉVY
ÉDITEUR DEPUIS 1836

COUVERTURE
Conception graphique : Raphaëlle Faguer
Illustration : d'après © Aofujimaki / Shutterstock

ISBN : 978-2-7021-8895-8

À Muriel et Serge,
mes parents.

« Vous avez raison, mademoiselle. À présent, je suis certain que nous avons été invités ici par un dément. »

Agatha Christie

PROLOGUE EN 5 INVITÉS

N° 1
LUCIA

— On a un souci avec la serrure, non ?

Lucia déposa son sac sur le sol du bar et s'écroula sur la banquette.

Elle faisait maintenant face à Marta et Greg, les deux étudiants avec lesquels elle vivait en colocation depuis six mois, dans un petit édifice du vieux Barcelone. Après quelques jours passés chez Themis, son *crush* du moment – qui faisait l'amour comme le dieu grec qu'il était –, elle n'aurait pas été mécontente de retrouver sa chambre... Tant pis, ce serait pour plus tard, elle n'était pas parvenue à ouvrir la porte de l'appartement. Pour l'heure, elle était surtout déshydratée : il faisait une chaleur de bête dans la capitale catalane, en ce mois de juin caniculaire. Elle commanda de l'eau du robinet, le serveur grimaça mais la lui apporta, ses deux amis ayant payé pour leurs bières.

« Amis » n'était sans doute pas le terme adéquat pour qualifier sa relation avec Marta et Greg : ils étaient sympas, oui… mais moins marrants qu'elle ne l'avait espéré, et surtout bien en deçà de la moyenne des individus de moins de vingt-cinq ans. Autrement dit, Marta et Greg étaient gentils, mais un peu chiants.

Lucia engloutit d'un trait le contenu de son verre, avant que ses yeux soient attirés par les mains de Marta : celle-ci ne cessait de manipuler l'une de ses bagues, geste qui trahissait une certaine nervosité. Dès son arrivée, Lucia avait senti une tension dans l'air, mais elle la mettait sur le compte de l'approche des examens de fin d'année. Alors pour détendre l'atmosphère, elle déposa fièrement plusieurs billets sur la table, tout en affichant l'arsenal qui d'ordinaire faisait fondre les plus retors de ses interlocuteurs : large sourire et expression contrite mâtinée d'espièglerie.

Greg saisit les euros déposés par Lucia, et planta ses yeux dans les siens.

— Deux cents balles, Lucia, c'est une blague ? Et tu crois que ton air implorant va suffire à rembourser les mois de loyer que tu nous dois ? Tu peux pas continuer comme ça, faut vraiment que tu trouves un taf…

Lucia chercha un soutien auprès de Marta, mais celle-ci détourna le regard, forçant Lucia à réagir à l'injonction de Greg.

— Tu sais bien qu'on ne m'embauche plus depuis…

Lucia montra son ventre qui s'arrondissait, mais Greg haussa les épaules.

— C'est quand même pas notre faute si t'es en cloque, non ? Et d'ailleurs, on en a déjà parlé... Comment tu vas faire quand ton bébé sera là ? On n'a pas la place pour un gosse, et c'était pas le deal initial : une coloc d'étudiants ou une coloc avec une nana qui a laissé tomber la fac et qui a un gamin sur les bras, c'est pas du tout le même délire.

— J'ai pas laissé tomber la fac ! Je peux pas payer la scolarité en ce moment... mais ça va changer. Et pour le gamin, je vous l'ai déjà dit mille fois : je vais trouver une solution. C'est temporaire tout ça, j'ai juste besoin d'un peu de temps.

Lucia jugeait cette attaque tout à fait injuste. Ses colocs connaissaient parfaitement sa situation, que l'on pouvait résumer ainsi : une étudiante en lettres sans diplôme et sans soutien familial, vivant de petits boulots de serveuse non déclarés dans les bars du quartier gothique, et qui avait perdu instantanément lesdits boulots dès que sa grossesse était devenue évidente. Manque de bol, Lucia s'était tapé toute la panoplie de la femme enceinte, rendant son état impossible à cacher : elle d'ordinaire si mince avait tout de suite affiché des seins plus gros et un léger bidon... ce qui aurait été dissimulable, s'il n'y avait eu cet irrépressible besoin de vomir plusieurs fois par service. *C'est trop risqué de te garder, un contrôleur du travail nous défoncerait... Et non, désolé, impossible de te salarier, ma belle... mais reviens nous voir quand tu auras accouché !*

Cette grossesse, pourtant désirée, s'était transformée en malédiction. La gynécologue de la Maison des femmes qui la lui avait annoncée lui avait aussitôt demandé si elle souhaitait garder l'enfant, si elle était heureuse, sereine, et Lucia avait répondu oui à tout. Évidemment, oui à tout ! Mais la suite ne s'était pas déroulée comme prévu, et Lucia se retrouvait seule à bord, à devoir assumer une grossesse de plus de quatre mois, un enfant qui compliquait nettement sa vie pourtant déjà pas simple. Le seul effet positif de cette grossesse, c'était cette libido insensée... qui s'accompagnait aussi – et c'était une surprise – d'un désir exacerbé du côté des hommes. Lucia savait expliquer l'évolution du sien (les hormones, tout ça...) mais elle ne comprenait pas que les hommes puissent être autant excités par un corps de femme enceinte. Pas tous, bien sûr, mais il suffisait de quelques-uns pour passer de très agréables soirées.

— Lucia ? Tu as entendu ce que t'a dit Greg ?

Merde, pas du tout. Elle avait déconnecté – ça lui arrivait de temps en temps, d'être si absorbée par ses pensées que tout le reste disparaissait. C'était particulièrement gênant quand ça se produisait au beau milieu d'une conversation. Lucia s'apprêtait à dire que oui, bien sûr, elle avait tout capté, mais la mine d'enterrement de Marta ne plaidait pas pour le mensonge. Alors elle secoua la tête, et Marta prononça des mots si durs qu'un instant Lucia eut l'impression d'avoir froid, malgré la chaleur écrasante qui régnait dans ce café du Barri Gòtic.

— On est désolés, vraiment… mais tu dois quitter l'appartement : à nous deux, c'est impossible d'assumer la totalité du loyer, on a impérativement besoin d'un troisième, sinon on est dans la merde. On est déjà dans la merde, d'ailleurs. Le bail est à mon nom et si on ne paye pas ce qu'on doit dans la semaine, on va se faire virer.

Elle marqua une pause, baissa la tête et asséna le coup de grâce.

— On a trouvé un autre colocataire… et changé la serrure de l'appart. Voilà ta valise avec toutes tes affaires rassemblées, je crois qu'on n'a rien oublié. Bonne chance, Lucia.

Et Greg de sortir le bagage de Lucia de derrière la banquette.

En temps normal, Lucia aurait coupé Marta au milieu de sa tirade. Elle aurait réagi, lui aurait sans doute flanqué une gifle, à cette conne qui parlait comme une assistante sociale tout en jetant à la rue une femme enceinte. Mais elle était tellement sonnée qu'elle était incapable de bouger… Jusqu'au moment où Greg eut le geste de trop. Une main hypocrite posée sur le bras de Lucia, et puis cette fausse sollicitude que l'on pourrait tout aussi bien qualifier de foutage de gueule :

— T'inquiète pas, on est sûrs que tu vas trouver une solution…

Lucia était endurante, mais pas masochiste. Elle se leva sans un mot, réajusta son tee-shirt moulant jaune flashy sur son ventre, se pencha vers Marta et Greg comme pour les embrasser, et en moins de temps qu'il n'en faut pour l'imaginer, elle leur jeta leurs bières au visage… puis s'enfuit au pas de course avec sa valise à roulettes.

Après une dizaine de minutes de marche dans la moiteur étouffante, elle ressentit le besoin de s'asseoir. Elle choisit un rebord de fontaine de la jolie place ombragée San Felipe Neri. Après avoir plongé sa main dans l'eau fraîche, elle s'aspergea le cou, le visage, les bras. Puis elle observa quelques instants les passants indifférents et se mit à pleurer en silence, prenant conscience de la gravité de cette perte de logement. Qu'allait-elle devenir ? Dans l'immédiat, elle allait téléphoner à Themis, elle s'installerait quelques jours chez lui, cela ne devrait pas lui poser de problème, bien au contraire. Mais ensuite ?

Perdue dans ses pensées, Lucia ne remarqua qu'une dizaine de minutes plus tard le SMS de Marta lui indiquant qu'elle avait placé son courrier des derniers jours dans la poche avant de sa valise. Le message n'évoquait pas le jet de bière, et l'espace d'un instant, Lucia regretta d'avoir agi sans réfléchir, comme cela lui arrivait trop souvent. Elle aurait dû respirer un bon coup, discuter calmement… Mais voilà, elle était un peu sanguine, c'était comme ça, fallait pas trop la chercher. Et à bien y réfléchir, une bière dans la tronche, c'était quand même pas la fin du monde. Lucia repensa à l'expression mi-hallucinée mi-houblonnée de Greg et elle éclata de rire. Ce mec était un con, il était grand temps que quelqu'un lui remette les idées en place.

Elle se pencha sur le côté, ouvrit le zip de la valise afin de récupérer son courrier, et décida de décacheter en priorité cette curieuse enveloppe rouge qui sortait du lot. Elle lut en diagonale le contenu, crut d'abord à une caméra cachée. Elle redressa la tête, observa autour d'elle : le lieu était vide, abstraction faite de cette tourterelle à quelques mètres, qui semblait peu encline à sortir un appareil photo pour la piéger.

Lucia sentit une forme de fébrilité la gagner : ce qu'elle venait de lire n'était pas banal.

Elle sortit son smartphone, se connecta avec les identifiants qui lui étaient communiqués, lut la totalité des mentions légales et téléphona à la compagnie aérienne pour vérifier si les billets d'avion réservés à son nom étaient bien réels. Ils l'étaient.

Lucia confirma être en possession d'un passeport, puis raccrocha, incrédule.

Alors tout était vrai ?

Aussi fou que cela puisse paraître, Lucia venait donc *vraiment* d'être choisie pour participer à une chasse au trésor en Californie ?

Ça semblait irréel, dit comme ça… et pourtant. L'opération, pompeusement baptisée « À la recherche de l'Aigle d'or », était décrite en des termes à la fois simples et mystérieux. Il était question d'une série de défis, et de morceaux de carte à assembler pour découvrir l'emplacement du trésor – le fameux Aigle d'or, donc. À chaque défi sa pièce de puzzle mise en jeu, et à la fin, si aucun joueur n'avait récupéré suffisamment d'éléments, les participants pourraient décider de faire alliance en mettant leurs pièces en commun – dans ce cas, ils se partageraient à parts égales les « plusieurs dizaines de milliers de dollars » annoncés.

Pour l'Office de tourisme de Californie qui organisait le jeu, l'objectif final de l'opération était assumé : il s'agissait de promouvoir de manière originale les destinations phares du Golden State. Le courrier expliquait d'ailleurs que tous les joueurs devaient s'engager, en cas de victoire, à répondre aux sollicitations des médias et autres blogs de voyage européens. Les 11 000 abonnés Instagram de Lucia s'étaient ainsi « révélés déterminants » dans sa sélection, c'était écrit noir sur blanc. Lucia sourit : ses followers étaient pour la plupart des hommes, pour lesquels elle s'amusait à poster des photos dans des poses suggestives. Elle ne donnait jamais suite aux sollicitations sexuelles, et se demandait parfois pourquoi elle avait autant besoin de se sentir admirée par des inconnus – dont sûrement un sacré ramassis de pervers. Elle n'avait pas la réponse, mais depuis qu'elle était enceinte, les regards dans la rue lui suffisaient, et sur les réseaux, elle ne postait plus que des clichés de son visage. Lucia songea qu'elle récoltait beaucoup moins de likes depuis... mais elle digressait à nouveau.

Elle ramena son attention sur l'enveloppe rouge, et se demanda l'espace d'un instant si ce Jim Smith qui signait le courrier n'avait pas, en douce, espionné sa vie – la vraie, pas celle d'Instagram – tant cette proposition ne pouvait pas mieux tomber, vu sa situation financière. Lucia chassa cette pensée parasite : peu importaient les raisons de son invitation à prendre part à cette aventure saugrenue, l'essentiel était d'en être. Et puis, l'Office de tourisme de Californie n'était pas le premier à lancer une opération extravagante pour faire parler de lui : Lucia se souvenait de ce job de gardien d'une île déserte paradisiaque proposé par l'Australie il y a quelques années... Les retombées médiatiques s'étaient avérées phénoménales, boostant comme jamais la fréquentation touristique du pays. Alors pourquoi pas une chasse au trésor ?

Lucia ferma les yeux, prit une grande inspiration, et sentit monter en elle une vague d'excitation... qui se traduisit par une absurde danse de la joie accompagnée de petits cris de victoire qui firent marrer les deux grands-mères qui venaient de s'installer sur un banc à proximité. Puis Lucia se remit en route, un sourire résolument accroché à ses lèvres.

Elle réintégra « pour quelques jours » le domicile de Themis, sans pour autant lui révéler son bannissement de la colocation : elle prétendit simplement être en manque de lui, et ça n'était au final qu'un demi-mensonge.

Le soir venu, lovée dans les bras de son beau Grec, elle insista pour regarder *La La Land*, et tandis qu'Emma Stone et Ryan Gosling dansaient en surplomb des lueurs d'une Los Angeles de carte postale, Lucia se prit à espérer des jours meilleurs.

Cette nuit-là, son sommeil fut peuplé de génériques de séries télévisées américaines, de paysages incandescents, de maisons colorées, de rues en pente, de gratte-ciels, et d'océan Pacifique à perte de vue.

Nº 2
HORTENSE

Depuis quelques semaines, Hortense sentait un frisson la parcourir à chaque fois qu'elle ouvrait sa boîte aux lettres.

Ça avait commencé quelques jours après *l'incident*. Son cerveau refusait désormais de nommer les événements autrement que par ce terme générique. La violence qui l'avait submergée ne lui ressemblait tellement pas… elle se demandait parfois si tout cela avait bien eu lieu. Jusqu'à ce qu'elle reçoive la première menace. Les premiers milliers d'euros qu'on lui réclamait. *On*. Cet ennemi invisible. Au supermarché, dans la rue, dans son immeuble, Hortense vivait dans l'angoisse permanente, scrutait les visages, croyait reconnaître son maître chanteur dans le moindre regard, le moindre geste équivoque. Car c'était bien de cela qu'il s'agissait : quelqu'un la faisait chanter, et elle n'y pouvait rien. Si ce quelqu'un allait au bout de sa démarche, Hortense risquait gros : la prison bien sûr, mais aussi la honte sur toute sa famille pour les dix siècles à venir… Enfin, pour ça, il aurait fallu qu'elle ait une descendance, ce qui n'était pas gagné. À plus de quarante piges et tellement d'années perdues auprès de ce salaud de Fred, il était désormais clair que la maternité ne passerait pas par elle. Elle en concevait parfois des regrets, mais en ce moment, cette histoire d'enfant était bien le cadet de ses soucis.

Dans la pénombre du hall de son immeuble, Hortense déverrouilla le cube de métal correspondant à son appartement. Lorsqu'elle découvrit la lettre rouge, son rythme cardiaque s'emballa : son mystérieux psychopathe avait-il décidé d'aggraver ses sueurs froides en optant pour des missives couleur sang ? La provenance incongrue de la lettre – la Californie – devait-elle la rassurer ou l'affoler ?

Hortense décacheta l'enveloppe à grande vitesse, et poussa un soupir de soulagement en découvrant un courrier qui n'avait rien à voir avec son affaire. Elle jugea ce soupir si ridicule qu'elle eut peur que l'un de ses voisins l'ait remarqué. Cela n'aurait pas eu grande importance, mais enfin même si sa vie partait à vau-l'eau, il convenait *a minima* de sauver les apparences. Elle s'engouffra dans l'ascenseur, et tandis que celui-ci grimpait laborieusement les six étages de cet immeuble parisien dont le loyer lui serait bientôt inaccessible si elle ne trouvait pas une issue à l'odieuse extorsion dont elle était victime, elle parcourut le fascicule qui lui avait été nommément adressé.

Passé l'instant de surprise, Hortense ne put s'empêcher de penser que l'Office de tourisme de Californie ne s'était pas trop foulé, tant il était évident que leur opération s'inspirait d'une célèbre chasse au trésor française, à ce jour irrésolue : il y a plusieurs années, Hortense était tombée sur un reportage évoquant une sculpture de « Chouette d'or » enterrée quelque part en France, et dont l'emplacement, codé à l'aide de onze énigmes et précieusement conservé chez un huissier, n'avait jamais été découvert. Amusée, elle s'était renseignée, et avait appris avec stupéfaction non seulement que cette chasse au trésor était active depuis près de trente ans, mais aussi que vingt mille personnes avaient tenté d'en percer le secret en vain. Son âme d'Indiana Jones s'était éteinte *illico* : elle démarrait une carrière prometteuse au sein de la direction de la communication d'une grande chaîne hôtelière, et par la même occasion elle venait de rencontrer Fred – qui était son DRH, en plus d'être son amant. Elle n'avait pas de temps à perdre dans une hypothétique chasse au trésor, aussi captivante soit-elle. Aujourd'hui… eh bien aujourd'hui, sa situation était différente.

Hortense se servit une infusion réglisse-menthe – son « pisse-mémé » favori, *dixit* ce connard de Fred – et s'installa dans son canapé de velours vert forêt afin d'étudier attentivement les documents. Au fil de sa lecture, elle passa par tout le spectre des émotions : excitation, envie, crainte, doutes, incrédulité, peur, puis de nouveau excitation et envie. Le prospectus était d'excellente facture et tout semblait on ne peut plus sérieux, mais Hortense était d'un naturel méfiant, et ses mésaventures récentes la confortaient dans sa faible confiance en la nature humaine. Aussi passa-t-elle un temps certain à éplucher d'abord la brochure, puis le web. À la fin, une conclusion s'imposa : tout était bien réel.

Le courrier précisait que l'Office de tourisme avait tiré Hortense au sort parmi une liste LinkedIn de professionnels français de l'hôtellerie – ce qui paraissait logique, étant donné le but de promotion touristique de l'affaire. Une mention au détour d'une page attira particulièrement son attention : il était précisé que le voyage serait « tous frais payés », et que chaque participant au jeu pourrait postuler en procédure simplifiée à l'obtention d'une *green card*, ce sésame rare et convoité autorisant son heureux détenteur à s'installer et travailler aux États-Unis.

Hortense se mit à rire nerveusement : même dans ses rêves les plus fous, elle n'aurait pu imaginer la possibilité qui s'ouvrait soudain. Plus rien ne la retenait en France désormais – très peu d'amis, plus d'amoureux, un licenciement économique qui venait de la priver d'emploi, et plus vraiment de famille, depuis le divorce houleux de ses parents dix ans auparavant : Hortense avait coupé les ponts avec son père, dont les infidélités à répétition avaient fini par briser la famille, et s'était rapprochée de sa mère… jusqu'à ce que celle-ci lui reproche sa liaison avec Fred – marié lui aussi, mais Hortense considérait évidemment sa situation comme très différente. Puis sa mère s'était lancée dans une retraite spirituelle à Bali, elle y avait rencontré une sorte de gourou bellâtre qui lui avait fait perdre la tête et piqué tout son argent, mais avec lequel elle avait décidé de s'installer. À dix mille kilomètres de sa fille unique, donc. Hortense, qui était une enfant adoptée, avait vécu ce double départ comme un deuxième abandon. C'est en tout cas ce qu'elle se racontait, car même si elle adorait ses parents, cela faisait bien longtemps qu'elle n'en attendait plus grand-chose. Finalement, aussi pathétique que cela puisse paraître, il ne lui restait ici qu'un maître chanteur qui lui collait aux basques… alors disparaître des radars quelques jours ou s'expatrier et ne plus remettre les pieds à Paris, c'était sans doute exactement ce qu'il lui fallait.

Le dossier se terminait par les détails pratiques : les épreuves permettant de récolter les morceaux de carte au trésor se dérouleraient la première semaine de juillet… soit dans dix jours ! Si elle acceptait de participer, Hortense intégrerait dès son arrivée à San Francisco un petit groupe de participants. Il ne lui restait plus qu'à renvoyer son accord signé, et à télécharger les billets d'avion libellés à son nom.

Hortense s'apprêtait à se servir une nouvelle tasse de son pisse-mémé à la réglisse, mais elle se ravisa, et opta finalement pour un verre de Vermentino bien frais : ce qui venait de lui tomber dessus valait bien quelques lampées de son vin blanc italien favori. Elle trinqua avec elle-même, et se promit de tout faire non seulement pour découvrir l'emplacement du trésor, mais aussi pour obtenir cette *green card* qui lui permettrait de tourner définitivement la page.

N° 3 & N° 4

JOSÉPHINE & ARSÈNE

Paris-San Francisco.

Plus de dix heures d'avion. Une éternité pour Joséphine et Arsène, qui commençaient tous deux à avoir quelques troubles circulatoires.

Joséphine avait accepté de porter des bas de contention, mais pas Arsène, qui, du haut de ses soixante-dix printemps, était resté campé dans ce qu'elle nommait en riant sa « dignité de mâle ». Aussi Arsène était-il contraint d'effectuer des allers-retours réguliers et autres étirements dans l'allée, tandis que Joséphine noircissait les feuillets de ce journal dans lequel elle retranscrivait ce qu'elle estimait être les moments forts de sa vie. D'aucuns auraient pu appeler cela son « autobiographie », mais Joséphine était bien trop modeste pour employer un tel mot, malgré son goût évident pour l'écriture.

Arsène avait lu en secret une partie du journal de sa chère et tendre, et les souvenirs s'étaient alors bousculés, pénétrant son esprit par effraction, ouvrant tantôt des parenthèses de bonheur pur, tantôt des gouffres sombres et profonds. Ce journal, c'était leurs grandes joies, leurs peines immenses, une vie difficile certes, mais tellement belle aujourd'hui qu'Arsène ne l'aurait échangée pour rien au monde.

Après quarante années de mariage, Joséphine et Arsène étaient toujours aussi fous l'un de l'autre, et puisque leur quotidien de retraités leur permettait de passer toujours plus de temps ensemble, un de leurs péchés mignons était de s'observer à la dérobée. Admirant un port de tête, un visage sur lequel les rides avaient dessiné au fil des années de nouveaux paysages. Joséphine remplissait ses yeux d'Arsène, et Arsène dévorait les éclats de rire de sa femme, la douceur de ses gestes, le mouvement de ses longs cheveux, la texture de sa voix. Deux gamins insatiables.

Quand Joséphine et Arsène avaient reçu l'enveloppe contenant les billets d'avion, ils avaient d'abord parcouru le courrier en silence. Puis, comme pour vérifier que ce qui était écrit était bien réel, Joséphine avait ressenti le besoin d'en relire une partie à voix haute, et à mesure qu'elle avançait, les mots, pourtant banals, s'étaient teintés d'une étrange euphorie, fébrile et mélancolique, qui lui avait serré la gorge :

> Vous avez été tirés au sort dans la liste des détenteurs de licence de la Fédération française de randonnée [...]. Les gagnants de la chasse au trésor seront amenés à s'exprimer auprès de partenaires, dont un certain nombre de médias orientés « seniors » [...] voyage tous frais payés à travers la Californie [...].

Les cœurs de Joséphine et Arsène avaient battu très fort dans leur poitrine.

Réveillant des émotions et des espoirs qu'ils pensaient éteints.

Une grande aventure dans l'Ouest américain, c'était leur projet de voyage de noces, il y a quarante ans de cela... mais la vie en avait décidé autrement, et ils n'avaient jamais mis les pieds aux États-Unis.

Et voilà que soudain, ils tenaient dans leurs mains cette invitation, deux billets d'avion pour San Francisco, et la promesse d'enfin vivre ce fabuleux périple qui constituait leur fantasme de toujours.

Se pouvait-il que ce rêve devienne réalité ?

Arsène avait pianoté un moment sur son smartphone, puis il avait souri, en tendant l'écran à sa femme.

Joséphine avait redressé la tête, bouleversée.

Tout était vrai.

Les yeux d'Arsène brillaient.

Joséphine avait saisi les mains de son homme, qui l'avait embrassée puis enlacée. Elle avait posé la tête contre son torse, et ils étaient restés longtemps ainsi, l'émotion de l'un nourrissant celle de l'autre. S'imaginant sans doute déjà marchant main dans la main, au cœur de paysages renversants de beauté.

Et puis sans crier gare, Joséphine s'était mise en mouvement. Elle avait commencé à faire leurs valises, tout en fredonnant *Les Mots bleus*, cette chanson de Christophe qui avait accompagné leur première danse, et qu'elle entonnait dès qu'elle était heureuse.

Arsène s'était de son côté chargé de toutes les formalités, et une dizaine de jours plus tard, ils avaient embarqué.

Direction la Californie.

Dans l'avion, Arsène-le-randonneur-qui-marchait-dans-l'allée-parce-qu'il-n'avait-pas-mis-ses-bas-de-contention sympathisa avec une hôtesse de l'air, qui lui prodigua quelques conseils de visite de San Francisco. Arsène n'osa pas interrompre cette jeune femme à l'enthousiasme si communicatif, ni lui révéler qu'elle ne lui apprenait rien : ayant désiré ce voyage toute sa vie, il avait eu l'occasion de visionner tout un tas de documentaires sur la Californie. Il aurait pu étaler ses connaissances... mais sa délicatesse le poussa à écouter son interlocutrice jusqu'au bout, puis à la remercier chaleureusement. Il lui glissa tout de même qu'il n'était pas certain d'avoir le temps de visiter tous les quartiers qu'elle avait mentionnés, étant donné que sa femme et lui ne resteraient sans doute pas très longtemps à San Francisco. Comme elle semblait déçue, Arsène ajouta qu'ils iraient sûrement randonner dans quelque massif montagneux – peut-être dans le parc national de Yosemite. Précision qui déclencha une nouvelle vague de conseils...

Puis Arsène retourna à sa place et s'assoupit une bonne heure.

Joséphine le réveilla juste avant que les roues de l'avion ne se posent sur le tarmac. Elle lui sourit, et l'espace d'un instant, Arsène eut l'impression d'être projeté quarante ans en arrière. À la veille de leur voyage de noces.

Il prit la main de sa bien-aimée dans la sienne, comme tous les soirs avant de s'endormir, et tandis qu'elle lui souriait toujours, il ne put s'empêcher de déposer un baiser dans le creux de son cou.

N° 5
MAX

Lorsque Max reçut la lettre, il la déposa machinalement sur le dessus de la pile.

Depuis combien de temps n'avait-il pas ouvert le moindre courrier ? Il n'avait pas encore reçu de sommation par voie d'huissier, mais ça n'était plus qu'une question de jours. Au point où il en était, quitter son domicile du centre de Marseille sans laisser d'adresse serait sans doute la moins mauvaise des options. Mais pour aller où ? Fuir était une idée aussi séduisante que stupide : ses créanciers finiraient bien par le retrouver. Et puis, pour mettre les voiles, il fallait un minimum d'argent. On en revenait toujours là.

Il y a encore quelques mois, Max aimait son quotidien et son boulot. Il était même fier de sa petite société spécialisée dans la dispersion de cendres de défunts. Êtres humains, chiens, chats, tortues, dispersion en pleine mer, en parachute, au beau milieu d'une grande ville ou à l'étranger, Max était assez peu regardant avec la loi et répondait toujours aux demandes les plus extravagantes de ses clients. Il était joyeux, drôle, léger... On le disait même capable de rendre le rituel entourant la mort d'un proche sinon acceptable, du moins tolérable.

Mais tout ça, c'était fini. Cela faisait plus de trois mois que Max n'avait plus honoré aucune de ses missions, les plaintes et les factures impayées s'accumulaient, son entreprise était au bord de la faillite. Heureusement qu'il n'avait pas d'employé, c'était toujours un dommage collatéral de moins. Ses parents, très présents dans sa vie malgré ses trente-huit ans, avaient tout tenté pour le sortir de sa détresse, mais il était même parvenu à se les mettre à dos, en refusant toute forme d'aide de façon virulente – employant sciemment des mots trop durs à leur égard. Il voulait être seul avec sa peine, se laisser sombrer sans que rien ni personne l'en empêche.

Max passa devant la porte close de la chambre, et marqua un temps d'arrêt. Il ferma les yeux, serra les poings, se força à avancer jusqu'au salon, mais le mal était fait : la sensation avait pénétré sa peau. Son cœur se mit à battre plus fort, son souffle s'accéléra, une nausée brutale l'envahit. Il lui fallut s'asseoir, tout de suite.

Max déplaça les vêtements qui encombraient son canapé, et s'installa face à sa table basse, le regard vide.

Puis il bascula la tête en arrière et pendant les dix minutes suivantes, il tenta d'appliquer ce qu'il connaissait de techniques respiratoires à visée relaxante. Une infime partie de lui refusait d'abdiquer, alors il essayait de garder la tête hors de l'eau. Mais au fond, il savait que cela ne servirait à rien, que le malaise gagnerait la bataille.

Max rouvrit les yeux et observa longuement la boîte d'anxiolytiques devant lui. Au début il ne prenait qu'un cachet, mais depuis quelques jours, il devait en avaler deux pour obtenir le même effet, la même sensation ouatée d'apaisement et d'oubli. Il n'était pas 16 heures, il lui fallait attendre encore un peu, sinon les deux comprimés ne suffiraient pas à tenir jusqu'au petit matin, il se réveillerait en pleine nuit, et tout déferlerait. Les images, les odeurs, cette tristesse épaisse et collante dont il ne parvenait plus à se défaire. Alors il ne pourrait pas faire autrement : il ouvrirait la porte de la chambre vide, s'allongerait sur le parquet et laisserait sa vie alternative prendre possession de ses pensées.

Il fermerait les yeux et il verrait Pauline danser pour lui, dans sa robe de mariée sexy en diable. Elle s'approcherait en riant, affirmerait l'aimer comme elle n'avait jamais aimé personne, ce genre de connerie. Il lui répondrait en se lançant dans une imitation enflammée de Lara Fabian, et elle rirait de plus belle. Il l'embrasserait fougueusement avant de la prendre dans ses bras pour passer le seuil de l'appartement, comme dans une comédie romantique hollywoodienne. Quelques mois plus tard, elle caresserait son joli ventre arrondi à l'ombre d'un parasol sur la plage du Prado. L'instant d'après, elle fredonnerait un air d'Anne Sylvestre tout en repeignant les murs de la chambre du bébé... et soudain ils seraient trois. Ils admireraient leur enfant endormi, sa respiration régulière, son corps miniature, paisible et serein dans ce lit suédois au nom imprononçable. Max s'amuserait à mimer les rictus de leur tout-petit, et la fatigue aidant, Pauline éclaterait d'un fou rire muet tout en le sermonnant à voix basse : « On a mis tellement de temps à l'endormir, il ne s'agirait pas de le réveiller. »

Max devait impérativement faire cesser ces images qui n'existeraient jamais. Il avança sa main vers la boîte de médicaments, avala deux pilules sans prendre la peine de les faire passer avec un peu d'eau, s'allongea, patienta. Il ne fallut que quelques minutes pour que la substance active s'insinue dans ses veines, gagne les méandres de son cerveau. Alors Max se mit à sourire. À pleurer et sourire en même temps.

Pauline était à ses côtés, il était sauvé.

La lettre dut attendre le lendemain et la grâce d'un courant d'air pour être découverte.

Quand Max se baissa pour ramasser la dizaine de missives éparpillées sur le sol de sa cuisine, son regard fut attiré par une enveloppe rouge au milieu des courriers administratifs et prospectus publicitaires. Un rectangle carmin qui affichait dans son coin supérieur droit un timbre américain représentant le Golden Gate Bridge.

L'esprit de Max était clair, mais il lui fallut plusieurs lectures pour comprendre ce qui lui était proposé dans cet invraisemblable courrier. Qu'est-ce que c'était que cette histoire ? Sûrement l'une de ces lettres vous annonçant un gain faramineux, à la condition d'acheter d'abord pour trois cents euros d'encyclopédies. Max s'apprêtait donc à envoyer le tout à la poubelle, mais il se ravisa : ça ne coûtait pas grand-chose d'aller jeter un œil au site dédié à l'opération.

Après une série de vérifications à base de recherches internet, de « connexion à son espace personnel » et d'appels téléphoniques à destination du transporteur, il lui fallut se rendre à l'évidence : aussi improbable que cela puisse paraître, cette chasse au trésor américaine n'avait rien d'un canular.

Max ne croyait ni en Dieu ni en une quelconque entité supérieure, mais ce jour-là, il eut l'étrange impression qu'on lui envoyait un signe.

Il passa une partie de la nuit à chercher des informations sur la Californie, sur ce qui lui était proposé, sur l'organisme qui l'invitait.

Et à son réveil, Max avait pris une décision.

Lorsqu'il croisa son reflet dans le miroir de la salle de bains, il remarqua un sourire triste, inhabituel, sur son visage.

Que se serait-il passé si toutes les fenêtres de l'appartement de Max étaient restées fermées ? Impossible de le dire, tant ce courant d'air providentiel venait de changer le cours de son existence.

I

UN VOYAGE PARFAIT

1

— Lucia Estevez, Hortense Villedieu, Joséphine et Arsène Méjean, Maxime Albertini... Je crois que le compte est bon !

Lorsque Jim Smith, la trentaine, sourire carnassier et bronzage californien, finit d'égrener les noms des participants, Max ne put s'empêcher de se demander s'il ne l'avait pas déjà vu quelque part. Son visage lui semblait familier, mais impossible de mettre le doigt sur les circonstances d'une hypothétique rencontre. Il chassa cette idée absurde, et observa le reste de l'assemblée – pour le moins hétéroclite – réunie au point de rendez-vous indiqué sur la convocation. L'atmosphère était aussi glaciale que la climatisation de l'aéroport de San Francisco, et Max songea que leur hôte allait devoir déployer des trésors d'imagination pour qu'une ambiance de groupe se constitue rapidement.

Jim Smith reprit la parole, et commença par rassurer tout le monde :

— Je suis bien conscient que vous venez de passer onze heures en avion, et qu'il est important de laisser chacun gérer le décalage horaire à son rythme. Ce soir, vous vous installerez tranquillement à l'hôtel, et l'aventure ne commencera que demain.

Max lut un certain soulagement sur le visage de Joséphine et Arsène Méjean, et son regard rencontra celui d'Arsène, qui lui sourit. L'humanité et la bienveillance que Max décela dans ses yeux lui plurent instantanément. Max lui rendit son sourire, avant de reporter son attention sur la conversation.

Interrogé par Hortense Villedieu sur son français parfait, Jim Smith l'expliqua par les origines franchouillardes de sa maman… puis Lucia Estevez se sentit obligée d'en faire autant, déclarant quelque chose au sujet de son enfance et de son adolescence passées dans les Pyrénées-Orientales. Max trouva à la jeune femme de faux airs de Penelope Cruz, et même si cette association à la seule actrice espagnole qu'il connaissait était un peu facile, elle était d'une telle évidence… Avec ses grands yeux noirs, ses longs cheveux bruns remontés en chignon négligé, sa moue boudeuse et l'assurance naturelle qu'elle dégageait, Lucia était objectivement très jolie, et sans aucun doute consciente de l'effet qu'elle faisait aux hommes. Max remarqua d'ailleurs que Jim Smith avait cessé de parler quelques secondes, comme perdu dans ses pensées – ou hypnotisé par la jeune femme –, avant de bredouiller ce qui sonna comme une justification à son instant de flottement.

— Pardon, je pensais que vous n'aviez pas récupéré tous vos bagages… mais je vois que c'est le cas, on va pouvoir y aller. Ah oui, et appelez-moi Jim. D'ailleurs, personne ne voit d'inconvénient à ce que l'on s'appelle par nos prénoms ?

Hochements de tête approbateurs, sourires. Jim s'apprêtait à tourner les talons quand Hortense Villedieu lui tendit une boîte de macarons joliment enrubannée.

— Quelques petites douceurs, pour vous remercier de votre accueil. Je suis, pour ma part, très enthousiaste à l'idée de démarrer cette chasse au trésor.

La voix d'Hortense était surprenante : les aigus collaient mal avec son look de Parisienne BCBG en route pour un tournoi de golf, mais lui conféraient une douceur inattendue. *Inattendue pour qui se laisse berner par ses premières impressions…*, se sermonna Max, qui se jugeait bien trop prompt à se fier aux apparences.

— Si je comprends bien, on a le droit de vous soudoyer, Jim… j'en prends bonne note.

L'interpellation remplie de sous-entendus lubriques émanait de Lucia, qui souriait à un Jim visiblement-gêné-mais-pas-tant-que-ça… Malheureusement pour elle, Hortense crut bon de préciser qu'il s'agissait d'une « petite attention polie, rien de plus », ce qui lui valut une réponse malicieuse de Lucia :

— Mais nous n'avions rien imaginé de plus, chère Hortense…

Hortense rougit instantanément, mais se garda de surenchérir : n'en déplaise à certaines, son cadeau lui avait sans doute permis de marquer des points auprès de ce Jim – qui soit dit en passant était plutôt bel homme. Avec ses yeux verts, son allure sportive et son after-shave viril, il cochait les mêmes cases que ce connard de Fred, il fallait donc s'en méfier comme de la peste – même si à ce stade, elle n'avait rien à lui reprocher. Quant à cette Lucia… la valise d'Hortense roula malencontreusement sur sa basket immaculée. Hortense s'excusa pour la trace laissée, mais ne put réprimer un sourire en y voyant une intervention de son inconscient…

Hortense engagea ensuite la conversation avec Joséphine, à qui elle proposa de l'aide pour tirer son bagage. Quel âge avait-elle ? Hortense n'aurait su le dire, mais Joséphine dégageait quelque chose. Une aura, une beauté simple, évidente. Il y avait de la délicatesse dans ses gestes, de l'éclat dans son regard. Hortense eut immédiatement un penchant pour Joséphine, et cela sembla réciproque.

— Vous connaissez la Californie ?

— Pas du tout, et ça me fait tout drôle parce que c'était notre projet de voyage de noces, avec Arsène. Et puis… nous n'y sommes jamais venus.

Joséphine ne développa pas, et Hortense jugea qu'elles n'étaient pas suffisamment intimes pour qu'elle se permette de poser des questions. Leur bavardage glissa vers le beau temps, les températures toujours fraîches de San Francisco – la faute aux caprices du Pacifique –, et puis la joie sincère d'être ici. Hortense, bien consciente qu'en cas de mise en commun de morceaux de carte au trésor, Joséphine pourrait s'avérer une précieuse alliée, était ravie de ce premier contact.

Max s'installa à l'avant du van, entre Arsène et Jim, qui avait pris le volant. Il n'osa pas détailler le visage de leur hôte américain, mais voulut tout de même mettre des mots sur cette impression fugace qui l'avait traversé. Il hasarda un « On s'est déjà vus quelque part, non ? » qu'il regretta aussitôt... identifiant dans le regard de son interlocuteur une interrogation légitime : ce Maxime est-il en train de me draguer ? Mais Jim se contenta de répondre :

— Êtes-vous déjà venu en Californie, au Mexique, en Floride ou à New York ? Je crois que ce sont tous les lieux dans lesquels je me suis rendu au cours de ma vie...

Max secoua la tête, et Jim conclut qu'ils ne s'étaient jamais rencontrés. En y réfléchissant bien, avec ses cheveux blonds bouclés, sa peau ambrée et sa dentition parfaite, Jim avait le physique typique du surfeur beau gosse... californien – CQFD. Max était crevé, son cerveau lui jouait des tours, voilà tout.

Il engagea une conversation policée avec Arsène, et lorsque celui-ci découvrit sa profession, ses yeux s'illuminèrent : il n'en revenait pas.

— C'est sensationnel votre métier, Maxime. Je ne savais même pas que ça existait : disperseur de cendres de défunts, ça par exemple ! C'est comme ça que ça s'appelle ?

— Oui, tout à fait. Je recueille les souhaits des familles, et je mets tout en œuvre pour satisfaire leurs attentes.

Arsène était comme un gamin, et son étonnement joyeux contamina Max, qui se prêta avec un plaisir déconcertant au jeu des questions-réponses.

— Quelle est la demande la plus drôle que vous ayez reçue ?

Max réfléchit quelques instants, puis il se mit à rire avant même de raconter, ce qui attisa d'autant plus la curiosité d'Arsène… et de Jim, qui n'en perdait pas une miette.

— Alors il y a les dispersions les plus classiques – bien que pas forcément très légales… Celle qu'on me demande le plus souvent, c'est en mer : je loue un bateau, et les membres de la famille du défunt versent le contenu de l'urne dans l'eau. Rien de très amusant *a priori*, sauf qu'il y a un élément récurrent : malgré mes mises en garde sur le sens du vent, rares sont les dispersions où une fraction des cendres ne revient pas dans le visage des invités… ce qui crée des situations parfois difficiles, et parfois comiques : je me souviens d'une fois où un homme n'arrêtait pas de crier « J'ai avalé mamie !! »

Arsène éclata de rire en imaginant la situation. Il jubilait sur le siège passager, encourageant Max à livrer d'autres exemples.

— Il y a eu cette cliente qui m'a demandé d'envoyer les cendres de son chat dans les airs. Nous les avons déposées dans un ballon gonflé à l'hélium, et tandis que nous nous recueillions, elle a sorti une carabine, et elle a tiré ! Les cendres se sont éparpillées dans la piscine d'à côté, et ma cliente était ravie : son projet caché, c'était d'emmerder ses voisins qui avaient toujours détesté son chat, en leur imposant de nager tout un été en sa compagnie…

Arsène étant plié de rire, ce fut Jim qui enchaîna :

— Et votre cérémonie la plus émouvante ?

Max sentit soudain une immense vague de mélancolie l'envahir, qu'il ne parvint pas à cacher. Jim s'excusa d'avoir posé cette question, et Arsène ajouta :

— Vous n'êtes évidemment pas obligé de répondre, Maxime.

Les deux hommes n'en demandèrent pas plus, et le trajet se poursuivit en silence, chacun absorbé par ses propres réflexions – ou ses propres tourments.

Ce que Max ne leur avait pas dit – ce qu'il ne pouvait pas leur dire –, c'était la véritable raison de sa présence à leurs côtés.

★

En arrivant devant le bâtiment à l'allure d'hacienda qui abriterait ses prochaines nuits, Lucia laissa échapper un « waouh » d'émerveillement. Et pendant que Jim dissertait sur cet ancien motel devenu quatre étoiles lorsque le district de Cow Hollow avait achevé sa *gentrification*, elle se dirigea vers la réception, récupéra sa clé, puis fila acheter une carte SIM locale avant la fermeture des boutiques – l'option « données à l'étranger » de son opérateur espagnol était bien trop chère pour elle.

Fatiguée par le voyage et n'ayant aucune envie de socialiser avec quiconque – et surtout pas avec Hortense, cette ambitieuse déguisée en chaton qu'elle soupçonnait d'avoir roulé délibérément sur sa chaussure –, Lucia gagna sa chambre, et découvrit avec une joie enfantine un lit *king size* et une grandiloquente baignoire ancienne posée sur un parquet sombre. Le genre de luxe si loin de son quotidien qu'elle décida de ne plus bouger de la soirée. Elle commanda un burger en room-service, se déshabilla en songeant que pour le moment, le stratagème de la tunique ample avait permis de dissimuler sa grossesse – elle ne voulait pas que son état la définisse, ni qu'il la desserve –, puis elle se glissa dans un bain moussant tout en se laissant bercer par sa playlist « acoustic folk ». Le bonheur.

★

Au petit déjeuner, les traits de chacun étaient reposés, mais Lucia ne résista pas au plaisir de lancer à Hortense une petite pique – assez peu subtilement déguisée en conseil beauté :

— Très bon choix, les abricots : on dit que pour la peau terne, c'est idéal.

Hortense pinça les lèvres, observa l'assiette de Lucia, et répondit simplement :

— Vous devriez en prendre aussi : il paraît que ça stimule la fabrication de neurones.

Lucia éclata de rire. La réponse d'Hortense était si parfaite, et assénée avec un tel naturel... Elle-même n'aurait pas fait mieux. Cet « arroseur arrosé » l'amusa beaucoup : Hortense était donc joueuse, et probablement plus fine qu'elle ne l'avait imaginé.

Lucia chaussa de larges lunettes de soleil, se dirigea vers le patio et s'installa à une extrémité de la longue table extérieure. Tout en sirotant son café, elle ferma les yeux et laissa la chaleur pénétrer ses os. La sensation était aussi délicieuse que ce muffin aux myrtilles dans lequel elle venait de croquer. Autour d'elle, les discussions allaient bon train, mais Lucia n'avait pas envie de se mêler à ces banalités sur la qualité de la literie ou le décalage horaire. Elle remarqua cependant que, comme la veille, Max discutait avec Arsène, et Hortense avec Joséphine, qui tenait un carnet dans ses mains. Elle expliquait écrire une sorte de journal de souvenirs, et Hortense semblait réellement intéressée par ses propos.

Jim s'apprêtait à prendre la parole, mais Arsène le devança :

— Excusez-moi Jim, avant toute chose... est-ce que parler un anglais parfait est indispensable ? J'ai appris par correspondance, alors je me débrouille, mais n'ayant jamais pratiqué « dans la vraie vie », j'ai du mal à tenir une discussion fluide. Quant à ma femme...

Les regards se tournèrent vers Joséphine, qui se lança dans une tirade lunaire.

— *Mommy, where are the biscuits? They're on the kitchen table... My tailor is rich and I like your umbrella...* Voilà, c'est à peu près tout ce que je connais !

Lucia songea que cette Joséphine était décidément très chouette, et qu'elle aussi aimerait bien faire amie-amie avec elle.

Jim sourit, répondit que l'anglais ne serait pas un problème, que Joséphine « pourrait compter sur nous tous » et bla-bla-bla... Jim pouvait avoir un petit côté rasoir, Lucia l'avait remarqué la veille. Heureusement qu'il était agréable à regarder.

— Vous vous demandez peut-être comment j'ai sélectionné chacun d'entre vous ?

Question rhétorique, Lucia hocha la tête par politesse.

— Eh bien, j'ai pioché au hasard dans des listes de professionnels du tourisme, sur les réseaux sociaux ou sur des listes publiques correspondant à vos loisirs.

Donc pas complètement au hasard, pensa Lucia.

— Donc pas complètement au hasard, en effet, Lucia.

Merde, elle avait pensé tout haut sans même s'en rendre compte. *Contrôle tes pensées, Lucia, il y a certaines choses que tu ne veux certainement pas qu'ils sachent...*

Jim reprit.

— Si vous gagnez la chasse au trésor, comme vous le savez, vous deviendrez un ambassadeur touristique de notre État – ça fait partie du *deal*. L'objectif est donc de vous faire vivre des expériences inspirantes, afin que vous puissiez ensuite les raconter largement... et donner envie à vos compatriotes de réserver un billet d'avion !

Jim marqua une pause. Il souriait, des étoiles dans les yeux, et Lucia remarqua pour la première fois qu'il ressemblait à l'un de ses ex... Elle chassa les pensées licencieuses qui affluaient, et se reconcentra.

— Oui, Hortense ?

— Combien y a-t-il de participants ? Est-ce qu'on est tous en compétition ou est-ce que dans notre groupe, on pourrait tous gagner ? Quelle est la valeur exacte du trésor ? Faudra-t-il vraiment le déterrer ? Et pour postuler pour la *green card*, ça se passe comment ?

Même si ses questions étaient légitimes, Lucia trouvait qu'Hortense était gonflée de tout balancer comme ça... mais Jim n'eut pas l'air de s'en formaliser.

— Alors je vais essayer de répondre dans l'ordre : il y a une trentaine de « chasseurs » de nationalités différentes, répartis dans six groupes… mais il y a bien un trésor par groupe. En théorie vous pourriez tous gagner, en mettant en commun vos morceaux de carte… mais cela diluerait d'autant la valeur de votre gain. La sculpture de l'Aigle d'or est estimée à environ quarante mille dollars. L'objet à déterrer est une réplique en bois, les vraies sculptures – une pour chaque groupe – sont à l'abri dans un coffre. Et enfin pour la *green card*, c'est un peu prématuré, les dossiers seront à remplir une fois le jeu terminé.

Jim adressa un regard bienveillant à Hortense, visiblement stressée.

— Laissez-vous porter, tout va bien se passer… Les autres, des questions ?

— La brochure évoquait des défis, peut-on savoir de quel genre ?

Lucia se tourna vers Max, qui venait d'intervenir. Curieux garçon, celui-ci. Plutôt mignon, joli sourire, mais un air triste qui perturbait un peu l'ensemble… Jim botta en touche.

— Je ne peux pas vous en dévoiler la teneur pour le moment – ni leur nombre, puisque j'imagine que c'est la question suivante. Un peu de patience, je vous révélerai ce qu'il y a à savoir au fur et à mesure… Dernière précaution : vous ne devez rien poster sur le web avant la fin du séjour. Quelqu'un dans mon équipe scrute vos réseaux sociaux, vous serez disqualifiés si vous enfreignez cette règle.

Jim marqua une pause avant de conclure.

— Si vous n'avez plus de question... en route pour le premier défi !

Lucia était ravie que le jeu commence, et le petit groupe se mit en route, dans la joie et la bonne humeur.

Quant à Jim Smith, il souriait, satisfait.

Ses invités l'avaient écouté religieusement... sans se douter le moins du monde que tout au long de cette discussion, il n'avait pas cessé de leur mentir.

2

Pour la suite du séjour, Jim avait loué les services d'un chauffeur. Il avait précisé « discret », et c'était réussi : tout juste avait-il entendu le son de la voix de cet homme bedonnant qui se contentait de hocher la tête lorsque quelqu'un s'adressait à lui à travers la paroi qui le séparait du reste de l'habitacle.

Après avoir laissé quelques minutes à ses invités pour admirer le défilé de rues en pente et autres alignements de maisons colorées, Jim prit la parole.

— Votre premier défi sera d'organiser au pied levé une visite guidée de Chinatown, le quartier chinois de San Francisco. Vous disposerez pour cela d'un plan, d'un extrait de guide de voyage, et de vingt minutes de préparation. Ensuite… eh bien vous devrez prendre en charge une quinzaine de touristes français, qui ignorent votre absence totale d'expérience. Ce sont eux qui évalueront la qualité de vos prestations.

Jim observa les visages de ses hôtes. Il s'attendait à quelques moues dubitatives, il fut servi.

— Il va sans dire que vous n'avez ni le droit de leur révéler que vous participez à un jeu, ni le droit de les corrompre. Le duo qui obtiendra la meilleure note sera déclaré gagnant !

— Le duo ? Mais on est cinq, alors on fait comment ?

— Pardon, oui, Lucia a raison. J'ai oublié de préciser que pour les épreuves en duo, j'accompagnerai le cinquième. Ça me permettra de passer un peu de temps avec chacun d'entre vous. Merci Lucia pour ta perspicacité !

— Parce qu'on se tutoie, maintenant ?

Jim baissa les yeux, mais Lucia éclata de rire.

— Je plaisante ! Bien sûr qu'on se tutoie !

Visiblement gêné, Jim demanda l'accord des autres concernant le tutoiement, puis entreprit de constituer les fameux duos :

— Arsène vous serez… pardon, tu seras avec Maxime, Joséphine sera avec Hortense, et Lucia toute seule – donc avec moi.

Comme par hasard, pensèrent en même temps tous les participants.

Jim distribua les pages du *Guide du Routard*, puis le minibus s'arrêta devant l'impressionnante porte du Dragon, entrée sud de Chinatown. Ce triptyque de pagodes orné d'animaux légendaires étant ultraphotogénique, Jim s'attendait à ce qu'il constitue un aimant à selfies. Il n'eut pas à attendre longtemps avant que Lucia sorte son téléphone.

— Souvenez-vous : aucun post sur les réseaux sociaux, OK ?

Lucia acquiesça, prit la pose, puis charria Max – le seul à ne pas avoir dégainé son attirail photographique. Max ne pouvait évidemment pas avouer à la jeune femme que, bientôt, plus aucun souvenir ne lui serait d'une quelconque utilité… Il donna donc le change.

— Laisse-moi admirer d'abord, j'immortaliserai ensuite.

Sa réponse, accompagnée d'un clin d'œil et d'un léger sourire, sembla convenir à Lucia.

Et tandis que celle-ci s'éloignait, Max remarqua qu'Arsène et Joséphine se tenaient par la main, souriants comme deux ados éblouis. Il détourna le regard, incapable d'affronter leur bonheur sans risquer de s'effondrer. N'importe qui les aurait trouvés charmants, avec leurs gestes tendres et attentionnés, et Max s'en voulait de ne pas savoir dompter cette simple image. Mais il n'y pouvait rien : chaque fois que ses yeux se posaient sur leur amour parfait, c'était comme si des milliers de pointes acérées déchiraient son cœur. Il ferma les yeux quelques instants, feignant de profiter d'un rayon de soleil afin de reprendre ses esprits. Mais faisant équipe avec Arsène, il savait qu'il ne pourrait pas l'ignorer longtemps. Alors quand celui-ci le rejoignit, sans trop savoir pourquoi – peut-être pour exorciser son affliction –, Max prit une grande inspiration, et décida de « soigner le mal par le mal » en lui posant des questions sur son couple.

— Depuis combien de temps êtes-vous ensemble, si ce n'est pas indiscret ?

Arsène sourit et plongea ses yeux dans ceux de Max.

— Depuis 1979. Je vous laisse faire le calcul, mais vous n'étiez sûrement pas né !

— En effet… Bravo pour cette longévité. C'est rare, de nos jours.

— Et vous, Maxime, vous êtes marié ?

Max baissa la tête. Il ne l'avait pas vue venir, celle-là. *Respire, Max.*

— Oui je suis marié, mais… ma femme est décédée.

Le visage d'Arsène s'assombrit.

— Je suis désolé, Maxime.

— Vous ne pouviez pas savoir. Mais appelez-moi Max. Tout le monde m'appelle Max. Et il me semblait qu'on se tutoyait ?

— Oui bien sûr, Max, tu as raison.

Arsène paraissait sincèrement ennuyé d'avoir mis les pieds dans le plat, mais contre toute attente, leur court échange avait eu un effet imprévu sur Max, qui se sentit comme libéré d'un poids. Il se surprit à sourire à Arsène, et à lui proposer de lire à voix haute les pages du guide, tout en marchant sans consulter le plan, « histoire de s'imprégner de l'atmosphère ».

Arsène jugea le principe formidable, et tous deux avancèrent au petit bonheur la chance.

★

De son côté, Lucia n'avait aucune intention de suivre les consignes. Elle annonça donc à Jim qu'elle se lancerait directement dans la découverte du quartier, sans filet. Jim lui rétorqua un « *You're the boss, you decide!* » qui la ravit. Elle se promit donc de lui offrir du grand spectacle – ou plutôt, du grand Lucia.

Elle arpenta les principales artères de Chinatown, se faisant offrir des nougats chinois à chaque échoppe, et observant Jim du coin de l'œil. Il la talonnait, intrigué par les messes basses et autres poignées de mains qu'elle échangeait avec certains commerçants. Elle s'amusait comme une folle à fomenter son plan, il était hors de question de lui révéler quoi que ce soit avant la représentation – qui était imminente.

Lorsqu'elle prit en charge son groupe de touristes – des retraités originaires de Bretagne –, Lucia se lança dans un monologue sans doute très surprenant pour Jim… puisqu'elle se mit à raconter n'importe quoi, mais avec un aplomb et un enthousiasme tels que ses interlocuteurs semblaient conquis.

— Le quartier chinois de San Francisco s'étend sur une trentaine d'hectares, et abrite cent mille personnes. Cette porte du Dragon que vous voyez ici, c'est l'emplacement exact où Elvis Presley a demandé en mariage Priscilla. Les tourtereaux ont ensuite remonté la rue et se sont arrêtés dans la boutique vers laquelle nous nous dirigeons. Le vieil homme que vous verrez à l'entrée refusera de répondre à vos questions, il est bien trop modeste pour cela, mais c'est précisément dans son magasin que Priscilla a accepté d'épouser Elvis.

Rien n'était vrai, mais tout le monde buvait ses paroles. Lucia jubilait, et jetait à Jim des clins d'œil complices. Parvenue à ladite boutique, elle continua son baratin, et sous le regard médusé de Jim, le propriétaire se lança dans une tirade en mandarin, au sein de laquelle émergeaient parfois les mots « Elvis » et « Priscilla ». Lucia fit mine de traduire :

— Il dit que ce petit gâteau en forme de triangle est celui dans lequel Elvis avait caché la bague offerte à sa dulcinée, qui a bien failli l'avaler ! En souvenir, il a nommé cette pâtisserie « Priscilla »… Goûtez-la, c'est absolument délicieux.

Et c'est ainsi que Lucia permit au vieil homme de vendre une trentaine de gâteaux. Elle demanda ensuite à ceux qu'elle appelait ses « petits Bretons » – ayant remarqué que cette appellation les faisait marrer – de l'attendre en dehors de la boutique. Le propriétaire la remercia, et lui tendit un billet de vingt dollars. Jim s'apprêtait à intervenir, mais Lucia mit son index sur la bouche du Californien, puis déposa un baiser sur sa joue droite, ce qui eut pour effet de le paralyser. La jeune femme lui sourit :

— Tu as dit qu'on ne devait pas corrompre les touristes, mais tu n'as jamais dit qu'on n'avait pas le droit de se faire un peu d'argent de poche.

— Tu es quand même censée faire visiter le quartier, pas raconter n'importe quoi…

— Comment sais-tu que ce n'est pas la véritable histoire d'Elvis et Priscilla ?

Il eut un instant d'hésitation, et Lucia éclata de rire.

— Voilà, exactement. L'essentiel n'est pas la vérité, l'essentiel c'est de repartir chez soi avec de belles histoires. Allez, maintenant on va aller expliquer à ces messieurs-dames où vivait la nounou chinoise de John Fitzgerald Kennedy – nounou communiste que JFK adorait et qu'on ne trouve pas dans les livres évidemment, guerre froide oblige !

Jim sourit franchement, puis croqua dans le gâteau – délicieux. Lucia, quant à elle, songea qu'elle croquerait bien Jim en retour.

*

La visite organisée par Max et Arsène était joyeuse et vivante. Tout le contraire de l'état dans lequel se sentait Max quelques minutes auparavant. Arsène, passionné d'histoire, avait clairement potassé celle de San Francisco avant d'arriver en Californie : les questions fusaient, Arsène répondait, puis Max apportait une précision, désignait les temples par leur nom, s'immobilisait pour observer le dénivelé des rues alentour et pour laisser le groupe saisir au vol des photos du *cable car* – le tramway historique – avec en fond les guirlandes et lampions rouges du quartier. Arsène avait certainement plus de soixante-dix ans, mais dans sa tête et dans sa posture, Max lui en donnait au bas mot dix de moins. Pour autant, Max fut surpris de découvrir un imposant tatouage sur le dos de son coéquipier, à la faveur d'un soulèvement du bas de sa chemise : il crut apercevoir une forme de papillon, avec en son centre un buste de femme nue, et lorsqu'il remarqua par la suite un deuxième tatouage – une suite de pointillés dans le creux de son poignet droit –, Max se dit que décidément, ce grand-papa poule original et décalé lui plaisait bien.

★

Du côté d'Hortense et Joséphine, l'ambiance était studieuse.

Hortense, agacée par les bavardages au sein de son groupe de retraités, se mordait les lèvres pour ne pas les rappeler à l'ordre et leur faire les gros yeux. Tandis qu'elle expliquait à des touristes distraits que l'arrivée des premiers Chinois dans la ville datait de 1848, que la concentration de leur habitat sur quelques pâtés de maisons était due à l'exclusion subie par ces nouveaux arrivants… Hortense vit passer le groupe de Lucia, croquant en riant dans une sorte de beignet.

Joséphine s'approcha alors d'Hortense et lui glissa :

— Et si on leur proposait une dégustation, nous aussi ? Il est midi passé…

— Excellente idée, Joséphine. Peux-tu nous diriger vers le point n° 3 sur le plan ? C'est une fabrique traditionnelle de *fortune cookies.*

— De fortu-quoi ?

— De *fortune cookies.* Tu sais, ces biscuits secs en forme de croissant de lune, avec à l'intérieur un petit papier avec un message. C'est ludique, c'est très bon, ils vont adorer !

Joséphine acquiesça, se trompa de rue deux fois sous le regard courroucé de sa partenaire de jeu, mais parvint finalement à bon port. La fabrique n'était qu'un minuscule local situé dans une ruelle étroite, mais lorsqu'elle découvrit le rituel de fabrication de ces gâteaux porte-bonheur, Hortense sut que c'était gagné : les touristes étaient fascinés par la jeune vendeuse qui saisissait avec une incroyable dextérité chaque galette molle et brûlante passant sur la machine, plaçait un petit papier à l'intérieur, puis lui donnait à mains nues la forme souhaitée.

Les biscuits étaient ensuite rangés par type de message, et Hortense chargea Joséphine d'acheter un paquet dans la section « *Happiness* » (les messages de joie) afin de les distribuer à la sortie : on ne pouvait décemment pas considérer une petite douceur inoffensive comme un pot-de-vin. Les retraités enchantés remercièrent leurs guides, et dégustèrent leur cookie tout en découvrant le message caché à l'intérieur.

Aux éclats de rire et regards qui lui étaient adressés, Hortense comprit qu'il y avait un problème. Il y eut quelques murmures et chuchotements, puis une grande dame brune distinguée vint se poster devant Hortense et lui dit en riant :

— On ne se connaît pas encore suffisamment pour ça, il me semble…

Et elle lui tendit le petit papier extrait de son biscuit.

Lorsque Hortense découvrit la teneur du message, elle se décomposa. Elle récupéra le paquet des mains de Joséphine… et constata que celle-ci s'était trompée de série limitée.

Ainsi, chaque touriste avait pu lire, à l'intérieur de son petit gâteau : « *Let's fuck!* »

★

Résultat des courses, les touristes de Joséphine et Hortense leur attribuèrent une moyenne de 6/10. Hortense pensait sincèrement que l'erreur de Joséphine les avait pénalisées, mais il n'en était rien : certains touristes avaient même cru bon de préciser qu'ils avaient donné un point de plus « pour la note humoristique finale ».

Max et Arsène obtinrent un score très honorable de 7/10… et Lucia gagna l'épreuve haut la main, avec une moyenne de 9/10.

Jim lui tendit alors, dans une enveloppe fermée, une première pièce du puzzle à reconstituer. Lorsqu'elle découvrit le morceau de carte topographique, Lucia fut surprise. Dans l'angle supérieur gauche apparaissait le sigle « IGN », dont elle apprit en quelques clics qu'il s'agissait de l'Institut français de l'information géographique et forestière. Lucia ne parvint pas à identifier les lieux dont il était question, puisque chaque mot était tronqué. Mais une chose était sûre : ce qu'elle avait sous les yeux, c'était le plan d'une forêt, située quelque part en France.

C'était aussi inattendu qu'étrange, cette carte française pour une chasse au trésor organisée par l'Office de tourisme de Californie.

3

Le délicieux dîner à base de tacos de homard aurait dû constituer une conclusion parfaite de cette première journée à San Francisco, mais Lucia n'avait pas sommeil. Au contraire, sa libido était en pleine forme. Elle appela donc son beau Grec Themis, et tous deux conclurent, d'un commun accord, qu'à leur âge et compte tenu de leurs besoins physiologiques, il était sans doute plus raisonnable de se déclarer de nouveau célibataires.

Lucia s'installa devant la fenêtre de sa chambre, observant l'animation des bars et restaurants de la rue, tout en ouvrant son application de rencontre habituelle. Sauf qu'à l'instant où elle s'apprêtait à « matcher » avec un beau gosse du quartier, elle aperçut Jim qui finissait une session de running et rentrait à l'hôtel. Écouteurs dans les oreilles, short noir et tee-shirt gris épousant les formes de son torse, Jim n'avait rien à envier à l'homme de l'application. Quand il leva la tête, son regard croisa celui de Lucia, il lui sourit, et sur un coup de tête, elle lui fit un geste de la main qui signifiait « Attends-moi, je descends », mais qui dans son esprit allait en réalité un cran plus loin.

Elle se recoiffa en hâte, dévala les marches… et percuta littéralement Jim, qui arrivait en sens inverse. Monde à l'envers : il se confondit en excuses.

— Excuse-moi, je ne t'avais pas vue. Je t'ai fait mal ? Ça va ?

Jim en faisait un peu trop, mais Lucia joua le jeu… et la comédie.

— Je vais avoir un sacré bleu à l'épaule !

— Je suis vraiment désolé, mais le signe que tu m'as fait… J'ai cru que tu me demandais de te rejoindre à l'étage.

Lucia faillit lui répondre « Un peu plus tard sans doute », mais elle n'en fit rien. Jim la regarda d'un air complice – avait-il lu dans ses pensées ? – et lui dit en souriant :

— Comment est-ce que je peux me faire pardonner ?

Lucia sourit en retour.

— Emmène-moi danser.

Jim planta son regard dans le sien, et fit un imperceptible mouvement vers elle. Lucia ne bougea pas, ne cilla pas non plus quand il déclara :

— On se retrouve ici dans dix minutes, OK ? Le temps que je prenne une douche…

Un changement de tenue, une session de maquillage et un trajet en taxi plus tard, Lucia était en minijupe et stilettos, prête à enflammer la piste du *Temple*, l'un des clubs les plus fiévreux de la ville.

Jim lui avait tout de suite annoncé que la danse, ça n'était pas trop son truc, mais il l'avait, malgré tout, accompagnée une quinzaine de minutes. Lucia avait lutté fort pour ne pas se moquer de son absence totale de sens rythmique : comment était-il possible qu'un mec aussi beau ait une dégaine aussi gênante sur un *dancefloor* ? Lucia avait bien noté son malaise, alors elle y avait mis fin avec le plus de tact possible :

— Si tu es fatigué, tu peux aller t'asseoir… je ne t'en voudrais pas.

Jim ne s'était pas fait prier. Il s'était calé au bar et avait beaucoup bu, au cours des deux heures suivantes, tandis que Lucia enchaînait les *soft drinks* et relâchait, à travers les mouvements saccadés de son corps, toutes ses craintes, ses douleurs, ses démons. Lucia savait que son comportement en boîte de nuit pouvait laisser penser qu'elle allumait tous les hommes qui passaient, mais ce n'était pas ça, non, pas du tout. Lucia dansait simplement sans se soucier du regard des autres. Elle se sentait libre, une liberté folle, totale, plus libre que jamais. Protégée aussi, d'une certaine manière, par son anonymat dans ce cocon de multitude et de vacarme. Elle avait tellement manqué de protection, tout au long de sa vie. Elle en avait tellement besoin, sous ses apparences de fille déterminée. Étrangement, là, au milieu de cette foule, elle avait l'impression de flotter, de ne plus exister que dans les vibrations de la musique. Elle laissait le son entrer en elle, elle levait les bras, aimantait les regards mais repoussait toute tentative de rapprochement physique – et Dieu sait qu'il y en avait. Elle dansait, elle était belle, habitée. Et de temps en temps, elle jetait des regards à Jim, qui la dévorait des yeux.

Lorsqu'ils rentrèrent à l'hôtel, Lucia l'embrassa sans préambule, et ils finirent dans sa chambre à lui. Elle ne l'avait pas invité dans la sienne, car elle considérait son propre lit comme un sanctuaire – l'un des seuls lieux qu'elle pouvait contrôler. Or l'expérience lui avait montré que la plupart des hommes ne comprenaient pas son besoin de se retrouver seule, après. Lucia estimait que l'on pouvait avoir envie de coucher avec quelqu'un sans pour autant désirer passer la nuit à ses côtés… mais elle s'était vite rendu compte que cette vision des choses n'était pas forcément partagée. Alors autant éviter les malentendus, et décider elle-même du moment de son départ.

Quand elle se déshabilla, elle vit passer dans le regard brillant d'excitation de Jim une ombre interrogative portée sur son ventre. Alors elle lui sourit et lui dit simplement :

— Je suis enceinte, mais je suis libre comme l'air, et j'ai terriblement envie de faire l'amour… Alors décide-toi.

Il s'était décidé. Et Lucia ne l'avait pas regretté. Lui non plus d'ailleurs : il avait pris du plaisir – beaucoup de plaisir.

Elle n'était pas allée dans la chambre de Jim avec une autre intention que celle de se faire du bien, mais quand il se dirigea vers la salle de bains, un éclair de lucidité la traversa : si le beau Californien conservait d'autres morceaux de carte dans ses bagages, peut-être que Lucia pourrait les récupérer sans passer par la case « défi » ?

Elle fouilla donc tout ce qui lui était accessible tandis qu'elle entendait l'eau couler, mais elle ne trouva rien. Enfin, pas tout à fait… puisqu'elle trouva un pistolet.

Son cœur se mit à battre si fort qu'elle eut l'impression qu'il allait sortir de sa poitrine.

Elle tenta de réguler sa respiration et de se calmer, tendant toujours l'oreille pour vérifier que Jim était bien sous la douche. Puis elle rouvrit la valise, et ne put retenir l'envie de saisir le pistolet – pistolet ou revolver d'ailleurs, Lucia n'y connaissait strictement rien. Elle espérait qu'il s'agissait de l'un de ces jouets en plastique, mais le contact du métal froid mit fin à ses spéculations et lui fit une drôle d'impression : c'était la première fois de sa vie qu'elle touchait une arme à feu.

Elle reposa l'objet, les mains tremblantes, referma la valise et se réinstalla dans le lit en essayant de ne rien laisser paraître. Mais son esprit était sens dessus dessous.

Toutes sortes de questions envahissaient son cerveau, l'empêchant de penser de manière rationnelle. Pourquoi Jim transportait-il une arme ? Était-il une sorte de gangster, de criminel en cavale, ou pire encore… un psychopathe ? Il n'avait pas l'air méchant comme ça, mais Lucia était bien placée pour savoir que les hommes d'apparence respectable ne le sont pas toujours. *Calme-toi, Lucia. Calme-toi.*

Fort heureusement, Jim resta des plombes sous la douche, laissant à son rythme cardiaque le temps de redescendre.

Elle rassembla ses esprits, et parvint finalement à sortir de la spirale paranoïaque dans laquelle sa découverte l'avait plongée. Les États-Unis n'étaient pas un pays comme les autres en ce qui concernait les armes à feu, le droit d'en posséder une étant même inscrit dans la Constitution. Jim était tout simplement un Américain lambda. Pas de quoi en faire toute une histoire. Elle n'était pas sûre d'y croire complètement, et se dit que le mieux serait d'en parler avec lui, pour en avoir le cœur net… mais il y avait un obstacle de taille à cette discussion : évoquer l'arme reviendrait à avouer avoir fouillé dans ses affaires personnelles. Et donc prendre le risque d'être disqualifiée. Mieux valait la jouer profil bas. Alors Lucia se rhabilla, et s'éclipsa sur la pointe des pieds.

Lorsque Jim sortit de la douche, il trouva, à la place de la jeune femme, un petit mot griffonné à la hâte sur un prospectus touristique qui traînait par là : *« Suis crevée, je retourne dans ma chambre. Merci pour la soirée ! »*

★

Après le restaurant, Max avait quant à lui emprunté un vélo de l'hôtel, et s'était dirigé vers le Golden Gate Bridge. Le coucher de soleil, avec la silhouette du pont se détachant sur le ciel flamboyant, était d'une splendeur inouïe. Un colosse d'acier et de béton suspendu dans les airs, entre rêve et réalité.

Max avait pédalé jusqu'au milieu de l'édifice, puis il avait stoppé sa course.

Observant l'écume des vagues, aspirant l'air iodé à grandes goulées, il imagina alors ce qu'aurait pu être ce voyage, si Pauline avait été à ses côtés. Et tandis que des images de bonheur enfui défilaient devant ses yeux, il dispersa, comme il l'avait prévu, une partie des cendres de sa femme dans les eaux agitées du Pacifique. L'émotion le submergea. Il laissa les larmes venir, accepta que la peine prenne le contrôle, jusqu'à l'envahir.

Dès la réception du courrier rouge, Max avait eu l'idée de faire de cette aventure son dernier voyage avec la femme de sa vie. C'était ce projet fou qui avait progressivement remplacé les anxiolytiques. Il avait donc transporté les cendres de Pauline dans une bouteille planquée au fond de sa valise, et imaginé un hommage multiple, aussi sublime que protéiforme : dispersion d'une fraction dans l'océan, d'une autre dans le grandiose d'un paysage de montagne, d'une autre encore dans la poésie d'un désert. Ce qui était clair dans son esprit, c'était que l'ultime geste devrait avoir lieu à partir d'un point élevé : quand la bouteille serait vide, quand il ne resterait plus rien de cet amour monument sans lequel il ne parvenait plus à vivre, il regarderait le ciel une dernière fois – pas trop longtemps, pour ne pas laisser la beauté affaiblir sa volonté. Il sourirait, apaisé et heureux, enfin. Puis il fermerait les yeux. Et il sauterait.

Là, penché sur les flots à soixante mètres de la surface de l'eau, il se dit qu'il aurait tout aussi bien pu sombrer tout de suite, s'élancer de ce pont… Pourquoi attendre, pourquoi s'infliger toute cette beauté quand tout lui semblait triste et sans avenir ? Parce qu'il se l'était promis. Et parce qu'il s'accrochait à l'idée que, peut-être, Pauline l'observait, de là où elle était. Et qu'elle était heureuse de ce dernier voyage auprès de lui.

Max aurait voulu rester, laisser le vent sécher ses larmes et son cœur, mais il se mit à faire de plus en plus froid, une fois le ciel assombri. Alors il repartit.

Avant que le pont ne disparaisse derrière les façades des maisons, Max lui jeta un dernier regard, et c'est à cette seconde précise qu'il s'illumina. Sidéré par le spectacle de ces filaments rouge et or tendus entre les rives, Max resta immobile de longues minutes, remplissant ses yeux, se demandant si Pauline l'appréciait aussi, cette guirlande scintillante au-dessus de l'océan. Puis il se résolut à rentrer à l'hôtel.

Et tandis que son deux-roues progressait à travers les rues de San Francisco, Max ignorait qu'au même instant, un petit point lumineux correspondant à sa géolocalisation se déplaçait sur un écran, non loin de là.

Retransmettant fidèlement le parcours du minuscule traceur que Jim avait placé à son insu dans son sac à dos.

4

Lucia avait apprécié sa soirée aux côtés de Jim. Il était sympa et plutôt habile sexuellement, mais avant même la découverte de cette arme, elle avait décidé que l'histoire s'arrêterait là. Avant de s'endormir, elle avait tenté d'en savoir plus sur lui en le cherchant dans un moteur de recherche, mais comment dire ? Existait-il un nom plus courant dans le monde anglo-saxon que Jim Smith ? Des millions de pages s'étaient affichées, et Lucia avait laissé tomber.

Lorsqu'au petit déjeuner, Jim tenta un bras autour de sa taille, elle recula et le gratifia d'un sourire franc, tout en lui disant :

— C'est pas parce qu'on a couché ensemble qu'on est mariés, hein… Chacun vit sa vie, et c'est très bien comme ça.

Elle accompagna ce qu'elle venait de dire d'un clin d'œil, puis elle s'attabla à côté d'Arsène, avec qui elle engagea résolument la conversation.

Un peu vexé, Jim se reprit vite, ne souhaitant probablement rien laisser paraître vis-à-vis des autres. Lucia prit alors conscience que l'employeur de Jim n'apprécierait sans doute pas de savoir qu'il avait couché avec une participante. Or, Lucia en était sûre, une joueuse comme Hortense n'hésiterait pas à le dénoncer si cela permettait d'éliminer une concurrente. Alors même si faire profil bas n'était clairement pas son fort, Lucia se promit de rester discrète sur leurs ébats de la veille.

Jim s'éclaircit la gorge, puis leur révéla que le défi suivant serait photographique :

— Il s'agira de prendre la meilleure série de photos, d'après un jury aléatoire d'une dizaine de personnes que je constituerai *in situ* sur l'une des îles les plus emblématiques des États-Unis, qui abrite son plus célèbre pénitencier… Alcatraz.

Jim mit dans cette annonce bien trop de solennité au goût de Lucia, qui sentit un frisson lui parcourir le corps. Il reprit :

— Rassurez-vous, cela fait bien longtemps qu'Alcatraz n'accueille plus que des visiteurs, mais ça reste un lieu fascinant – j'espère qu'il vous inspirera !

Arme à feu, prison… Le cœur de Lucia se mit à battre fort dans sa poitrine. Jim Smith avait donc une affinité particulière avec les univers interlopes, et des feux rouges se mirent à clignoter dans la tête de la jeune Espagnole. *Détends-toi ma vieille, c'est juste une attraction touristique...* Elle feignit l'indifférence et se rapprocha des autres participants. Comme s'ils allaient la protéger. Il lui fallut quelques minutes pour se raisonner, mais Lucia retrouva vite ce qui faisait son charme : une solide assurance teintée d'un brin d'insouciance.

Une heure plus tard, ils étaient sur le ferry, sous un soleil de plomb.

Lucia eut très chaud avant que le bateau ne démarre, aussi décida-t-elle, après moult hésitations, d'ôter sa tunique longue et de ne plus conserver que son tee-shirt moulant, ce qui modifia immanquablement les regards. Hortense fut la première à réagir, en n'hésitant pas à lui demander-sans-lui-demander. Elle désigna son ventre avec un demi-sourire :

— Est-ce que ?...

Lucia resta muette, les yeux baissés, trop heureuse de plonger Hortense dans l'embarras – elle se demandait sûrement si elle ne venait pas de commettre une bourde. Puis Lucia éclata de rire, et confirma l'information :

— De quatre mois et demi, oui.

Grand sourire d'Hortense, qui semblait sincère.

— Toutes mes félicitations ! Je ne savais pas que tu étais en couple, enfin je veux dire qu'il m'avait semblé que...

— C'est bon, Hortense. Je ne suis pas en couple, il n'y a pas de père, enfin pas au sens où tu pourrais l'entendre. Bref, longue histoire. Pas envie d'en parler.

Les autres s'approchèrent également. Max prononça un « félicitations » sans âme – *Cache ta joie*, pensa Lucia –, Arsène lui souhaita beaucoup de bonheur, tandis que Joséphine, sans crier gare, la prit dans ses bras, visiblement très émue. Lucia était gênée, mais elle se laissa faire et trouva ce contact plutôt doux et agréable. Quand Joséphine desserra son étreinte, Lucia lui sourit et lui demanda :

— Arsène et toi, vous avez des enfants ?

Et Joséphine fondit en larmes sur-le-champ, avant de tourner les talons, et d'aller s'asseoir quelques mètres plus loin. Lucia balbutia :

— Je suis désolée… je ne voulais pas… Merde, qu'est-ce que j'ai fait encore ?

Elle appréciait Joséphine et était navrée d'avoir provoqué une telle réaction. Elle voulut la rejoindre pour s'excuser, mais Arsène l'en dissuada, tout en se voulant rassurant :

— Tu n'as rien fait de mal Lucia, bien au contraire. Cette vie qui grandit en toi, c'est merveilleux. Joséphine et moi… nous n'avons malheureusement pas eu beaucoup de chance, de ce côté-là. Alors le sujet reste douloureux. Mais tout va bien, ne t'inquiète pas.

À cet instant, le bateau se mit en branle, et Lucia décida de s'installer, seule, à proximité de la proue, afin d'observer en silence le spectacle de la traversée.

L'approche d'Alcatraz l'impressionna beaucoup. Sans doute parce que certaines informations délivrées par le capitaine faisaient froid dans le dos. L'île avait été choisie pour son isolement naturel et l'hostilité de la nature alentour : eau glaciale toute l'année, courants puissants, baie infestée de requins... autant de joyeusetés qui suffisaient à expliquer que même Al Capone n'ait jamais tenté de s'évader. Lorsque le ferry accosta, Lucia fut frappée par l'âpreté du lieu. Ce débarcadère avec ce haut mirador de métal noir, le bruit régulier des vagues contre le rivage, la lourde silhouette de la prison, la brume et la rocaille... c'était étrange et sans doute idiot, mais Lucia eut la sensation de pénétrer un territoire chargé de mystère, d'autorité et de violence.

Une fois digéré ce premier trouble, la montée à pied sur le sentier conduisant au bâtiment principal se révéla étonnante, puisqu'au moment où Lucia s'y attendait le moins, la beauté surgit. Beauté d'un rayon de soleil à travers les nuages, de la partie nord de la ville depuis ce point de vue, mais aussi beauté de jolis jardins fleuris, parfaitement entretenus.

Le groupe demeurait silencieux. Comme imprégné de la gravité du lieu.

Mais pour deux d'entre eux, la visite tourna court.

Le malaise amorcé sur le bateau n'avait pas quitté Joséphine, qui se comportait de façon étrange. Lucia se sentait coupable d'avoir été le point de départ de ce changement, mais elle était loin de se douter de la tournure que prendraient les événements.

À peine avaient-ils franchi la porte de la prison, à peine étaient-ils entrés dans la salle des audioguides – qui n'était autre que la spartiate, immense et intimidante salle de douche des détenus –, que Lucia vit Joséphine s'éloigner. Ou plutôt, s'approcher d'un petit garçon. C'était un jeune Américain qui ne comprit absolument rien lorsque Joséphine tenta de le serrer dans ses bras et de l'emmener. L'enfant se débattit, se mit à hurler. Le cri de ce garçon apeuré déchira le silence. Impossible de rester de marbre devant une telle scène, même si tout alla très vite : en quelques secondes, la mère du petit accourut, Lucia aussi, un attroupement se forma, qui attira un surveillant puis Arsène, lequel réussit à convaincre ses interlocuteurs de ne pas utiliser la force pour immobiliser sa femme. Il lui parla doucement – sans que Lucia entende ce qu'il lui murmurait –, et Joséphine lâcha finalement l'enfant. Elle se mit à pleurer, de nouveau. Et ces pleurs-là étaient à vous disloquer le cœur.

Arsène accepta la sommation du surveillant de quitter l'île, et demanda à Lucia, Hortense, Max et Jim d'emmener Joséphine à l'extérieur, avant de se diriger vers la maman du petit garçon afin de lui présenter ses plus plates excuses pour le comportement de sa femme. Lucia songea que dans un pays si prompt à intenter des procès, elle ne serait pas surprise que Joséphine se retrouve au tribunal… Mais après quelques instants de discussion, Arsène eut l'air de parvenir à apaiser la mère de l'enfant.

Il rejoignit ensuite une Joséphine mutique, ainsi que leur petit groupe, qui s'était rassemblé dans le jardin ombragé jouxtant l'entrée de la prison. Arsène expliqua que sa femme n'avait pas tout à fait absorbé le décalage horaire, et qu'étant un peu claustrophobe, elle avait sans doute été prise d'une sorte d'attaque de panique en pénétrant dans ce lieu d'enfermement.

— Je crois qu'il vaut mieux qu'elle se repose. Nous allons rentrer par le prochain bateau, ne vous en faites pas pour nous.

Joséphine et Arsène repartirent donc vers l'embarcadère sans que personne ose les questionner.

Mais Lucia avait bien compris que l'émotion si forte, si intense, de Joséphine, n'avait rien à voir avec de la claustrophobie, et tout à voir avec la découverte de sa grossesse.

5

Joséphine n'était pas la seule à avoir été chamboulée. Max était bouleversé, lui aussi.

Il n'y avait aucune ressemblance entre Pauline et la jeune Espagnole, mais Lucia avait ce que sa femme et lui n'avaient jamais pu avoir. Ce qu'ils n'auraient jamais.

Ce n'était pas faute d'avoir essayé.

Des années de tentatives infructueuses, de détresse lorsque Pauline avait découvert que « le problème venait d'elle », de piqûres, d'amour planifié, d'échecs dévorants, jusqu'à ces fécondations *in vitro* qui n'avaient jamais pris. À chaque nouvelle tentative, les yeux de Pauline se remplissaient d'espoir. Et lorsque le sang arrivait, elle sentait ses forces l'abandonner. Elle disait « plus jamais ça », mais quelques semaines plus tard, elle y revenait. Parce qu'il y avait cette envie, ce besoin viscéral. Et parce qu'il y avait cette ironie si douloureuse : Pauline était gynécologue-obstétricienne, spécialiste de la procréation médicalement assistée. La PMA, c'était son quotidien. Les naissances, sa vie. Impossible de passer à autre chose, à moins de changer de métier. Max avait évoqué l'idée, elle lui avait opposé une fin de non-recevoir.

Max était censé être un roc, l'épaule sur laquelle s'appuyer, alors il cachait ce qu'il ressentait vraiment. Les questions inévitables sur la survie de leur couple, la douleur de se dire que l'on ne sera jamais père. La douleur de se dire qu'il n'avait pas le droit, lui, d'exprimer la sienne. C'était sans doute faux, peut-être même que Pauline aurait été soulagée qu'il extériorise sa détresse, mais il n'avait jamais passé ce cap. Sa douleur à lui était restée murée dans sa cage thoracique, grignotant son cœur clandestinement.

Parfois, Max suggérait qu'il existait d'autres voies. L'adoption, par exemple. Mais non, ça n'était pas la même chose. Pauline voulait sentir un enfant grandir en elle.

Un jour, elle décréta que son corps n'en pouvait plus. Qu'il était temps de faire le deuil de cet enfant. Max comprit, bien sûr. C'était son corps, sa décision. Mais pendant quelques mois, tout fut difficile entre eux. La communication réduite à son strict minimum, les relations sexuelles aussi. Après tant d'années à faire l'amour dans le but de procréer, retrouver le chemin d'une partie de jambes en l'air heureuse ne fut pas tâche aisée. Mais Pauline et Max s'aimaient. Tous les deux voulaient réparer, reconstruire. Et quelques mois plus tard, soudain tout fut plus léger. Le sourire de Pauline revint. Les phases les plus sombres du deuil étaient passées, elle se projetait vers l'avenir, de nouveau. Elle était heureuse, et Max aussi.

Un matin, Pauline annonça à Max qu'elle avait quelque chose à lui dire et qu'elle l'invitait à dîner. Elle souriait, tandis qu'elle lui révélait avoir réservé dans l'un des meilleurs restaurants de Marseille, avec vue plongeante sur le petit port caché du vallon des Auffes. Mais avant, Pauline souhaitait aller voir le coucher de soleil.

Sur le trajet, Max réfléchissait à ce que Pauline voulait lui révéler. Tous les scénarios lui traversaient l'esprit, mais l'un d'eux s'accrochait : et si elle attendait un bébé ? Max avait souvent entendu ces histoires de femmes tombant enceintes naturellement, au moment même où l'espoir les abandonnait. Alors il conduisait joyeusement sur la corniche Kennedy.

La soirée était belle, la mer scintillante, l'instant parfait.

Était-ce à cause de ces pensées qui l'agitaient, ou bien de l'aveuglement provoqué par le soleil du soir ? Max n'aurait jamais la réponse. Une seule chose était certaine, c'est qu'il n'eut pas le temps d'éviter la voiture qui déboula face à eux.

Le choc fut terrible, le bruit aussi assourdissant que le silence qui suivit.

Ce qu'il se passa ensuite, Max ne put que l'imaginer.

Les témoins de la scène pensaient qu'il n'y aurait aucun survivant.

Pourtant Max s'était réveillé, quelques heures plus tard, à l'hôpital de la Timone.

Lorsqu'il avait ouvert les yeux, le médecin lui avait indiqué qu'il était un « miraculé » : quelques contusions, deux côtes fêlées. Inimaginable. Les airbags avaient joué leur rôle pleinement, il était en vie et pourrait sortir d'ici deux à trois jours.

Quand il avait demandé des nouvelles de Pauline, il avait compris tout de suite.

Le médecin lui avait expliqué calmement que côté passager, il n'y avait pas d'airbag, et que le corps de sa femme avait subi l'entièreté du choc.

Pauline était morte sur le coup.

À cet instant précis, Max avait perdu connaissance.

Mais à son réveil, la réalité, injuste, insupportable, était inchangée.

Max avait beau savoir qu'il s'agissait d'un accident, que c'était le conducteur de la voiture arrivant en sens inverse qui était en tort, que ce conducteur – lui aussi indemne – n'aurait pas dû couper la route comme ça, sans clignotant… il ne pouvait pas s'empêcher de ressentir une culpabilité qui lui rongeait le cerveau : c'était lui qui était au volant. C'était lui le responsable de la mort de sa femme.

Max avait cherché à connaître la raison de l'invitation de Pauline. Il avait demandé à ses amis, à ses collègues de travail, mais personne n'était capable de lui fournir la réponse. Alors il était allé jusqu'à supplier le médecin légiste de vérifier si elle n'était pas enceinte. Devant sa détresse et en dehors de tout protocole, la vérification avait eu lieu. Pauline n'était pas enceinte. Et Max ne saurait jamais ce qu'elle désirait lui apprendre ce soir-là.

★

Comble de l'ironie, Max faisait équipe avec Lucia cette fois, tandis que Jim accompagnait une Hortense qui semblait très heureuse de la jouer solo.

Max n'avait aucune envie de trouver ce foutu trésor – il était plus que jamais décidé à rejoindre Pauline –, mais il appréciait Lucia et ne voulait pas obérer ses chances. Même si l'annonce de sa grossesse l'avait troublé, et même s'il ne pouvait s'empêcher de penser que c'était singulier, pour un homme qui se sentait aussi coupable que lui, de se retrouver dans une prison… il fallait qu'il fasse un effort et qu'il aide Lucia à obtenir un nouveau morceau de cette mystérieuse carte au trésor. Il décida donc de se concentrer sur ce « défi photo Alcatraz ».

Dans le cœur du pénitencier – le couloir central que les détenus avaient surnommé « Broadway » –, Lucia et Max stoppèrent leur marche devant un panneau explicatif qui leur permit de découvrir les terribles conditions de détention : humidité constante, air glacial s'insinuant dans les moindres recoins, cellules minuscules, absence totale d'intimité... et puis cette politique de mutisme quasi absolu, n'autorisant les condamnés à ne parler que quelques minutes par jour. Lucia leva des yeux écarquillés vers Max.

— Ce serait quoi pour toi, le plus difficile ? Pour moi, ce serait cette histoire de silence... Parler fort, chanter... je vois même pas comment faire sans.

Max réfléchit un instant, puis sentit soudain les larmes lui monter aux yeux. Il se surprit à exprimer une pensée intime, qu'il pensait cadenassée au fond de lui.

— Je crois que ce serait l'absence de rire d'enfant.

Max regretta aussitôt cette réponse, d'autant que Lucia eut l'air décontenancé – on le serait à moins. Et quand Lucia était troublée, elle était incapable de trouver une boutade pour alléger l'atmosphère...

Elle avait bien compris que Max avait perdu sa femme, et qu'il n'avait pas d'enfant. Mais après ce qu'il venait de dire, elle se demanda comment il réagirait s'il apprenait qu'elle ne comptait pas garder ce bébé qui grandissait en elle. Mieux valait donc taire ce sujet. Lucia aimait bien Max, elle se sentait à l'aise à ses côtés, sans être attirée par lui. Il était plutôt mignon, avec ses profonds yeux noirs et sa barbe de trois jours, mais elle ressentait pour lui une forme d'empathie et de confiance qui ne relevait pas de l'amour : dans une autre vie, un autre contexte, ils auraient sûrement pu devenir amis. Le genre d'amis si mal assortis que leur complémentarité devient évidence.

À ce stade de leur visite, ils n'avaient encore pris aucun cliché, ce qui, pour un défi photographique, commençait à devenir un problème. Max proposa de s'installer à l'extérieur, sur les marches de la cour de promenade, afin de « réfléchir à une approche thématique », ce qui lui valut cette remarque amusée de sa partenaire de jeu :

— Vivian Maier, sors de ce corps…

Max rit, puis précisa sa pensée.

— Si tu veux qu'on gagne, je crois qu'il faut éviter les images trop classiques. Il faut chercher l'inhabituel, l'artéfact.

— D'accord, monsieur l'intello, c'est quoi ton idée ?

— Alors, figure-toi que je n'en ai pas.

Lucia éclata de rire.

— On est bien barrés là…

Max rit à son tour, puis chacun se tut, jusqu'à ce que Lucia s'exclame :

— Je sais ! On va adopter le point de vue d'un détenu rêvant d'évasion. On va se concentrer sur les vues *depuis* l'île, *depuis* les cellules, *depuis* la prison… et on va raconter une histoire ! Moi je ne suis pas très bonne en photo, mais j'aime bien inventer, alors tu photographies et je poétise, OK ?

— Et c'est moi que tu traites d'intello… Excellente idée en tout cas !

Lucia était maintenant vibrionnante. Max l'observait d'un œil amusé, tandis qu'elle l'entraînait vers des angles de vue incongrus et des mises en scène décalées.

La première photo, montrant un coin de ciel bleu avec un oiseau, et dans l'angle inférieur gauche, un barreau, devint ainsi « Jour 489. Oiseau n° 75 483 ». La deuxième, une vue des piliers du Golden Gate Bridge émergeant de la brume, eut pour sous-titre « Noyé dans un brouillard de larmes ». Pour un autre cliché, représentant un brin d'herbe parvenu à se faufiler dans une anfractuosité du sol, Lucia opta pour « Jour 1 642. Et la vie continue », tandis que l'image d'un coquelicot, avec en arrière-plan la prison tel un fantôme, se vit attribuer la mention « Espoir rouge fuyant l'ogre ». Max était, à vrai dire, impressionné : Lucia n'avait pas l'air de se rendre compte que cette capacité à sublimer la banalité était peu courante.

— Tu n'as jamais pensé à écrire des poèmes ou des chansons ? Tu inventes des choses très belles en un clin d'œil, c'est fou…

Lucia se demanda s'il plaisantait, mais il avait l'air sincère dans son compliment. Elle n'osa pas lui avouer qu'il avait visé juste, que son rêve était de se lancer un jour dans l'écriture d'un roman ou d'une pièce de théâtre, une fiction dans laquelle elle mettrait toutes ses idées, toute sa fantaisie. Mais dans l'esprit de Lucia, l'écriture était un passe-temps réservé aux riches. La seule option pour les gens comme elle, c'était l'obtention d'un boulot stable – et c'était déjà beaucoup. À la question de Max, elle préféra répondre par une pirouette :

— Je ne sais pas écrire, je sais juste inventer. Mais toi tu saisis la beauté, c'est bien plus précieux. Tu n'as jamais pensé à devenir photographe ?

— J'adore la photo, et avec mon métier, j'ai eu l'occasion de pratiquer : je propose toujours un package « dispersion de cendres + reportage », et aussi morbide que ça puisse paraître, la plupart des clients cochent cette case. Mais peu importe… ce qui va faire la différence aujourd'hui, ce sont tes idées et tes légendes. On va gagner, c'est sûr.

— Et Hortense sera verte.

Max rit, Lucia lui tapa dans la main, et il eut un mouvement imperceptible de recul, car une évidence le percuta, et le déstabilisa profondément : il se rendit compte que l'espace d'un instant, il venait de s'ouvrir à quelqu'un. Et qu'au cours de cette déambulation artistique avec Lucia, il était parvenu à ne pas penser à Pauline, ce qui n'était plus arrivé depuis l'accident.

Quand, quelques instants plus tard, un jury de cinq salariés et cinq visiteurs vota sans hésitation pour les photos de Lucia et Max en accordant une mention spéciale à leurs légendes « créatives et délicates », Hortense sourit en rongeant son frein, et Max souffla à Lucia :

— Tu vois, je te l'avais dit.

Et celle-ci lui répondit à voix basse :

— Et comme prévu, Hortense est livide…

*

Sur le ferry, Jim tendit à Lucia et Max le morceau de carte qu'ils venaient de gagner. Le premier pour Max, qui découvrit un morceau de forêt française. Le deuxième pour Lucia, qui découvrit… un autre morceau de forêt française, sans beaucoup plus d'informations. Certains mots étaient complétés – « sen » était devenu « sentier », « ét » était devenu « étang » – mais aucun nom de lieu facilement identifiable n'apparaissait. Et tandis que Lucia songeait qu'il lui faudrait donc gagner encore, Max avait d'autres préoccupations en tête.

Avant de quitter l'île, il s'était rendu dans le petit musée de la prison, rempli de photos, d'objets, d'informations sur Alcatraz et sur la vie des détenus dans les prisons américaines. Rien de particulièrement nouveau… sauf que dans la dernière salle, quelque chose avait attiré le regard de Max, et provoqué une forme d'inquiétude. Mais quoi ? Impossible de l'identifier. Max avait donc capturé en hâte, avec son smartphone, l'ensemble des murs de cette salle d'exposition. Se promettant de replonger dans les images à tête reposée.

En attendant, le malaise subsistait.

6

Hortense devait bien reconnaître qu'il y avait quelque chose de séduisant dans les photos de Max. Une mélancolie, une sensibilité cohérente avec ce que lui-même dégageait. Et cette Lucia... Qu'en dire, à part qu'elle était surprenante ? Si c'était vraiment elle qui avait donné leurs titres aux images, elle aussi méritait d'avoir gagné – Hortense ne le concéderait pas publiquement, mais elle se l'avouait intérieurement, c'était déjà pas mal.

À la fin de leur déjeuner à l'hôtel, Hortense fut surprise de voir débarquer Arsène et Joséphine, qu'elle pensait ne plus revoir de la journée. Leurs traits tirés évoquaient ceux de marins revenus au port après avoir combattu un puissant orage. Hortense avait déjà mal pour Joséphine, alors quand elle la vit approcher, tête basse et mains croisées, elle eut envie de lui dire

« Stop, tu n'es pas obligée de parler, il n'y a aucun problème », mais Joséphine la devança.

— Le lieu dans lequel nous étions ce matin... m'a bouleversée. Arsène et moi... avons eu un enfant... un merveilleux petit garçon, prénommé Gabriel.

Joséphine marqua une pause avant de reprendre, le souffle court. Hortense sentit le sang battre ses tempes.

— Gabriel est décédé il y a bien longtemps... il n'avait pas quatre ans. Et cet enfant, ce matin, m'a fait penser à lui. Alors j'ai un peu perdu les pédales... Je suis désolée.

L'émotion affleurant de nouveau dans les yeux de Joséphine, personne n'osa approfondir, mais Hortense fut la première à aller vers elle. Elle ne savait pas tellement comment s'y prendre : elles n'étaient pas intimes, il n'était pas question de lui imposer un contact physique qu'elle n'aurait pas souhaité. Puis Hortense songea *Oh, et puis merde !* et saisit dans ses mains les paumes de Joséphine en lui murmurant :

— Si nous pouvons faire quoi que ce soit, n'hésite pas.

Joséphine hocha la tête, puis la remercia d'un sourire triste. Et c'est alors que Lucia lança le plus naturellement du monde :

— T'inquiète, mamie. Force et courage, on est tous avec toi.

Ce qui eut pour effet de faire marrer tout le monde – Joséphine et Arsène compris. Hortense expliqua tout de même à Lucia qu'en français, appeler quelqu'un qui n'est pas de sa famille « mamie » ne se faisait pas trop, mais Lucia lui répondit en riant :

— Je sais bien, mais je n'ai jamais eu de mamie, alors j'aimerais bien en adopter une comme Joséphine... Il faudrait lancer un site du style AdopteUneMamie.com, je suis sûre que ça cartonnerait !

Décidément très créative cette Lucia, pensa Hortense... *et finalement pas si désagréable.*

Afin que chacun se remette de ses émotions – et d'après Hortense, sans doute parce qu'il n'avait rien prévu –, Jim annonça une après-midi « quartier libre ». Hortense était ravie, d'une part parce que la vie en communauté, ça allait bien cinq minutes, et d'autre part parce qu'elle rêvait de découvrir Fisherman's Wharf, quartier sur pilotis célèbre pour les dizaines d'otaries agglutinées sur ses pontons et barges.

Hortense adorant les animaux, elle arriva là-bas avec un enthousiasme non feint... et fut affreusement déçue : le lieu était blindé de monde et toutes ces otaries puaient, c'était une infection. Alors un petit quart d'heure d'observation fut amplement suffisant. Gros *fail*, comme disaient les jeunes de son service, au boulot.

Déçue mais bien décidée à en profiter quand même, Hortense s'attabla à la terrasse d'un bar loin de toute odeur animale, commanda une bière et se vit gratifiée d'une « *middle size* » américaine – soit l'équivalent d'une piscine olympique de binouze. L'après-midi n'était pas si mal partie, Hortense était sur le point de se détendre, lorsqu'elle eut tout à coup la frousse de sa vie. Car il lui sembla reconnaître, à la table voisine, un ex-collègue de travail… et pas n'importe lequel, puisqu'il s'agissait de son ancien supérieur hiérarchique.

Elle n'osait pas le regarder, mais dans son esprit une chose était certaine : sa présence ici ne pouvait pas être due au hasard. Hortense sentit monter une vague de panique. Alors c'était lui, son maître chanteur ? Et maintenant il la suivait jusqu'à San Francisco ? C'était quoi la prochaine étape, la trucider dans une ruelle sombre ? Hortense avait du mal à respirer, il lui fallait quitter les lieux immédiatement, mais elle se sentait inapte à marcher plus de trois mètres. Elle se leva en se tenant à sa table, puis se dirigea d'un pas mal assuré vers ce que son esprit embrumé perçut comme un refuge : les toilettes du bar.

Elle s'y enferma, le cœur battant, et composa le numéro de Max. Elle lui proposa de la rejoindre « avec les autres pour boire un verre, c'est super joli ici »… en essayant de ne rien laisser paraître de son stress. Max accepta, et commença à lui parler des « Painted Ladies », ces maisons victoriennes colorées devant lesquelles il se trouvait. Hortense n'en avait objectivement rien à faire, mais cette présence téléphonique étant rassurante, elle fit semblant de s'intéresser à ce qu'il racontait. Après avoir raccroché, elle resta dans la cabine une bonne dizaine de minutes, incapable de bouger, et provoquant l'ire des consommatrices qui attendaient la place. Lorsqu'elle se décida à sortir enfin, deux jeunes femmes l'incendièrent. Alors Hortense, qui avait repris du poil de la bête, simula un réflexe vomitif en se penchant vers elles... ce qui les calma illico.

Elle revint dans le bar en tremblant, mais parvint à se faire violence, et à examiner de plus près l'homme qui lui avait fait si peur.

Putain putain putain. Ce n'était pas lui. Dieu merci, ce n'était pas lui.

Hortense aurait dû se sentir mieux, mais le mal était fait : elle était déstabilisée, ses jambes ne la portaient plus, il lui fallut s'asseoir.

Le barman remarqua qu'elle n'avait pas l'air bien, il lui proposa un verre d'eau, mais Hortense lui demanda quelque chose de beaucoup plus fort.

Car la frayeur qu'elle venait de se faire avait réactivé le souvenir de cette journée d'avril, il y a quelques semaines, où tout avait basculé.

★

Ce vendredi-là avait très mal commencé.

Hortense s'attendait à partir en week-end avec Fred pour fêter leurs quatre années ensemble, mais il lui avait envoyé un SMS dès 7 heures du matin afin de tout annuler : sa femme l'avait grillé en découvrant que le prétendu séminaire d'entreprise n'existait pas.

Cela faisait quatre ans que Fred baladait Hortense, quatre ans qu'il était sur le point de quitter sa femme, mais ce pauvre Fred manquait de chance : dès qu'il se décidait à sauter le pas, une tuile lui tombait sur le coin de la figure. Le décès de sa belle-mère, les problèmes scolaires de son fils... Hortense se disait bien que jamais ça ne changerait, mais à chaque fois qu'il lui jurait son amour dans le creux de l'oreille, ses défenses tombaient et elle replongeait.

Un peu plus tard dans la matinée, Fred la convoqua dans son bureau. Elle crut à un prétexte pour pouvoir s'excuser à propos du week-end foiré. Elle était loin du compte.

Elle arriva devant la porte de Fred, sur laquelle était inscrit en lettres dorées : *Frédéric Martineau, directeur des Ressources humaines.* Elle sourit, car parfois pour titiller son ego, il lui arrivait de lui donner du « Monsieur le directeur », ce qui lui faisait systématiquement de l'effet... C'est donc avec des pensées polissonnes qu'Hortense entra dans le bureau. Elle fut surprise d'y trouver son propre supérieur hiérarchique – celui qu'elle pensait avoir reconnu à Fisherman's Wharf – assis aux côtés de Fred.

Fred qui faisait tout pour ne pas croiser son regard.

Fred qui l'invita à s'asseoir, qui planta finalement des yeux froids dans les siens, et qui, avec des mots répétés des dizaines de fois au cours de ces dernières semaines, lui signifia que d'ici à quelques semaines, elle ferait partie des licenciés économiques. Un plan d'accompagnement généreux serait mis en place, l'entreprise « n'ayant d'autre choix que de se séparer d'elle, à contrecœur bien sûr ».

Hortense était abasourdie.

Elle ne cessait de regarder Fred, qui de son côté baissait les yeux, de nouveau.

Depuis combien de temps savait-il qu'elle ferait partie des éjectés ?

Pourquoi ne pas lui en avoir parlé, alors qu'il pleurnichait depuis des semaines en formulant des remords vis-à-vis des concernés ? Des semaines au cours desquelles Fred savait. Des semaines au cours desquelles il avait continué de la baiser comme si de rien n'était.

Quelle conne.

Hortense sentit les larmes monter, mais elle ne voulait pas craquer. Pas comme ça, pas devant lui. Il était clair que cette situation constituerait un point de non-retour dans leur relation. Leur couple ne s'en relèverait pas.

Quatre ans qu'elle l'aimait, l'attendait patiemment. Et soudain dans ce bureau impersonnel, il lui sembla voir Fred tel qu'il était, pour la première fois. Un lâche qui se servait de cette procédure pour mettre fin à leur histoire. Fred venait de la licencier de son lit, de sa vie, de la manière la plus brutale qui soit, et en présence de témoin – humiliation ultime. Hortense parvint, malgré tout, à faire bonne figure. Il lui fut signifié qu'elle pouvait, « vu les circonstances », prendre sa journée. Trop aimable.

Elle attendit d'être dans le métro pour s'effondrer. Un gentil monsieur lui proposa de l'eau et des mouchoirs, qu'elle accepta. Il ajouta que si elle avait besoin de parler, il pouvait l'écouter, et Hortense se mit à pleurer de plus belle.

Il fallut attendre plus d'une heure avant que son portable ne lui signale l'arrivée d'un SMS de Fred : « Je suis désolé. Tout est allé très vite, je n'ai pas eu le temps de te prévenir. Je comprendrais que tu ne veuilles plus me voir, mais sinon je suis dispo lundi soir ☺ »

Putain mais le culot ! Hortense n'en croyait pas ses yeux.

Alors elle sécha ses larmes, bloqua le téléphone de Fred, puis, avec un calme étonnant, elle sortit du métro pour faire quelques achats. Munie d'un vieux chiffon, de gants de latex, d'une bouteille, de deux petits sprays, d'un pic à glace et d'un marteau qui rentraient parfaitement dans son sac, elle retourna sur son lieu de travail, chaussée de baskets beaucoup trop grandes pour elle.

Hortense ayant été élue un an auparavant au comité de sécurité, elle avait suivi les débats concernant l'installation de caméras de surveillance. Elle savait donc que seul l'accueil de l'entreprise en était équipé. Elle passa par le parking, se cacha et attendit d'être seule.

Il était 15 heures, et à cette heure de la journée, les mouvements de véhicules étaient rarissimes – chaque employé étant, en principe, à son poste. À mesure qu'elle avançait vers l'Audi flambant neuve de Fred, Hortense sentait son pouls accélérer. Elle sentait aussi une forme de jouissance indicible l'envahir.

Elle commença par sortir le pic à glace, et creva les quatre pneus avec une facilité déconcertante. Avant de passer à la suite, elle regarda autour d'elle, et but d'un trait une mignonnette de vodka, pour se donner du courage. La voie était libre.

Elle savait qu'il lui fallait agir vite, puisque dès le premier coup sur le véhicule, l'alarme se déclencherait. Elle savait aussi que les hommes chargés de la sécurité de l'immeuble étaient deux étages au-dessus. D'après ses calculs, il leur faudrait deux bonnes minutes avant de se rendre compte qu'une alarme sonnait, puis trois minutes supplémentaires pour parvenir jusqu'à elle. Par précaution, Hortense avait placé un chiffon sur le capteur de la porte du parking, afin de la maintenir ouverte.

Elle prit une grande inspiration.

Puis elle évacua sur la voiture de Fred toute sa rage.

Son marteau s'abattit sur le toit, sur les vitres, sur les rétroviseurs, sur les phares, sur le capot, sur les ailes, partout. Enfin, elle saisit les deux sprays achetés dans un magasin de farces et attrapes, les ouvrit complètement, et en versa le contenu dans l'habitacle. Même une fois réparée, la voiture aurait du mal à se débarrasser des odeurs, très tenaces d'après le vendeur, contenues dans ces deux « sprays puants » – ça ne s'invente pas.

Et tandis qu'elle courait à perdre haleine pour ressortir du parking, Hortense ne pouvait s'empêcher de rire en imaginant son si beau, si élégant, si distingué Fred, déguster pendant des semaines ces fragrances d'œuf pourri, d'urine et de croûtes de fromage.

Fred l'avait soupçonnée bien sûr, mais il était si détesté par l'ensemble de l'entreprise que, selon la direction, « cela pouvait être n'importe qui ». Et puis les empreintes de baskets taille 43 autour du véhicule indiquaient plutôt un homme. La police avait relevé quelques cheveux contenant sûrement un ADN qu'il aurait fallu comparer à celui des cinq cents salariés… impensable de créer une telle psychose, en période de plan social. Alors Fred fut prié de faire jouer son assurance et de laisser tomber tout espoir de coincer le coupable.

Hortense jubilait, pensant avoir commis le délit parfait. Jusqu'au jour où elle reçut la première demande d'argent, accompagnée de la vidéo anonyme, visiblement tournée au niveau des ascenseurs au moment où elle assénait ses derniers coups de marteau.

⋆

Assise dans ce bar de Fisherman's Wharf, Hortense se demandait si à Paris un nouveau courrier l'attendait, et l'angoisse la reprit : si son maître chanteur lui envoyait une demande, elle ne pourrait ni le savoir, ni déposer l'argent dans une consigne de gare parisienne, comme cela avait été le cas les fois précédentes.

Cette situation ne pouvait plus durer, elle ne pouvait pas continuer à vivre dans cette terreur permanente. Mais pour y mettre fin, il n'y avait que trois solutions possibles : se confronter à son maître chanteur, avouer son délit… ou payer quelqu'un pour récupérer la vidéo : elle s'était renseignée, un détective privé pourrait « faire ça bien » pour dix mille euros. Elle ne les avait pas, mais elle pourrait les obtenir si elle gagnait ne serait-ce qu'une partie de ce putain de trésor.

En attendant, elle demanda au barman de lui servir un autre verre.

Quand Joséphine, Lucia, Arsène et Max la rejoignirent, elle finissait son troisième.

7

Jim avait été surpris de constater, en observant le parcours des traceurs de géolocalisation, que le groupe avait passé une grande partie de son temps libre ensemble. L'atmosphère était détendue lorsqu'il les accueillit chez *Roberto's*, restaurant situé à l'épicentre de North Beach, la Little Italy de San Francisco.

— Bien, alors le défi de ce soir…

— Parce qu'il y a encore un défi ?

Jim fut étonné que l'interruption émane d'une Hortense hilare, et stupéfait de constater que Lucia riait également. Il semblait y avoir une sorte de complicité entre les deux femmes, d'autant plus étrange qu'elle paraissait impensable il y a encore quelques heures.

— Eh bien oui, puisque vous êtes ici pour un jeu…

— Aaaaaaahhhhh la chasse au trésor, parlons-en ! File-nous ces morceaux de carte, qu'on en finisse ! Et puis y a quoi, sur cette carte ? Lucia a parlé d'une forêt française, c'est quoi le délire ?

Hortense était déchaînée. Méconnaissable. Jim nota les sourires en coin sur les visages de Joséphine, Arsène et Max, mais ce fut Lucia qui s'avança et précisa :

— On a pris un gros apéro, Hortense a bu deux cocktails « California Sunset », mais elle avait pris un peu d'avance. En tout cas, elle est beaucoup plus fun comme ça !

— T'es sympa, Lucia. Tu sais que t'es sympa, Lucia ?

Hortense s'accrocha au cou de Lucia pour lui murmurer un message à l'oreille… qu'elle prononça en criant, sans même s'en rendre compte.

— Il est pas mal Jim, non ? Je le croquerais bien… Mais je crois qu'il en pince pour toi, hein, Lucia ? En même temps, t'es enceinte alors je sais pas si tu couches quand même ?

Jim ne savait plus où se mettre, Joséphine, Arsène et Max riaient, et lorsque Lucia répondit très distinctement aux questions d'Hortense, tout le monde écouta attentivement.

— Alors oui, il est pas mal, Jim. Et figure-toi que je l'ai déjà « croqué » comme tu dis, parce que être enceinte, eh bien ça creuse l'appétit. Mais tu peux y aller, je ne suis pas jalouse.

Jim rougissait de plus belle, mais Hortense n'en avait pas fini : elle embrassa Lucia sur la joue, puis lui dit :

— Et t'as déjà fait des plans à trois ?

Ce qui provoqua un éclat de rire général, mais obligea Jim à intervenir, cette fois-ci.

— Bon, alors le défi du soir était censé être individuel, mais on va placer Hortense en cellule de dégrisement : Lucia, tu peux la garder avec toi ?

— *OK, guapo. My pleasure.*

— Merci, Lucia. Max tu viens avec moi, Joséphine et Arsène vous restez tous les deux parce que tout à l'heure vous n'avez pas fait votre épreuve commune… et c'est parti !

— Mais on ne sait pas ce qu'il faut faire.

— Ah merde c'est vrai, merci, Max. Faut dire que vous m'avez un peu déstabilisé, hein… Ce soir, vous vous transformez en rédacteurs du guide Michelin – enfin, du guide que vous voulez. Vous choisissez trois restaurants au hasard dans le quartier, vous dégustez une entrée dans l'un, un plat dans l'autre, un dessert dans le dernier, et ensuite vous rédigez pour chaque lieu visité un article d'une dizaine de lignes afin de donner votre avis. Rendez-vous ici même dans deux heures… et un véritable rédacteur touristique déterminera le gagnant.

Jim tendit quelques feuilles et un crayon à chacun, et lança le chronomètre. Soulagé qu'Hortense soit prise en charge par Lucia…

*

Max passa donc, pour la première fois, un long moment seul avec Jim. C'était un garçon sympathique, mais Max n'avait pas particulièrement d'atomes crochus avec lui. Ils échangèrent quelques banalités, puis il y eut de longues plages de silence, qui ne gênèrent pas Max. C'était même plutôt reposant, après l'effervescence de ces derniers jours. L'exercice de rédaction des articles n'était pas passionnant, alors puisque Max n'avait aucune envie de remporter ce trésor, il ne fit pas vraiment d'effort. De toute façon, Lucia étant bien plus douée en matière de créativité littéraire, Max se disait qu'elle remporterait le défi haut la main, et ce malgré le boulet que constituait une Hortense passablement bourrée.

Quand le rédacteur mobilisé par Jim pour juger les articles débarqua dans le bar où il les avait réunis, Max le trouva désagréable, et ne retint pas son nom. Sa coiffure, en revanche, était… intéressante. Penchée vers lui, Lucia la résuma ainsi, à voix basse :

— On dirait qu'il s'est fait greffer un caniche écrasé sur le front…

Max étouffa un rire – Lucia avait tellement raison. Toujours est-il que, caniche écrasé ou pas, l'homme avait plus d'un tour dans son sac. Lorsqu'il lut les écrits de la jeune Espagnole, quelque chose le chagrina. Il pianota sur son téléphone, puis dévoila un sourire triomphal à base de dents jaunies par le tabac, et pointa un doigt accusateur en direction de Lucia.

— Mon application de comparaison de texte est formelle, mademoiselle : votre article sur le tiramisu du restaurant *Mamma Mia* est tiré du *Lonely Planet* !

L'homme jubilait, et Max remarqua que dans l'euphorie de sa diatribe, il avait projeté un nombre déraisonnable de postillons à une distance tout aussi déraisonnable. Lucia tenta mollement de se justifier.

— J'ai acheté le guide sur internet en quelques clics, c'est vrai, *mea culpa*, flagellez-moi sur une place publique... ça m'a permis de gagner de précieuses minutes pour pouvoir continuer à m'occuper d'Hortense, qui se jetait sur tous les mâles du coin. Mais si la technologie existe, pourquoi ne pas l'utiliser ?

Max pensait Hortense semi-comateuse, malheureusement pour sa coéquipière, ce n'était pas le cas : elle lui asséna le coup de grâce.

— Oui, enfin c'est pas parce qu'une technologie existe qu'on est obligé de l'utiliser hein ! Par exemple, il y a toute la technologie du monde pour se faire une coupe comme le monsieur là, mais bon on n'en a pas trop envie...

Hortense finit sa phrase morte de rire. Max lui-même se retenait d'exploser. Il leva les yeux vers les autres : avec leurs bouches pincées et leurs regards fuyants, ils avaient tous l'air de participer à ce jeu impossible où le premier qui rit perd... Après un long moment qui mit le self-control de chacun à rude épreuve, Lucia fut logiquement disqualifiée, et Joséphine et Arsène, qui avaient produit des articles sobres, simples et efficaces, furent désignés gagnants.

Jim raccompagna l'homme-caniche, puis éclata de rire, entraînant le reste de la troupe.

Il tendit l'enveloppe contenant le morceau de carte à Joséphine et Arsène, qui le remercièrent. À vrai dire, c'était surtout Arsène qui parlait, Joséphine ayant l'air ailleurs, ce soir-là. Hortense, qui ne perdait pas le nord malgré son état d'ébriété, essaya de regarder par-dessus l'épaule d'Arsène, qui déclara en riant qu'elle ne manquait pas de culot. Puis il récupéra le précieux butin, et le rangea dans la poche de son pantalon.

★

Dès qu'ils eurent rejoint leur chambre, Joséphine se dirigea vers la salle de bains, laissant son mari seul pour quelques longues minutes.

À cet instant, et alors que la mémoire de leur fils décédé avait fait irruption dans leur voyage de manière inattendue le matin même, Arsène ressentit le besoin de plonger dans une bulle de douceur. Il ouvrit le carnet de Joséphine, et relut avec avidité ces premières pages qui n'en finissaient pas de le bouleverser, et de lui réchauffer le cœur :

J'ai toujours aimé les feux d'artifice.

La plupart des événements importants de mon existence ont eu lieu un jour de spectacle pyrotechnique, alors je n'y peux rien : à chaque fois que l'un d'eux commence, je suis comme une gamine. Mon grand-père, puis mon père, dirigeaient autrefois la plus grande usine de feux d'artifice de France, c'est peut-être un début d'explication à cette fascination. Certains prétendent qu'il n'y a rien de plus kitsch, désuet ou ridicule, mais force est de constater que tout être humain âgé de trois à dix ans adore ça. Il faut sans doute avoir gardé une certaine candeur, pour les apprécier à leur juste valeur. Ce que je préfère, c'est l'instant suspendu entre le tir de la fusée et son explosion, ces quelques secondes où l'on suit la trajectoire sans savoir quelle forme, quelle couleur embrasera les nuages. C'est sans doute idiot, mais je trouve que ça ressemble furieusement à la vie : le vent nous porte parfois en des lieux inconnus, on croit choisir un chemin, mais on ne sait jamais vraiment ce qui nous attend, dans l'obscurité du ciel.

Je suis née un soir de feu d'artifice, le 14 juillet 1958, dans une petite ville du sud de la France. Et c'est aussi un 14 juillet que ma route a croisé celle d'Arsène. Rien ne nous prédestinait à nous rencontrer, mais c'est bien là la magie des fêtes nationales… À cette époque, la tradition des bals populaires était à son apogée, et celui des pompiers était le plus couru. Ce soir-là, je fêtais mes vingt et un ans, et ma mère – chez qui je vivais toujours, tout en préparant le concours d'institutrice – m'avait donné la permission de minuit. Aujourd'hui cela peut paraître fou de n'avoir que la permission de minuit à cet âge, et sans doute n'étais-je pas la plus dégourdie, mais enfin pour ma défense, il faut s'imaginer que l'on célébrait encore à cette époque les Catherinettes : le spectre de la femme sans mari au mitan de la vingtaine rôdait, et lorsqu'on était une jeune fille respectable et qu'on vivait chez ses parents, on acceptait leurs règles sans rechigner. J'ouvre une parenthèse pour préciser que je ne vivais pas à proprement parler chez mes parents, mais plutôt chez ma mère et mon beau-père : mon père étant décédé dans un accident de chasse alors que je n'avais pas quinze ans, ma mère avait refait sa vie, choisissant un nouveau mari qu'elle n'aimait pas (et moi encore moins), mais qu'elle jugeait capable de reprendre les rênes de l'usine familiale. Ma mère était une bourgeoise qui n'avait jamais sérieusement envisagé de travailler, aussi a-t-elle préféré, à la mort de mon père, le confort matériel à l'amour.

Mais revenons au soir de ma rencontre avec Arsène.

La fête battait son plein, et avec mon amie Françoise nous nous trémoussions sur les airs des chanteurs et groupes à la mode : Claude François, Boney M, ABBA... Qu'est-ce que c'était bon ! Je dois avouer que j'avais mon petit succès auprès des garçons. J'avais même déjà eu quelques flirts, mais jamais de relation sexuelle – ma mère m'en ayant, il est vrai, quelque peu dégoûtée. Françoise, qui avait franchi le pas, m'assurait que c'était loin d'être l'horreur dépeinte par ma sainte-nitouche de génitrice, et que si le garçon était habile, il était possible d'y prendre du plaisir. On pourrait dire que j'étais sacrément cruche, et on n'aurait sans doute pas tort, mais voilà j'étais comme ça, je ne vais pas mentir.

Françoise et moi nous amusions follement... jusqu'au moment où je me suis rendu compte qu'on m'avait dérobé mon sac à main. Je l'avais pourtant posé sur le comptoir quelques secondes seulement, le temps de récupérer les boissons commandées à la buvette, mais cela avait suffi. J'étais en proie au plus grand désespoir, car les clés de la voiture étaient dedans, et je ne me voyais pas du tout annoncer à mon beau-père que l'Alpine flambant neuve qu'il avait consenti à me prêter après moult supplications avait été volée.

Françoise et moi nous dirigions en tremblant vers la voiture, essayant d'imaginer ce que nous ferions si le scélérat tentait d'en forcer l'accès sous nos yeux... lorsqu'un ange providentiel m'est apparu, sous la forme d'un joli garçon aux faux airs de John Travolta : cheveux gominés, jean et blouson de cuir, le jeune homme – qui devait avoir quatre ou cinq ans de plus que moi – tenait mon sac entre ses mains. Il arborait un sourire si triomphal et si lumineux que j'ai eu envie de l'embrasser sur-le-champ. Je ne l'ai pas fait, bien sûr. Mais plus de quarante années plus tard, je revois parfaitement l'image de ce beau garçon, fier et enjôleur, dans les scintillements de ce bal d'été.

Il m'a tendu le sac, ma main a frôlé la sienne, et j'ai senti un frisson parcourir ma colonne vertébrale. Le beau garçon a reculé d'un pas, a plongé les poings dans ses poches, puis il m'a expliqué :

— Je regardais vers la buvette, et j'ai remarqué un type qui emportait votre sac. J'ai d'abord pensé qu'il était avec vous, je ne me suis pas méfié. Mais quand je vous ai vue

affolée, j'ai compris. Le type était en train de détaler, alors je me suis lancé à ses trousses.

Il semblait à la fois très embarrassé et très sûr de lui, rassurant et un peu rugueux. C'était un mélange étonnant. Intrigant. Attirant, disons-le tout net. J'ai lissé les plis de ma jupe pour me donner une contenance, puis je lui ai souri à mon tour.

— Merci beaucoup, monsieur…

— Je m'appelle Arsène.

— Moi, c'est…

— Je sais comment vous vous appelez. J'ai ouvert votre sac. Pour m'assurer que c'était bien le vôtre. Enchanté, Joséphine.

Il m'a tendu sa main, et je n'ai pas pu faire autrement que de la saisir. Mon pouls s'est accéléré, tandis qu'il conservait ma paume dans la sienne plus longtemps que nécessaire.

Il souriait et me regardait. Il souriait, et moi je me liquéfiais.

Alors j'ai relancé la conversation, pour tenter de sortir de cette gêne grandissante.

— Comment avez-vous fait pour remarquer cet homme, au beau milieu de la foule ?

Il a baissé les yeux, s'est passé une main dans les cheveux, et l'espace d'un instant j'ai vu le gaillard sûr de lui hésiter. Puis il a relevé la tête, a planté son regard acier dans le mien avant de se pencher à mon oreille, et de me glisser dans un souffle :

— Ce n'était pas vraiment le type, que je regardais… c'était vous.

Je n'ai pas su quoi dire. Je me sentais idiote et j'avais l'impression que mon cœur allait sortir de ma poitrine. J'ai cherché Françoise du regard, elle m'a adressé un clin d'œil, puis a continué sa conversation avec un jeune pompier.

J'ai remercié Arsène de nouveau, lui ai dit devoir m'éclipser bientôt, mais il a insisté pour me payer un verre. J'ai accepté, en me persuadant que tout cela n'était que pure politesse.

Et puis le disc-jockey a lancé cette chanson de Christophe, Les Mots bleus. *Arsène m'a invitée à danser, et c'est ainsi que tout a commencé.*

Je crois que dès cet instant, j'ai su.

J'ai su que je ne pourrais plus me passer de ses mains sur mes hanches, de son souffle dans mon cou. Et de ses sourires, dans la tiédeur d'une nuit d'été.

8

Lorsque Max regagna sa chambre, il repensa au malaise qu'avait provoqué en lui la visite de l'exposition d'Alcatraz. Même s'il n'avait pas réussi à en identifier la source, il était parvenu à le tenir à distance le reste de la journée. L'inquiétude s'était dissipée, et Max se rendit compte qu'il était en train de prendre goût à cette aventure. Sans doute un peu trop. Il pensait sa détermination à rejoindre Pauline sans faille, il savait que ce serait pour lui la seule façon de sortir de la culpabilité qui le rongeait depuis l'accident... mais il commençait à douter. Et dans son esprit, ça n'était pas une bonne chose, car quoi qu'il advienne, il ne parviendrait jamais à aimer quelqu'un aussi fort qu'elle... alors à quoi bon continuer à vivre ?

Juste avant de se coucher, Max passa en revue les photos prises au cours des dernières vingt-quatre heures. Quand il arriva aux clichés représentant les

Painted Ladies, ces maisons colorées d'Alamo Square, il se remémora cette série télé des années 1990 qui les intégrait à son générique. Et soudain, l'évidence le frappa.

Accélération du souffle et du rythme cardiaque, Max se redressa dans son lit.

Il commença par « googliser » Jim Smith – sans savoir que Lucia avait déjà tenté l'opération… Les résultats se comptaient en millions de pages – beaucoup trop commun, cet assemblage de nom et prénom.

Alors il tapa « *Jim Smith TV series actor* ». Et il le vit apparaître.

Pas dans la série des années 1990, non, Jim était bien trop jeune. Mais dans de nombreux petits rôles de tout un tas d'épisodes de séries récentes. Voilà pourquoi il avait l'impression de l'avoir déjà croisé : il ne s'agissait pas de rencontre « dans la vraie vie », mais simplement d'un visage familier, aperçu au gré de zapping télévisuel.

Donc Jim était un comédien. Ce qui constituait un choix étonnant, pour un emploi au sein de l'Office de tourisme de Californie. Mais le plus inquiétant était à venir.

En poursuivant ses recherches, Max tomba sur une information sinistre : il y a cinq ans, lors du tournage d'un western, Jim avait tué un homme. L'enquête ouverte pour homicide involontaire avait démontré que l'arme aurait dû être chargée à blanc, et que l'erreur avait été commise par l'armurier. Jim était au mauvais endroit au mauvais moment, il avait été relaxé, et avait même reçu une indemnisation pour le préjudice psychologique.

Max referma les fenêtres du moteur de recherche et éteignit son portable, le cerveau en ébullition. Bien sûr, Jim avait été acquitté, mais tout de même. Un acteur ayant été accusé d'homicide n'était sans doute pas le choix le plus judicieux pour accompagner des chasseurs de trésor. Pourquoi diable l'Office de tourisme l'avait-il engagé ?

Lorsqu'il éteignit la lumière, Max ne put s'empêcher de se dire que s'il avait été dans un roman policier… eh bien, il commencerait sérieusement à se poser des questions.

★

Jim avait, à la demande de l'intéressée, raccompagné Hortense, et celle-ci avait maladroitement tenté de l'embrasser. *A priori* toujours sous l'effet de l'alcool, mais Jim n'en était pas si sûr : peut-être en avait-elle un peu rajouté ? Impossible de le dire avec certitude. Il avait gentiment repoussé ses avances, tout en remarquant pour la première fois ses jolis yeux verts. Hortense avait un charme certain, et Jim se rendit compte à cette occasion qu'il n'y était pas tout à fait insensible.

Une fois revenu dans sa chambre, Jim découvrit un long mail de sa patronne, Grace Floyd. Celle-ci le sermonnait sur sa prise d'initiative, à savoir le fait d'avoir remplacé par un rallye photo à Alcatraz le défi qui devait initialement se dérouler dans le quartier latino de Mission – célèbre pour ses fresques murales et ses rues dédiées au *street art*. Grace Floyd avait suivi l'activité des traceurs de géolocalisation qu'elle lui avait demandé de glisser dans les sacs de tous les participants, et elle était furieuse : comment Jim osait-il improviser ?

Jim se doutait bien que sa boss remarquerait le changement, mais il en avait eu assez de suivre ses instructions à la lettre. C'était une forme de révolte puérile, certes, mais ça lui avait fait du bien sur le coup, de l'imaginer pestant devant son ordinateur contre l'insubordination de son employé. Habitant Los Angeles, Jim ne connaissait pas Alcatraz, il avait eu envie de découvrir le lieu, on n'allait pas en faire tout un plat.

Bien sûr, c'était le nom de Jim qui figurait sur les courriers adressés aux chasseurs de trésor, cela faisait partie du contrat. Bien sûr, il faisait semblant de tout maîtriser à la perfection, employant la première personne lorsqu'il évoquait le processus de sélection : « *je* vous ai sélectionnés », « *je* vous révélerai »… mais la vérité, c'était qu'il ne savait pas grand-chose de toute cette opération, et qu'il inventait la plupart des réponses aux questions des invités.

Le processus de recrutement avait été rapide : Jim avait reçu l'annonce de cette proposition atypique *via* son agent, puis tout s'était déroulé par mail et par tchat avec cette Grace Floyd qu'il n'avait jamais rencontrée. Quelques échanges écrits plus tard, Jim avait reçu un contrat dans lequel elle lui ordonnait tout simplement de mentir au groupe qu'il prendrait en charge. Il devrait prétendre être salarié de l'Office de tourisme alors qu'il ne le serait pas, et faire semblant d'avoir une grande expérience dans ce domaine alors qu'il n'en avait aucune. Jim s'était posé des questions, bien sûr. Il avait donc contacté le standard de l'Office, pour s'entendre répondre qu'aucune Grace Floyd ne faisait partie de leurs effectifs, et qu'ils n'avaient jamais entendu parler de cette histoire de chasse au trésor.

Lorsque Jim avait évoqué tout cela avec sa patronne lors d'un échange de mails houleux, elle lui avait indiqué appartenir à une agence externe. Jim venait de commettre une faute en ne respectant pas la plus élémentaire des discrétions, puisque leur travail à tous les deux se substituait, en quelque sorte, à celui de certains employés de l'Office de tourisme. Jim s'était excusé, mais il avait tout de même tenté d'obtenir des précisions sur le nombre total de joueurs, sur la sélection en amont, et sur la suite : une fois la carte reconstituée, alors quoi ? Jim avait bien remarqué que les pièces de puzzle qu'il recevait par mail avant chaque défi pointaient vers la France… le ou les gagnants s'envoleraient-ils vers l'Europe, et Jim avec ? Et *quid* des autres groupes de joueurs ? Grace avait alors répondu sèchement que si Jim n'était pas capable d'avancer en confiance sans avoir toutes les réponses, il valait sans doute mieux qu'il se retire du projet.

D'accord, tout cela paraissait opaque. D'accord, Google ne renvoyait aucun résultat satisfaisant concernant Grace Floyd ou son organisation, l'entreprise MGR inc. basée en Irlande. Mais Jim n'avait pas décroché de rôle depuis un moment, ce job était vraiment très bien payé, et la part de mystère qu'on lui demandait d'endosser ne paraissait pas si extravagante. S'il refusait, un autre accepterait, et le juteux contrat lui passerait simplement sous le nez.

Alors il avait signé.

Il était monté à bord d'un grand huit sans rien connaître du propriétaire de l'attraction, sans savoir où se situeraient les virages et loopings, et sans connaître le point d'arrivée. Mais c'était plutôt excitant…

Quoi qu'il en soit, le mail de Grace Floyd était très ferme : Jim devait désormais s'en tenir strictement aux instructions reçues, et éviter de dépenser l'argent de l'entreprise dans des soirées en discothèque avec la joueuse espagnole.

C'était on ne peut plus clair.

9

Le lendemain matin, Jim expliqua qu'il faudrait quatre heures de minibus en direction des montagnes Sierra Nevada pour rejoindre l'immense parc national Yosemite, dont le seul nom suffit à faire pétiller les yeux d'Arsène. Avec sa faune sauvage, ses séquoias géants, ses paysages à couper le souffle et ses randonnées magiques, Yosemite le faisait fantasmer depuis toujours. Son excitation crevait les yeux, à tel point que Lucia déclara :

— Arsène a donc désormais officiellement sept ans... En revanche, Jim, si par hasard tu as prévu un défi rando, les personnes qui sont enceintes peuvent passer leur tour et obtenir un morceau de carte bonus, non ?

Jim sourit, mais resta inflexible face aux yeux de biche de Lucia.

— Si tu ne te sens pas capable de continuer l'aventure, tu peux évidemment déclarer forfait. Ce qui sera considéré comme un abandon définitif.

Lucia avait soupiré, puis souri : c'était de bonne guerre.

Sans s'attarder, Jim présenta au groupe le chauffeur qui les accompagnerait pour la suite du séjour. L'agence par laquelle Jim était passé l'avait informé de la défection du précédent *driver* le matin même, et au vu des échanges récents avec sa patronne, Jim se demandait si ce nouveau venu n'était pas une sorte d'espion chargé de le chaperonner… Rien ne permettait de le dire à ce stade, mais Jim était résolu à rester sur ses gardes. Il précisa que le nouveau chauffeur ne parlait qu'anglais, qu'il se prénommait Detroit – prononcé à l'américaine : *Di-troï-t* – et qu'il était originaire de… Détroit. Ce qui provoqua cette boutade de Lucia :

— C'est bizarre, mais tout à coup j'ai bien plus envie de visiter Di-troï-t que Yosemite…

Tout le monde rit, sauf Detroit qui n'avait évidemment pas pu comprendre la blague. Alors Lucia entreprit une traduction toute personnelle, qui résumait bien sa première impression – le jeune homme était séduisant, un faux air de Lenny Kravitz avec son regard mystérieux, son piercing dans le nez, ses tatouages et ses dreads courtes.

— *I just said that I think you're sexy, and they all laughed because they're jealous!*

Detroit sourit tout en ayant l'air gêné, puis toute la troupe se mit en route. Jim s'installa à l'avant, Hortense, Lucia et Max sur la rangée suivante, Joséphine et Arsène à l'arrière. La première heure de route fut silencieuse, chacun perdu dans ses pensées, ou finissant sa nuit…

★

Lucia songeait à son « match » de la veille, qui s'était révélé décevant. Après le défi « rédaction-d'article-à-base-de-tiramisu-tout-en-babysittant-Hortense-bourrée », elle avait fait tourner son application de rencontre… et – le hasard faisant parfois bien les choses – avait trouvé son bonheur potentiel au sein même de l'hôtel. Mais il n'y avait pas eu d'étincelle, alors elle avait préféré regagner sa chambre avant qu'il ne se passe quoi que ce soit. Le gars avait été clean, il l'avait laissée repartir – ce qui était normal, bien sûr, mais malheureusement pas toujours si évident. Parfois, Lucia se demandait s'il ne vaudrait pas mieux qu'elle se trouve un mec stable, l'un de ceux avec lesquels on a envie de faire sa vie. Mais le problème, quand on a été élevée par une mère prostituée qui s'est démolie à la dope, c'est qu'on a du mal à faire confiance et à imaginer que les hommes ne sont pas tous des porcs.

Sa mère bossait la nuit, dans l'un des clubs de La Jonquera, cette ville de la frontière espagnole haut lieu de prostitution. Mais avant de sombrer dans la dépendance au crack, elle avait eu la présence d'esprit de s'installer avec Lucia loin de son lieu de travail, afin de la préserver, autant que possible. Son enfance et son adolescence, Lucia les avait donc passées dans un appartement d'Argelès-sur-Mer. Sa mère y partageait le loyer avec deux autres « collègues » espagnoles ayant chacune une fille. Une sorte de communauté féminine où une adulte était présente chaque soir pour les enfants. L'éloignement de La Jonquera permit à Lucia de ne pas être stigmatisée, et d'aller à l'école française. Lucia n'était pas directement exposée à la violence des hommes, mais elle n'en était pas pour autant préservée : les bleus sur le visage de sa mère, les marques sur sa peau et les retours en pleurs au petit matin étaient monnaie courante.

À la mort de sa mère, Lucia avait seize ans, et aucune envie de se retrouver en foyer. Elle s'enfuit donc, et se lança à la recherche de son géniteur, un Barcelonais dont elle connaissait l'identité. Lorsqu'elle le rencontra, elle comprit tout de suite qu'il ne faudrait rien en attendre : l'homme était un « bon père de famille » qui avait « engrossé une pute » dont il n'avait aucun souvenir, il était « hors de question de bousiller sa vie pour une gamine » qu'il ne considérerait jamais comme sa fille. Au bout de cinq minutes, les mots « preuves », « placement » et « bataille juridique » avaient été prononcés, et Lucia décida de faire ce qu'elle avait toujours fait : se débrouiller seule.

Quand on a seize ans à Barcelone, il n'est pas si difficile de trouver des colocations et des jobs non déclarés. C'est ainsi qu'en attendant sa majorité, Lucia parvint à passer entre les mailles de l'assistance publique, tout en se jurant de ne jamais tomber ni dans la prostitution ni dans la drogue. Elle réussit aussi, à force d'économies et de travail acharné, à finir son lycée et poursuivre ses études à la fac. Ça la rendait fière, bien sûr… mais les jours de moins bien, les jours où la fatigue et la lassitude de la corde raide l'emportaient, elle enviait tous ces jeunes gens inconscients de leur chance, elle se disait qu'elle aussi mériterait bien de souffler un peu. Avec son succès auprès de la gent masculine, elle aurait sans doute pu épouser un homme riche, divorcer quelques mois plus tard et toucher un joli pactole… mais la seule perspective de coucher pour de l'argent lui donnait envie de vomir. Elle ne ferait pas les mêmes erreurs que sa mère. Elle s'assumerait seule, décrocherait des diplômes et des jobs alimentaires en attendant de réaliser son rêve de devenir romancière, dramaturge, comédienne ou les trois à la fois, et puis elle coucherait uniquement avec les hommes dont elle aurait envie. Qui sait… Peut-être qu'un jour, elle rencontrerait l'amour avec un grand A ? Elle n'y avait jamais vraiment cru, à l'amour fou qui balaie tout sur son passage, mais il n'est pas interdit de rêver : ça, au moins, c'est gratuit. En attendant, elle se dit, en croisant le regard de Detroit dans le rétroviseur, qu'elle en ferait tout de même bien son quatre-heures…

*

Hortense, de son côté, avait avalé un gramme de paracétamol avant de monter à bord du minibus, car son mal de crâne était lancinant. Depuis combien de temps n'avait-elle pas bu autant d'alcool ? Probablement depuis cette soirée étudiante mémorable où elle avait fini la tête dans la cuvette des chiottes. Elle avait évité d'en arriver là cette fois-ci, mais qu'est-ce qui lui avait pris de se lâcher comme ça ? Sans doute avait-elle eu besoin d'évacuer le trop-plein de stress… mais enfin, le résultat était consternant.

Elle se rappelait avoir enchaîné les verres, beaucoup ri… et avoir ensuite passé une bonne partie de sa soirée avec Lucia, ce qui était très étonnant. Ensuite, elle ne se souvenait de rien d'autre que cet instant gênant où il lui semblait avoir embrassé Jim. Du grand n'importe quoi, et surtout de nombreuses questions. Qu'avait-elle dit pendant cette période de black-out mémoriel ? Qu'avait-elle fait ? Que s'était-il passé exactement avec Jim ? Aurait-elle pu coucher avec lui sans s'en souvenir ? Son corps s'en souviendrait, non ? À moins qu'ils n'aient pas couché à proprement parler ? Oh mon Dieu, ça y est, les images arrivaient, elle s'imaginait à genoux, le sexe de Jim dans sa bouche, et elle se décomposait. Elle avait évité le regard de Jim en montant dans le minibus, mais il ne lui avait pas semblé qu'il soit aussi obscène que les images qui s'incrustaient dans son esprit.

Pour passer le temps pendant le trajet et se donner une contenance, Hortense consulta ses mails sur son smartphone. Des publicités pour les soldes de diverses marques de vêtements, des « bons plans vacances », des newsletters de théâtres parisiens, et au milieu de tout ça, un message qui ressemblait fort à un spam, avec son expéditeur azertyuiop123456789@gmail.com. Elle faillit le balancer directement dans la corbeille, mais l'ouvrit quand même… et son rythme cardiaque monta en flèche. Il n'y avait que trois lignes, mais quelles lignes !

> Chère Hortense, votre maître-chanteur est neutralisé, vous n'avez plus à vous en inquiéter. Amicalement.

Pas de signature, mais en pièce jointe… cette putain de vidéo montrant le fameux incident dans le parking. Elle s'assura que Lucia, assise à côté d'elle dans le minibus, n'avait rien vu, mais celle-ci avait les yeux fermés.

Hortense prit une grande inspiration et se mit à réfléchir à toute vitesse.

Qu'est-ce que c'était que ce bordel ? Qui était ce chevalier servant qui venait de neutraliser son maître chanteur ? Était-ce vrai, ou s'agissait-il d'une ruse ? Si oui, visant quel objectif ? Car le mec ne demandait rien, dans son mail… Le mec ou la fille, d'ailleurs, impossible de savoir. Et puis, qu'est-ce que ça voulait dire exactement, « neutralisé » ? Hortense imaginait des scénarios dignes d'un Tarantino avec torture dans une cave transformée en salle d'interrogatoire, et en même temps son interlocuteur avait signé « Amicalement ». On ne peut pas être totalement méchant quand on signe « Amicalement », si ?

Hortense bouillonnait intérieurement, mais ne pouvait rien montrer, c'était à devenir dingue. Elle décida de répondre afin de poser toutes les questions qui lui venaient. Elle se doutait bien qu'elle n'obtiendrait pas de retour, mais qui ne tente rien… Elle réclama donc l'identité du mystérieux expéditeur, la raison de son aide, la manière dont il avait eu connaissance de ce chantage odieux alors qu'elle-même n'en avait parlé à personne, et puis l'identité du maître chanteur, tant qu'à faire. Elle ajouta enfin cette phrase surréaliste : « J'espère quand même que vous ne l'avez pas tué… »

★

Depuis le début du trajet, Max tergiversait quant à l'attitude à adopter vis-à-vis de Jim : devait-il lui parler de son métier d'acteur en aparté, ou bien en présence de tous les autres ? Devait-il évoquer comme ça sans prévenir, l'homicide involontaire pour lequel il avait été inculpé ? Max avait beaucoup réfléchi, et il en était arrivé à la conclusion suivante : si la justice avait tranché en faveur de l'innocence de Jim dans cette affaire, de quel droit remettrait-il cela en question ? Max avait souvent entendu parler du droit à l'oubli :

le fait pour un suspect innocenté officiellement de se reconstruire, de passer à autre chose. Max estima qu'il ne pouvait pas faire ça à Jim : rendre public un événement qui l'avait par ailleurs affecté psychologiquement, comme le suggéraient les éléments recueillis la veille. Il décida donc qu'il évoquerait seulement son métier d'acteur.

Lorsque Joséphine brisa le silence du véhicule pour réclamer une « pause pipi », Jim se retourna afin de s'adresser à tout le monde : la prochaine station-service était annoncée dans dix miles. Max en profita pour se lancer :

— Dis-moi, Jim... ça n'a rien à voir, mais il me semblait bien que ton visage m'était familier, et hier soir j'ai retrouvé d'où je te connaissais ! Tu nous as caché que tu étais acteur... et j'avoue que je me demande pourquoi l'Office de tourisme de Californie a engagé un comédien, et pas un professionnel du tourisme...

Max avait essayé de sourire et de paraître le plus naturel possible, mais il n'était pas parvenu à dissimuler entièrement sa gêne. Jim non plus, d'ailleurs, qui avait esquissé un rictus trahissant un étonnement teinté de malaise. Il avait toutefois immédiatement répondu :

— Je suis un showman multicasquettes, mais je ne voulais pas me vanter. Alors oui, puisque tu me le demandes, j'ai bossé dans des séries, au théâtre, au cinéma, mais aussi comme chauffeur de salle ou animateur... J'accepte toutes sortes de boulots, puisqu'il faut bien manger. Et dans ce cas précis, j'imagine qu'on m'a jugé capable d'accomplir cette mission. D'ailleurs avez-vous à vous plaindre, chers amis, depuis le début ?

Arsène prit la parole :

— Il me semble que nous sommes tous très heureux avec toi dans cette aventure…

Les explications de Jim n'étaient pas particulièrement convaincantes, mais Max n'avait rien de fondé à lui reprocher. Il esquissa donc un sourire, tout en restant dubitatif.

À vrai dire, Jim s'était posé les mêmes questions, et depuis le message que sa patronne lui avait envoyé la veille pour le sommer de cesser toute improvisation, il avait l'étrange impression de faire partie d'une opération dont l'objectif n'était pas celui annoncé. Un peu comme dans cette série coréenne ultraviolente, *Squid Game*, où les participants sont enrôlés dans un jeu dont ils ignorent les règles… et se retrouvent piégés, à miser leur propre vie.

Jim secoua la tête pour chasser ces idées parasites – il ne fallait tout de même pas psychoter – et tourna ses pensées vers de plus légers horizons, en l'occurrence vers Hortense, dont il avait croisé le regard en répondant à la question de Max. Elle avait semblé gênée, et avait baissé les yeux. Même s'il ne s'était rien passé la veille, Jim n'avait pas cessé de penser à elle, ce qui était d'autant plus étrange qu'elle n'était pas son genre. Hortense partageait-elle son trouble ? L'avenir le dirait.

10

Soudain, en descendant du minibus, Hortense fut assaillie de doutes.

Elle *pensait* n'avoir parlé à personne de son affaire de maître chanteur, mais hier, lors de son black-out alcoolisé, était-il possible qu'elle se soit épanchée ? Bien sûr que c'était possible ! Il lui fallait en avoir le cœur net. La seule personne en qui elle avait vraiment confiance dans cette petite assemblée étant Joséphine – sans doute parce qu'il y avait une forme de candeur touchante, dans ses mots et ses gestes –, elle décida de lui poser des questions, en l'accompagnant jusqu'aux toilettes.

— Hier, quand j'avais un peu bu… est-ce que tu te souviens d'un truc que j'aurais dit… un truc un peu particulier qui me serait arrivé récemment ?

Joséphine secoua la tête en silence, avec une moue désolée. Hortense précisa sa pensée.

— Je n'ai pas parlé d'un *incident* ?

Joséphine stoppa sa marche, réfléchit un long moment – ce qui agaça Hortense –, puis finit par répondre à voix basse :

— Ah, si… Maintenant je me souviens. Tu as parlé d'un incident, oui.

Hortense pesta contre elle-même, mais essaya de n'en rien montrer.

— Merci, Joséphine. Est-ce que j'en ai parlé quand nous étions dans le bar ?

Joséphine acquiesça.

— À qui en ai-je parlé ? Tu te rappelles ?

— Je ne sais plus exactement. Je dirais… à tout le monde.

Hortense frémit.

— C'est-à-dire ? À tout le monde de notre petit groupe ou à tout le monde dans le bar ?

C'est à cet instant qu'Arsène rejoignit Joséphine et Hortense, sur ce parking de station-service sans âme.

— Tout va bien, mesdames ?

Joséphine acquiesça.

— Oui… Hortense me demandait simplement si elle avait parlé d'un incident hier…

La réponse d'Arsène ne se fit pas attendre.

— Ah ça oui ! Je crois même que tout le bar a entendu. La plupart des clients ne devaient pas parler français, mais bon… En tout cas, tu avais l'air habitée par l'histoire de cette jeune femme qui a fracassé la voiture de son salaud d'ex-conjoint ! On a bien ri quand tu nous as demandé de voter comme un jury à un procès : coupable ou non coupable ?

Au fur et à mesure des explications d'Arsène, Hortense s'était décomposée. Seul point positif dans ce marasme : il semblerait qu'elle ait gardé une forme de lucidité en ne révélant pas être la protagoniste de l'histoire qu'elle racontait. Arsène enchaîna.

— Tu ne me demandes pas quel a été le résultat du vote ? Peut-être que tu t'en souviens ?

— Pas vraiment, non…

— Non coupable ! Il a eu ce qu'il méritait, ton amie peut dormir sur ses deux oreilles.

Arsène avait accompagné cette dernière phrase d'un clin d'œil.

Et merde. Même si elle ne l'avait pas formulé ainsi, tous avaient donc compris qu'elle parlait d'elle.

Joséphine et Arsène entrèrent dans les toilettes au moment où Lucia en sortait.

Celle-ci se comporta avec Hortense comme si elles étaient désormais complices, posant la main sur son bras afin de murmurer à son oreille. Bordel, cette soirée avait été incroyablement riche, et Hortense n'en gardait aucun souvenir, c'était le comble…

— Alors ? Il s'est passé quoi, avec Jim hier soir ?

Voilà, on y venait.

— Quoi, comment ça « avec Jim hier soir » ?

— Bah, il t'a raccompagnée à ta chambre, et ensuite je l'ai vu passer en direction de la sienne cinq minutes plus tard… donc soit le mec est un rapide

– mais je sais que non parce que je l'ai testé, n'oublie pas… – soit il ne s'est rien passé.

Grand soupir de soulagement pour Hortense, effacement des images embarrassantes supposées. Sourire. Et nouveaux murmures de Lucia.

— Moi j'ai rencontré un mec hyper beau, mais ça n'a pas marché, j'avais pas le petit truc tu vois, alors qu'avec Di-tro-ït, là je sens que ça pourrait le faire…

Lucia avait accompagné cette dernière confidence d'un clin d'œil, elle aussi. Qu'est-ce qu'ils avaient tous avec leurs clins d'œil à la fin ? La jeune Espagnole proposa même d'aller acheter pour Hortense une boisson fraîche, dans la station-service. Un peu comme si elle était devenue… son amie ? C'était suffisamment rare dans la vie d'Hortense pour être souligné. Et pour la remplir d'une certaine allégresse, finalement.

Mais son insouciance fut de courte durée.

Elle consulta ses mails de nouveau, et fut surprise d'y découvrir un nouveau message d'azertyuiop123456789@gmail.com. Elle fut encore plus surprise de son contenu…

> Votre maître chanteur était Frédéric Martineau, le propriétaire de la voiture, et votre amant, accessoirement. Il a voulu vous faire peur afin de vous éloigner définitivement de lui, et puis il s'est pris au jeu… Vous recevrez bientôt de sa part un virement bancaire correspondant aux sommes extorquées. Il est vivant, je vous rassure, mais n'entrez plus en

contact avec lui, cela vous nuirait. Passez à autre chose, profitez de votre voyage. Amicalement.

Et la réponse était accompagnée d'une lettre d'aveux, écrite de la main de Fred.

Mon Dieu.

Hortense reconnaissait son écriture, à cet enfoiré. Fred, son Fred… l'avait filmée à son insu, puis il avait profité de sa détresse pour lui soutirer de l'argent et la tenir à distance. La conclusion était sans appel : il n'était pas un simple connard. C'était le connard ultime.

Hortense était folle de rage. Et folle de gratitude envers cet interlocuteur mystérieux qui lui sauvait la mise. Pourquoi ? Qui était-il ? Qu'attendait-il d'elle ?

Pas d'élément de réponse, évidemment. Mais au sein du message, une phrase en particulier allumait des signaux d'alerte : « profitez de votre voyage », ça, ce n'était pas bon du tout. Comment savait-il qu'Hortense était en voyage ? Ou comment savait-elle, s'il s'agissait d'une femme ? Hortense était-elle suivie ? La personne était-elle présente la veille dans ce bar de Little Italy ? Elle avait apparemment parlé très fort de son affaire, et comme par enchantement, le lendemain le problème était réglé ! Hortense ne croyait pas aux coïncidences, mais le problème c'est que d'une façon ou d'une autre, quelqu'un était allé sur place à Paris récupérer la vidéo et le courrier manuscrit écrit par Fred… Certes Hortense était une piètre enquêtrice, mais elle était bien consciente que pour rallier le centre de Paris depuis celui de San Francisco, une grosse quinzaine d'heures de transport était nécessaire. Impossible, donc.

Il restait plus de deux heures de route avant d'arriver à Yosemite, et Hortense, épuisée par ce trop-plein d'émotions, finit par s'endormir… sur l'épaule de sa nouvelle amie Lucia.

11

Lorsque Max découvrit l'entrée du parc, avec ses cabanes en bois sombre et ses *park rangers* vêtus de leur uniforme caractéristique – pantalon vert, chemisette grise et chapeau beige –, il eut l'impression étrange et excitante d'être plongé dans un film hollywoodien à base de grands espaces, de dépassement de soi et d'aventures – le clou du spectacle étant tout de même ces panneaux « *Bear Warning* » qui flanquaient les jetons en rappelant l'omniprésence des ours dans le parc…

Le péage dépassé, Detroit engagea le minibus sur une large route de montagne bordée de grands arbres que Max ne parvenait pas à identifier. Arsène, encyclopédie vivante de la Californie, leur apprit qu'il s'agissait de cèdres à encens et de sapins de Douglas, « pouvant atteindre plusieurs dizaines de mètres de haut ». Max prenait des photos avec son téléphone, tandis que Joséphine lançait des « Oh ! » d'admiration à chaque virage. Le véhicule traversa un tunnel, et Detroit avertit les passagers :

— *Next stop : Tunnel View.*

Ce qui est bien avec les Américains, c'est qu'ils ne s'embarrassent souvent pas d'appellations biscornues. Tunnel View, c'était tout bonnement la vue à la sortie du tunnel… une vue complètement dingue. Hortense ne put s'empêcher de lâcher un « Mazette ! », et Lucia lui demanda en riant si elle n'avait pas cent sept ans… puis tous descendirent.

Max s'appuya contre la rambarde de sécurité, observa la sublime vallée à fond plat de Yosemite, qui n'avait pas usurpé son surnom de « grande cathédrale de la nature », et fut gagné par une émotion palpable, curieux mélange d'émerveillement et d'étouffement, devant tant d'immensité et de beauté. Il eut tout à coup la perception aiguë de son insignifiance face à cette prodigieuse gorge sculptée au fil des millénaires, de sa fragilité devant ces formations granitiques hautes de centaines de mètres… et en même temps, ici, la vie était tellement présente, qu'il se sentit soudain coupable de laisser la mosaïque de prairies et de forêts s'infiltrer sous sa peau, diffuser sa sève à travers ses cellules.

— Tout va bien, Max ?

Max n'avait pas entendu Arsène approcher. Il prit une grande inspiration, avant de sourire, tentant – plus ou moins habilement – de dissimuler ses tourments.

— Tout va bien, oui…

Arsène lui sourit, osa passer une main réconfortante dans son dos, et ce simple geste d'humanité agit comme un baume. Arsène savait, pour la mort de Pauline, Max n'en avait pas fait mystère. Alors quand il se pencha pour lui dire avec douceur « Si tu as besoin de parler, je suis là », Max sut que le délicat Arsène avait compris qu'il était impossible, dans un tel lieu, de ne pas convoquer les absents. Max le remercia, touché en plein cœur. Puis souhaitant sans doute alléger l'atmosphère, Arsène pointa le célèbre « Half Dome », gigantesque bloc rocheux en quart de cercle, symbole du parc… et d'une célèbre marque de vêtements de montagne :

— Le « Alf d'Homme », il est sur le logo de « The North Fesse », non ?

Cette prononciation approximative eut le mérite de faire marrer Max.

— C'est bien ça, oui. Et maintenant que tu le dis, tu as raison ça ressemble en effet à une moitié de postérieur…

Arsène se marra à son tour, puis Max l'observa qui rejoignait Joséphine, restée légèrement à l'écart. Il eut un pincement au cœur, bien sûr. Il était beau, leur amour. Il était beau, leur bonheur de se prendre dans les bras comme de jeunes amoureux. Le lieu était tellement magique que Max céda, quant à lui, au besoin viscéral d'être avec Pauline, à cet instant. Il s'éloigna du groupe, sortit de son sac à dos la petite bouteille contenant des cendres, et en dispersa quelques grammes, pour le symbole. Il ferma les yeux, laissant le visage de sa femme éclairer sa nuit, puis il les rouvrit, pour tenter d'échapper à l'un de ces gouffres qui l'avaient si souvent englouti, ces derniers mois. Il rangea la bouteille, et sursauta lorsqu'il se rendit compte qu'Hortense était à moins d'un mètre de lui.

— Tu m'as fait peur !

Hortense lui sourit, mais il y avait quelque chose derrière ce sourire. Fidèle à elle-même, elle l'exposa sans détour.

— J'espère que ce n'est pas ce que je crois que c'est ?

— Ça dépend de ce que tu crois que c'est…

Elle se pencha vers lui et lui chuchota :

— Quelque chose d'illégal, qui nous mettrait tous dans la merde, en cas de contrôle.

— Alors, oui c'est illégal, mais ça ne mettrait que moi dans la merde, tu ne risques rien.

Il marqua une pause puis précisa :

— Ce sont les cendres de ma femme. C'est une façon de lui rendre hommage… Ça me réconforte de savoir qu'elle repose dans la beauté.

Hortense était soulagée qu'il ne s'agisse pas de drogue, bien sûr. Mais elle n'était pas certaine d'apprécier la démarche de Max : n'était-ce pas un peu dégoûtant ?

Max comprit ses questionnements sans qu'elle ait besoin de les exprimer.

— C'est mon choix, je ne te demande pas de l'approuver. Mais d'un point de vue strictement sanitaire ou environnemental, il n'y a aucun problème, ne t'inquiète pas.

Il ajouta cependant en souriant :

— Mais qui sait ? Je suis peut-être la réincarnation de Pablo Escobar !

Hortense rit, lui souhaita de trouver l'apaisement dans cette démarche qu'elle n'approuvait pas, mais qu'elle comprenait. L'incident était clos, mais Max était certain qu'Hortense venait de le ranger dans la catégorie des mecs louches à garder à l'œil…

*

Quelques instants plus tard, ils déposèrent leurs bagages dans un camping plutôt spartiate : la nuit venue, ils dormiraient ensemble dans un grand tipi-dortoir à l'intérieur duquel il faisait plus de 40 °C. Lucia en ressortit sur-le-champ, et déconseilla à Joséphine d'y entrer :

– C'est une serre !

Detroit les rassura quelque peu en leur expliquant que la nuit, la température chutait fortement, même en été, et qu'ils risquaient d'avoir froid. Ce à quoi Lucia lui répondit :

— Tu me réchaufferas…

Detroit rit, et Lucia remarqua la fossette qui lui creusait la joue droite – décidément craquante.

★

Après un pique-nique avalé à la hâte sur le terrain de camping, Jim décréta qu'il était temps de se mettre en route. Il dicta à Detroit des coordonnées GPS, qu'ils mirent quarante-cinq minutes à atteindre. Le minibus se gara à l'orée de ce qui ressemblait à une vaste portion de forêt alpine. Rien pour enchanter Lucia, qui sortit du véhicule en traînant des pieds. Étant donné que Jim leur avait demandé de s'équiper de leurs sacs à dos et chaussures de marche, tout le monde avait bien compris quel serait le programme, et Lucia – qui avait envie de randonner autant que de se pendre – était d'une humeur massacrante. Elle prenait sur elle parce qu'elle ne voulait pas gâcher la joie de Joséphine et Arsène – leurs visages heureux faisaient plaisir à voir –, mais aussi parce qu'elle ne perdait pas de vue l'objectif de la chasse au trésor. Avec ses deux morceaux de carte, elle était la plus avancée de tous, et l'épreuve à venir pourrait marquer un tournant dans le jeu : une victoire lui conférerait un avantage certain, il s'agissait donc de se motiver, et de ne pas flancher.

Jim sortit un plan afin d'exposer la teneur du défi du jour, qui était une simple course d'orientation… dont il avait décidé de changer le tracé à la dernière minute, sans que personne le sache. Vexé d'être infantilisé par sa patronne, et désireux de vérifier une éventuelle duplicité de Detroit, il avait modifié le parcours d'aujourd'hui, et désactivé *via* son smartphone les traceurs déposés dans les sacs des joueurs : si malgré ça, Grace Floyd se manifestait, cela confirmerait ses doutes sur son nouveau chauffeur. Jim posa son index sur le plan et expliqua :

— Chers amis chasseurs de trésor, vous partirez donc du point A, qui correspond à notre position actuelle, et vous devrez arriver à ce point noté B, en moins d'une heure trente. Vous serez munis d'une carte, de boussoles, et bien sûr, des GPS de vos smartphones.

Jim marqua une pause. Les visages semblaient détendus, l'incitant à continuer.

— Je vous laisse le choix : soit vous faites des sous-groupes, soit vous faites l'épreuve collectivement. J'ai pris le parcours sur le web, il n'y a, *a priori*, aucune difficulté physique... et promis, je serai indulgent – on n'est pas à une minute près.

Detroit, resté en retrait jusque-là, émit alors de sérieuses réserves :

— Je n'avais pas compris que tu comptais te lancer dans une vraie randonnée. Il est plus de 16 h 30, la lumière va bientôt décliner, ça n'est absolument pas prudent...

Jim perçut l'intervention de Detroit comme une ingérence de Grace Floyd – ce qui ne lui plut évidemment pas du tout. Il lui répondit donc sèchement :

— Le soleil ne se couchera pas avant 20 heures, j'ai vérifié. Et demain nous devons reprendre la route, alors ne perdons pas de temps.

Mais Detroit insista :

— Si ça ne tenait qu'à moi, je reporterais. Tu prends un risque inutile, à cette heure-ci. Mais ça n'est pas moi qui décide, alors…

Jim lança au chauffeur un regard noir, et mit fin brutalement à la conversation.

— Exactement. Ce n'est pas toi qui décides.

Detroit fit un geste d'agacement signifiant qu'il s'en lavait donc les mains, et Jim, se tournant vers les autres, amorça une discussion sur la méthode, qui aboutit très vite à la décision de relever le défi tous ensemble.

Lucia songea que le petit combat de coqs auquel elle venait d'assister aurait pu beaucoup l'amuser, si elle-même n'avait pas été un peu inquiète. Detroit en faisait sans doute trop en matière de sécurité… mais elle trouvait aussi que Jim y était allé fort. Souhaitant se faire son propre avis sur les risques d'une randonnée à Yosemite, elle lança une rapide recherche internet, qui lui apprit que les décès par déshydratation ou chute y étaient rares… mais pas impossibles. Rassurée sans l'être tout à fait, elle vérifia que sa gourde isotherme était bien dans son sac, puis se dirigea vers Detroit – qui affichait une mine renfrognée – afin de lui demander, avec un clin d'œil, de prier pour qu'elle ne disparaisse pas avant leur nuit dans le tipi. Il entra dans son jeu et répondit :

— Ce serait dommage, en effet…

C'est donc une Lucia ravie d'avoir décroché un sourire malicieux de Detroit qui rejoignit le reste de la troupe, déjà engagée sur un petit sentier forestier.

Dès qu'ils commencèrent à serpenter entre les grands conifères, la température tomba et devint quasi printanière, ce qui permit d'avancer sans trop d'effort. Lucia se félicitait de n'être quasiment pas essoufflée, et ce malgré une grossesse, un fort dénivelé et une altitude de près de mille huit cents mètres. Elle observait Joséphine et Arsène qui ouvraient la marche sans peine. Ces deux-là étaient vraiment en forme : elle aimerait tellement être comme ça au même âge… Pour le reste, Lucia la citadine était bien décidée à laisser ses cinq sens s'imprégner de cette nature exceptionnelle. Elle respirait l'odeur enivrante de l'humus, caressait l'écorce épaisse et fraîche des arbres, sursautait quand le cri strident d'un geai bleu venait déchirer le silence ou recouvrir le murmure lointain d'un ruisseau. Contre toute attente, elle se sentait bien, ici. Lorsqu'ils traversèrent une prairie constellée de fleurs sauvages pourpres, son œil fut attiré par une sorte de gros hamster trapu au pelage gris… qui lui fit immédiatement penser à une figure familière. Max s'approcha.

— C'est un pika… L'animal qui a inspiré Pikachu !

Lucia captura en hâte avec son téléphone la bouille du pika avant qu'il ne s'échappe, puis elle se tourna vers Max, heureuse comme une petite fille :

— On ne voit que des trucs hallucinants ici, mais j'avoue que je ne pensais pas rencontrer un Pokémon… Il vient de faire ma journée !

Au sortir de la clairière, ils hésitèrent entre deux sentiers. Aucun des deux n'apparaissant sur le plan, ils optèrent pour le plus large. Après une quinzaine de minutes entre les hauts pins, ils se rendirent compte que plus aucun chemin n'était matérialisé au sol, et décidèrent donc de se diriger grâce aux GPS de leurs téléphones respectifs. Lucia guida les premières minutes, Arsène les suivantes, puis Hortense et enfin Max. Joséphine restait silencieuse comme souvent, mais malgré l'effort demandé, elle suivait.

Au bout d'un moment, la forêt se densifia, et Lucia s'aperçut qu'il leur était désormais impossible d'apercevoir les sommets du parc – repères immuables, et bien pratiques. Et soudain, elle eut l'impression qu'ils étaient revenus sur leurs pas.

— On n'est pas déjà passés par ici ?

Jim, qui depuis le début envoyait des messages sur son téléphone en se laissant porter par les autres, leva le nez pour la première fois depuis des lustres. Il consulta le plan que lui tendait Lucia, puis le smartphone de Max, puis celui d'Arsène, et enfin celui d'Hortense.

— Alors il y a un truc bizarre… Vos smartphones ne donnent pas la même information.

— Tu plaisantes, j'espère ? lui lança Lucia d'un air furieux.

— Non… je… bon, je crois que selon le réseau auquel chaque téléphone se connecte, la qualité de réception est différente. Mais là… il y a un gros écart. Le mieux serait sans doute de rebrousser chemin.

Tous se regardèrent, une lueur d'affolement dans les yeux.

— Et c'est quelle direction « rebrousser chemin », tu nous expliques ?

Lucia était à deux doigts de sauter sur leur accompagnateur, alors Max intervint :

— Ça ne sert à rien de s'énerver. Réfléchissons calmement, on n'est pas partis depuis si longtemps et il n'est que 18 heures, la nuit n'est pas près de tomber. Donc on devrait pouvoir s'en sortir. Arsène, qu'en penses-t…

Max laissa sa phrase en suspens. Le visage d'Arsène était blême. Figé, tel un masque de cire. Ses yeux dirigés vers la direction opposée.

Arsène mit son doigt sur sa bouche pour réclamer le silence absolu, et chuchota une phrase que Lucia n'avait jamais entendue ailleurs que dans les films. Le genre de phrase à vous glacer le sang :

— Retournez-vous très doucement, ne faites aucun mouvement brusque.

Lucia et Max se retournèrent simultanément, et se mirent à trembler.

Lucia sentit une immense vague de panique l'envahir. Elle porta la main à sa bouche, tandis que Jim et Hortense reculaient, incapables de rester immobiles. Une branche craqua sous le pied d'Hortense, qui sursauta et émit un cri étouffé. Arsène lui lança un regard affolé, puis revint à la scène qui se déroulait sous leurs yeux.

À quelques mètres, Joséphine était accroupie, et lançait quelques chips en répétant :

— Viens là, mon petit chat… Qu'est-ce que tu es mignon…

Le problème, c'est qu'il ne s'agissait en aucun cas d'un petit chat.

Et que la maman de l'animal observait la scène à distance, prête à bondir.

Jim chuchota à son tour :

— C'est un *mountain lion*, un puma. Ce sont des chasseurs, mais ils n'attaquent pas l'homme, en principe… sauf s'ils sentent leur petit en danger.

Arsène fit un signe à Joséphine, qui se redressa.

Et soudain l'animal adulte avança. Non pas dans la direction de Joséphine… mais dans celle du reste de la troupe, qu'elle venait de remarquer. Son petit se plaça dans son sillage. Elle le protégeait d'agresseurs potentiels, le message était clair.

— Oh merde, elle vient vers nous…, murmura Jim. Il ne faut jamais lui tourner le dos, jamais courir, jamais quitter son regard… et puis, essayer de la faire fuir en lançant des pierres à côté d'elle et en lui parlant d'une voix rauque. Surtout – surtout – ne jamais apparaître comme une proie.

Lucia était terrifiée. Son sang palpitait si fort dans son cou, sa poitrine, ses tempes, qu'elle avait l'impression que ses veines allaient rompre. Son corps tout entier était sur le point d'exploser. Alors comme un réflexe de survie face à cette grosse bestiole dont elle savait la puissance et la force, elle posa la main sur son ventre. Prête à tout pour protéger son bébé, comme cette femelle protégeait le sien.

Tous reculèrent avec prudence, mais le puma continua d'avancer.

Soudain, Arsène sortit un couteau, qui était planqué le long de son mollet, sous son pantalon.

Max, Lucia et Hortense se regardèrent. Tous trois s'étaient dit la même chose : « Qui donc se balade avec un couteau de chasse caché sous ses vêtements ?! » … Mais à cet instant précis, ils avaient autre chose à penser.

L'animal les toisait. Et déroulait des pas lents dans leur direction.

Hortense se cramponnait au bras de Lucia en murmurant « Je veux pas crever… », et Lucia serrait le sien sans rien trouver à répondre, incapable de la rassurer quand tout son corps était contracté, prêt à bondir, s'enfuir ou se battre. De longues, de très longues secondes s'écoulèrent, au cours desquelles Lucia,

Hortense, Arsène, Max et Jim jetèrent des pierres, poussèrent quelques rugissements désespérés… ce qui n'eut aucun effet sur l'animal, qui avançait toujours.

Au moment où le puma poussa un cri perçant dans leur direction, Jim dégaina son pistolet, qu'il pointa vers l'animal.

Tous furent surpris, et Max le fut d'autant plus qu'il connaissait les antécédents judiciaires de Jim. Lucia, la seule à savoir qu'il en possédait un, avait pensé que Jim ne l'avait pas sur lui… Elle avait donc envie de l'étrangler de ne pas l'avoir sorti tout de suite, et en même temps de le bénir pour cette arme providentielle.

Mais Arsène, sans aucun doute celui qui gardait le plus grand sang-froid, ordonna fermement à Jim de ne pas tirer.

— On n'a pas envie de tuer cette femelle qui défend simplement son petit. C'est nous qui sommes chez elle, pas le contraire.

Arsène marqua une pause, puis ajouta :

— Il faut qu'elle pense que nous sommes plus forts, que nous n'avons pas peur, et qu'il vaut mieux qu'elle s'enfuie.

Et, sans crier gare, Arsène se saisit du pistolet de Jim, l'arma avec une dextérité déconcertante, puis avança d'un pas décidé vers le puma, en hurlant littéralement, et en faisant de très larges gestes pour apparaître plus grand, menaçant. Puis Arsène tira deux coups, juste à côté de l'animal, tout en continuant d'avancer rapidement.

Et le puma recula, pour la première fois.

Jeta un œil en arrière, pour la première fois.

Constata que son petit était reparti, probablement vers leur tanière.

Alors l'animal se retourna, et s'éloigna.

Lorsqu'il disparut de leur champ de vision, Hortense craqua. Elle se mit à pleurer comme une enfant inconsolable, agitée de secousses. Lucia tremblait elle aussi, son cœur battait toujours aussi fort, mais elle prit Hortense dans ses bras, lui caressa le dos en répétant « C'est fini... », et sentir leurs peurs entremêlées eut sur elles deux un effet apaisant immédiat.

Max et Jim félicitèrent Arsène pour son impressionnante intervention, mais celui-ci semblait préoccupé. Il tournait la tête dans tous les sens, et pour la première fois depuis le début de l'épisode, Max lut de la peur dans le regard d'Arsène, qui dit d'une voix blanche :

— Où est Joséphine ?

12

— Joséphine ! Joséphine !

Lucia – comme tous les autres d'ailleurs – criait et cherchait avec un courage et une détermination sans faille… mais la terreur de se retrouver nez à nez avec le puma était omniprésente. Elle sursautait au moindre craquement, et brandissait rageusement une branche qui ressemblait plus à un bâton de sourcier qu'à une batte de baseball. Elle était consciente qu'en cas d'attaque de l'animal, elle ne ferait pas le poids, mais elle était déterminée à lutter jusqu'au bout, s'il le fallait.

En attendant, Joséphine ne répondait pas.

Pourtant, après quelques minutes de recherches infructueuses, Arsène, qui affichait un visage fermé et grave, restait impressionnant de calme et de maîtrise.

Ce n'est qu'au bout de ce temps que Jim avoua avoir placé des traceurs dans les sacs à dos de chacun.

Il précisa, tête baissée et air désolé de circonstance, qu'ils étaient désactivés, mais cela ne suffit pas à calmer les esprits : cette déclaration fit l'effet d'une bombe. Lucia, déjà ulcérée par les épisodes précédents et galvanisée par le danger exceptionnel du moment, lança à Jim un regard qui était sans nul doute plus terrifiant que celui du puma.

— J'espère que tu as une bonne explication, parce que là ça ne me fait pas rire du tout…

Jim, en proie au stress le plus intense, avait longuement hésité avant de révéler cette histoire de localisateurs reliés à son propre smartphone et à celui de Grace Floyd. D'une part parce qu'il était évidemment illégal de suivre des personnes à leur insu, et d'autre part parce qu'il n'était pas certain que cela permette de retrouver Joséphine, étant donné les problèmes de réseau et de GPS que le groupe éprouvait.

— Alors ?! On attend ! Pourquoi tu nous as équipés de traceurs ?

Lucia perdait patience, Max serrait les poings, et Hortense semblait prête à mordre. Jim répondit donc immédiatement.

— Pour être sûr de ne perdre aucun de vous…

— Ah ben c'est super réussi ça, bravo !

C'était une Hortense hors d'elle qui était intervenue cette fois. Elle continua en pointant vers lui un doigt accusateur :

— Et c'est de ta propre initiative ou c'est l'Office de tourisme qui t'a demandé de nous suivre comme ça à la culotte ?

— C'est... mon employeur.

Max, qui s'était contenu jusque-là, explosa à son tour.

— Mais bordel Jim, tu ne questionnes jamais les ordres ? C'est comme ça que ça s'est passé quand tu as tué cet homme ? On t'a filé une arme, on t'a dit « Tire ! » et tu as appuyé sur la détente sans réfléchir ?

Tous les autres regardèrent Max, puis Jim, puis Max de nouveau.

Et Lucia, dont le sang semblait avoir quitté le visage, demanda :

— Il... a tué qui ?

— Un homme, sur un tournage.

— C'était un accident !!

Jim venait de hurler, les larmes aux yeux. Mais Hortense, qui s'était instinctivement éloignée de lui, répondit froidement :

— C'est ce que disent tous les meurtriers...

Max s'en voulait d'avoir lâché cette information comme ça, sous le coup de la colère. Il crut bon de préciser que Jim avait été innocenté, qu'il s'agissait bien d'un accident, mais la méfiance venait de prendre le dessus. Reprenant le contrôle de la conversation, Arsène s'approcha de Jim, passa un bras autour de son épaule et lui parla doucement :

— Merci pour ton honnêteté concernant ces traceurs, Jim. C'est une chance, en cet instant, alors pour ma part je te remercie. Il faut faire vite, maintenant. Peut-on regarder la localisation de celui de Joséphine ?

Jim lui tendit son téléphone après avoir réactivé les signaux. Arsène ouvrit l'application et se mit à marcher dans la direction… prise par le puma – ce qui fit frémir tous les autres. Il leur ordonna par ailleurs de ne pas se déplacer, de l'attendre ici même.

Les minutes qui suivirent furent parmi les plus pénibles de leur aventure. La crainte d'une nouvelle rencontre avec l'animal se mêlait au ressentiment de Lucia et Hortense, à la culpabilité de Max d'avoir dévoilé un pan de la vie de Jim… qui lui-même se sentait mal vis-à-vis de tous les autres, pour la course d'orientation ratée et pour les traceurs. Le silence n'avait jamais été aussi lourd de questionnements, de rage et de peur.

De son côté, si elle sortait vivante de cette escapade en forêt, Hortense se promettait d'appeler l'Office de tourisme de Californie, afin de leur dire le fond de sa pensée : « Un acteur ayant été accusé d'homicide involontaire, vous êtes sérieux ?! »

Au bout d'un court moment qui leur sembla une éternité, Arsène réapparut, avec à son bras une Joséphine en pleurs, mais vivante. Elle avait eu très peur et s'était cachée, mutique, dans un bosquet. Le soulagement envahit Lucia, et Hortense se jeta sur

Joséphine, l'enlaçant, lui avouant avoir eu la frayeur de sa vie.

— Je suis si heureuse que tu sois saine et sauve !

Joséphine leva les yeux vers Hortense, et lui dit d'une voix douce :

— Vous êtes gentille, mademoiselle. Mais je ne vous connais pas…

Hortense se tourna vers Arsène, qui restait immobile et silencieux.

— Arsène, tu nous expliques ?

Mais avant que son mari ait pu prendre la parole, Joséphine, telle une enfant paniquée, se précipita vers Max afin de se blottir contre lui. Elle le supplia :

— Il faut que vous m'aidiez, monsieur.

Joséphine était de nouveau en larmes, et Max peinait à se défaire de son étreinte.

— Tu me serres trop fort, Joséphine. Et je ne comprends pas ce que tu me demandes…

Et soudain, Joséphine pointa un doigt tremblant vers Arsène et dit :

— Il lui a fait du mal… à mon petit Gabriel, il lui a fait du mal…

Arsène s'approcha lentement, puis il s'empara des bras de Joséphine, et les détacha du corps de Max, qui se dégagea et s'écarta. La scène qui suivit fut déchirante.

Joséphine se débattit tandis qu'Arsène l'arrachait à Max, puis elle se mit à frapper Arsène en pleurant et en criant :

— C'est à cause de toi, s'il est mort ! Tout est de ta faute !

Concentré sur sa femme, Arsène ne jetait pas un regard aux quatre autres, qui restaient muets. Comme paralysés devant cette séquence à la fois surréaliste et bouleversante.

Arsène maintenait Joséphine contre lui, et lui répétait tout en lui caressant les cheveux :

— Non, ça n'est pas vrai. Tu sais bien que ça n'est pas vrai. C'est la maladie qui te fait dire des choses terribles… Tout va bien… Je suis là…

Joséphine se calma, et continua de pleurer en silence, la tête posée contre le torse d'Arsène, qui lui murmurait qu'il l'aimait.

— C'est fini, maintenant. Tout va bien. Je suis là… Tout va bien, mon amour.

Le retour de cette course d'orientation avortée eut lieu sans qu'aucune parole ne soit plus prononcée. Le groupe était sonné, choqué par tout ce qu'il avait vécu en l'espace de quelques minutes.

La fugue de Joséphine avait en tout cas eu le mérite de permettre de s'apercevoir que le GPS de Jim était celui qui fonctionnait le mieux. C'est donc grâce à celui-ci qu'ils retrouvèrent le minibus. Lorsqu'il les vit apparaître, Detroit comprit que quelque chose s'était mal passé, mais il s'abstint de tout commentaire. Lucia pensa que c'était assez classe de sa part de ne pas enfoncer Jim malgré leur différend, et cette délicatesse lui donna encore plus envie de se louer dans ses bras le soir venu.

Au vu des événements, Jim déclara vainqueur l'ensemble du groupe, et Lucia reçut donc un énième morceau de carte de forêt française banale, ce qui n'apaisa pas son agacement.

Detroit les conduisit dans un silence de mort, entrecoupé parfois par les soupirs de Joséphine, qui s'était endormie, épuisée.

Hortense, Lucia et Max pensaient tous, sans le savoir, la même chose.

Qu'Arsène avait sur lui un couteau et plusieurs tatouages, qu'il était impressionnant de sang-froid, mais aussi particulièrement agile avec une arme à feu. Associé au « Tout est de ta faute ! » lancé par une Joséphine en larmes évoquant la mort de leur fils… cela faisait un peu beaucoup.

Lorsque Lucia chercha le nom d'Arsène dans le moteur de recherche, Hortense et Max étaient en train de faire de même. Et tous trois durent se rendre à l'évidence : Arsène était introuvable sur le web. À son âge, il était courant de ne pas être sur les réseaux sociaux, mais de là à n'être présent nulle part…

★

Le dîner au camping était censé être un moment convivial et joyeux, les propriétaires du lieu ayant organisé un barbecue géant avec ambiance feu de bois, animation musicale country et danses en ligne. Lorsque retentit le tube folklorique *Cotton-Eyed Joe*, une trentaine de voyageurs s'élancèrent sur le carré d'herbe sèche qui servait de piste, et Lucia esquissa quelques pas, tentant d'attirer Hortense ou Max dans son sillage. Mais le cœur n'y était pas, et Lucia renonça à dégeler l'atmosphère.

Tout au long de la soirée, Joséphine était restée muette. Elle semblait ailleurs, mais la plupart du temps, elle souriait. Personne n'avait osé poser de question sur sa maladie, mais Arsène prit finalement les devants, à l'heure du coucher. Tandis que sa femme était partie se brosser les dents accompagnée de Jim et Detroit, il entraîna Lucia, Hortense et Max à l'écart. Éclairés par la lumière blafarde de leurs lampes de poche et assis sur le tronc couché d'un séquoia, tous trois écoutèrent attentivement ce qu'il avait à leur dire.

— Je suis désolé de vous l'avoir caché. Si je n'en ai pas parlé, c'est parce que je voulais que vous la considériez comme Joséphine, pas comme une malade d'Alzheimer que l'on prend en pitié. Et ce n'est pas la peine de me dire que ça ne change rien dans vos regards, puisque je sais bien que ça change tout, qu'on le veuille ou non. Avant de savoir, ses paroles ou gestes étranges vous paraissaient excentriques, et vous faisaient marrer. Maintenant, tout va vous sembler tragique. Tant pis.

Il marqua une pause, puis reprit, visiblement ému :

— Ce carnet qu'elle tient… c'est pour se souvenir, le plus longtemps possible. Mais ce qui semblait fluide, il y a encore quelques semaines, paraît maintenant beaucoup plus compliqué. L'autre jour à San Francisco, je suis allé chercher quelques glaçons à la réception, et quand je suis entré dans la chambre, elle s'est levée d'un bond, brandissant son stylo vers l'avant. Alors je me suis mis à rire, je me suis excusé de l'avoir fait sursauter… mais ce que j'ai vu dans ses yeux à cet instant précis, c'était de la terreur. Ma propre femme ne m'avait pas reconnu. Ça n'a duré que quelques minutes, et je savais bien que ça arriverait un jour, que son esprit commencerait à m'effacer, moi aussi. Je m'y étais préparé, oui… mais je n'y peux rien, ça m'a dévasté. Il a fallu que je lance cette chanson qui est la nôtre depuis si longtemps, *Les Mots bleus*, pour qu'elle se rappelle enfin. Nous avons dansé longtemps, dans cette chambre d'hôtel. Jusqu'à ce que son cœur s'apaise.

Lucia, Hortense et Max étaient pétrifiés devant les larmes d'Arsène.

Sincères. Désespérées. À vous broyer l'âme.

Lucia voulut le prendre dans ses bras – réflexe de louve –, mais Arsène se moucha bruyamment et camoufla sa peine derrière un sourire. Il n'en avait pas tout à fait fini. Il lui restait à dire dans un souffle :

— Avant que vous ne vous fassiez de fausses idées, je n'ai évidemment rien à voir dans le décès de mon fils – paix à son âme. Il est mort d'une maladie…

mais vous comprendrez que je n'aie pas envie d'en parler ce soir.

Personne n'osa insister, après l'émotion qu'Arsène venait de déverser.

Un long silence s'ensuivit, qui laissa la part belle aux stridulations des innombrables grillons du parc. Max hésita à exprimer ce qui le préoccupait, mais finit par se lancer :

— Tu as fait preuve d'un formidable courage face à ce puma, et je t'en remercie. En revanche, j'avoue avoir été surpris de te découvrir aussi habile avec une arme à feu et un couteau de chasse…

Max avait tenté de dissimuler son embarras sous un sourire forcé, sans vraiment y parvenir. Mais Arsène, qui s'était ressaisi, lui rendit son sourire et répondit :

— Quand j'étais jeune, je vivais dans un quartier mal famé et je pratiquais la boxe et le tir sportif. J'en ai gardé quelques réflexes. Je ne sors jamais sans un couteau sur moi – j'ai acheté celui-ci à San Francisco –, car je suis toujours prêt à me défendre. C'est triste à dire, mais c'est comme ça.

Hortense enchaîna :

— Quels étaient vos métiers, à Joséphine et toi, lorsque vous étiez encore en activité ? Je ne devrais sans doute pas te le dire, mais je suis curieuse de nature et je vous ai cherchés sur le web, sans succès.

Pendant qu'Hortense posait sa question, Lucia n'avait pas quitté Arsène des yeux, et elle perçut une hésitation, une forme de gêne. Minuscule, oui – un simple haussement de sourcil associé à un changement de posture –, mais une gêne tout de même.

— J'étais plombier, et Joséphine institutrice.

Lucia demanda dans quelle ville ils exerçaient et Arsène répondit en riant :

— Mais c'est un interrogatoire, ma parole ! Nous avons toujours vécu à Uzès. Tiens, voilà Joséphine qui revient…

À partir de ce moment-là, Lucia fut absolument persuadée qu'Arsène mentait. Ce rire, ce « Mais c'est un interrogatoire ! »… tout sonnait faux.

Elle fit part de ses doutes à Hortense et Max lorsqu'ils allèrent se brosser les dents à leur tour, mais aucun des deux n'était convaincu qu'il reste quoi que ce soit à découvrir : Arsène leur avait semblé sincère, sa femme était malade, il avait appris à se défendre dans sa jeunesse, ils ne voyaient pas ce que ça apporterait de creuser leur vie plus encore. Tous les trois étaient en revanche d'accord sur deux autres points : Jim était louche, et le fait de suivre les chasseurs de trésor à la trace sans les en avoir informés était inadmissible.

Cette nuit-là, Hortense et Max parvinrent difficilement à fermer l'œil, perturbés par tout un tas de questions sans réponse… et par les bruits sans équivoque de Lucia, qui ne s'était pas laissée abattre et qui avait, comme elle l'avait annoncé, rejoint la couchette de Detroit.

13

La nuit avait été difficile pour tout le monde. Si Yosemite affichait près de 30 °C dans l'après-midi, le thermomètre chutait drastiquement au cours de la nuit. Tous avaient rêvé d'une bonne douche brûlante, mais au petit matin lorsque Lucia et Hortense s'étaient précipitées, un double cri avait transpercé l'espace : l'eau était glacée. Le camping ne proposait pas d'eau chaude, en cette saison estivale. Les clients qui le savaient prenaient leur douche plus tard, lorsque le mercure remontait. Mais voilà, eux qui devaient avoir quitté les lieux autour de 9 heures, n'avaient pas eu le choix.

Après quelques baisers de Lucia destinés à « donner du courage à Detroit qui va conduire », ils prirent la route direction Las Vegas, pour un défi « exploration urbaine », que Jim annonçait comme l'un des derniers, sans apporter plus de précision. Il leur faudrait sept à huit heures pour parvenir jusqu'à la « Cité du vice ». Une éternité, mais au moins, ils pourraient se reposer tout en observant la diversité des paysages traversés, de la haute montagne au désert mythique de la vallée de la Mort.

— Le défi aura lieu ce soir, il sera individuel – sauf pour Joséphine et Arsène si vous ne souhaitez pas être séparés – et il s'agira d'explorer des lieux nocturnes, bars, hôtels, boîtes de nuit… et de rédiger le lendemain un reportage complet de plusieurs pages, avec l'angle journalistique le plus original possible.

Hortense pensa « Je t'en foutrais des angles originaux », puis elle mit ses lunettes de soleil, se cala contre la vitre du minibus, et ferma les yeux. Le *call-center* de l'Office de tourisme n'ouvrant qu'à 10 h 30, il lui faudrait attendre une pause pour pouvoir appeler.

Quelques minutes après le départ, Jim s'aperçut que Grace Floyd venait de lui envoyer le morceau de carte à imprimer pour les futurs gagnants du défi de Vegas. Y était toujours représentée une forêt française, mais avec cette fois-ci l'apparition d'un lieu-dit le « Bec d'aigle », que Jim rechercha sur le web, sans succès. Il fut en tout cas soulagé de constater que sa patronne n'avait pas l'air au courant des libertés qu'il avait prises concernant le parcours de course d'orientation… ni de leurs mésaventures. Heureusement, car il aurait sans doute été licencié sur-le-champ. Quoi qu'il en soit, l'absence de remarque de Grace Floyd tendait à réhabiliter Detroit, qui n'était donc probablement pas un envoyé spécial à la solde de son employeur…

Au cours de la nuit, Max avait quant à lui pris la résolution de se poser moins de questions, et d'ouvrir son esprit à la beauté en tentant de profiter au maximum de son dernier voyage. La route des hauts plateaux offrait des panoramas tous plus spectaculaires les uns que les autres : lacs étincelants, prairies tendres, dômes monumentaux de roche polie, pics acérés… Puis le paysage s'asséchait à mesure que l'altitude diminuait, jusqu'à découvrir le célèbre Mono Lake, immense étendue salée plantée au milieu d'un désert et hérissée de tufas – prononcé « too-fahs » –, improbables cheminées minérales difformes semblant surgir de l'eau, et se reflétant dans le bleu scintillant. Extraordinaire.

Arsène réclama évidemment un arrêt photo, et tandis que les autres admiraient le lac, Hortense profita de ces quelques instants pour faire ce qu'elle avait prévu, à savoir appeler l'Office de tourisme de Californie. Appel qui tourna court, puisqu'on lui répondit simplement qu'il n'y avait pas de Jim Smith dans les effectifs, et qu'il n'y avait pas non plus de chasse au trésor.

Le cœur d'Hortense battait la chamade tandis qu'elle évoquait avec son interlocutrice le site internet sur lequel l'opération était expliquée. Elle lui donna l'adresse, et la sympathique jeune femme au bout du fil s'y connecta. Elle s'excusa alors, expliqua à Hortense qu'elle n'était employée ici que depuis quelques semaines – il s'agissait d'un boulot étudiant pour l'été –, et qu'elle ignorait sans doute certaines des opérations lancées par l'Office.

En résumé, Hortense n'était pas plus avancée… mais elle se demandait tout de même ce qu'elle faisait encore là. Depuis que son mystérieux bienfaiteur l'avait débarrassée de son maître chanteur, elle surveillait sa banque en ligne, et ce matin : miracle ! Tout l'argent qu'elle avait donné sans le savoir à ce connard de Fred était revenu. Elle ne roulait pas sur l'or, non… mais sa situation était nettement moins précaire, et revenir à Paris ne lui faisait plus peur. Alors si cette aventure californienne la saoulait, elle pouvait toujours rentrer chez elle.

D'un autre côté, elle s'était attachée à ce petit groupe hétéroclite, et puis Las Vegas tous frais payés, on ne le lui proposerait pas tous les jours. Alors autant aller au bout. Ou au moins jusqu'à Vegas. Et maintenant qu'elle était presque amie avec Lucia – qui était la plus avancée de tous en matière de morceaux de carte –, ce serait dommage de ne pas repartir de cette aventure avec ne serait-ce qu'une fraction de cet Aigle d'or… Hortense respira un grand coup, puis rejoignit le groupe, qui venait de décider, sur l'insistance de Joséphine, de faire un détour d'une vingtaine de minutes pour aller visiter la ville fantôme de Bodie. Joséphine s'approcha et dit à Hortense sur le ton de la confidence :

— Je suis contente d'aller voir des fantômes. Je vais peut-être y retrouver mon f…

— Joséphine, n'ennuie pas Hortense, s'il te plaît.

Arsène était intervenu, un peu trop abruptement au goût d'Hortense, qui assura que Joséphine ne la dérangeait jamais.

Et c'est alors que Lucia, qui scrutait les faits et gestes d'Arsène, eut une idée.

Il lui faudrait cependant attendre le prochain arrêt pour la mener à bien.

★

Detroit avait parlé d'une vingtaine de minutes, mais il fallut en réalité une grosse demi-heure de piste non goudronnée pour parvenir à Bodie. La route était cahoteuse au point que Max en vint à demander à Lucia de choisir entre continuer ou rebrousser chemin : il ne faudrait pas que son bébé en souffre.

— On continue bien sûr ! Tu sais, le bébé est bien tranquille… Pas d'inquiétude.

Et contre toute attente, Hortense ajouta très sérieusement :

— Et sinon Lucia, tu ne trouves pas que toutes ces secousses, ça fait un peu comme un vibromasseur ?

Tout le monde éclata de rire – sauf Detroit qui n'avait pas compris, mais à qui Lucia répondit qu'elle lui expliquerait avec grand plaisir.

Le calme revint dans le minibus dès que ses passagers aperçurent Bodie.

L'endroit avait de quoi surprendre, et Lucia se demandait ce que pouvaient bien faire là ces quelques dizaines de bâtiments délabrés, nichés dans une vallée en plein désert bouillant.

Arsène, guide touristique à la main et regard pétillant d'excitation, prit la parole :

— Bodie est un symbole de la ruée vers l'or. En 1880, il y avait ici dix mille habitants, de nombreux saloons, un cimetière, des banques... Mais à l'instant même où l'or s'est tari, la mine a fermé. Tout le monde est parti, et l'État de Californie a fait de Bodie un site historique protégé, figeant littéralement ce qui restait de la ville dans le temps.

Ce que racontait Arsène se vérifiait au premier coup d'œil : devant elle, Lucia aperçut un bouquet de demeures en bois partiellement effondrées, et trois voitures rouillées – abandonnées là depuis quatre-vingts ans, donc... Entrer dans Bodie, c'était comme découvrir un monde postapocalyptique dont les humains auraient disparu.

Lucia sortit du minibus, et fut saisie par la chaleur, suffocante, pas même atténuée par les ombrelles fournies par les *park rangers* surveillant le lieu. Elle eut véritablement l'impression d'être écrasée. Par ce ciel si bleu qu'il en devenait acide, par cette lumière si forte, et par cette couronne de montagnes tout autour, qui semblait encercler la ville pour mieux la protéger – ou pour mieux l'étrangler.

Tout le monde se tut, et c'est dans un silence recueilli et lourd à la fois que Lucia découvrit la rue principale de Bodie. Ce cordon de poussière était bordé de bâtiments en bois aux couleurs délavées par le temps, mais étonnamment debout. Bien sûr, l'équilibre de certaines maisons semblait précaire et Lucia n'y aurait certainement pas passé la nuit… mais même si l'atmosphère était sinistre, elle était subjuguée par ce qui ressemblait fort à un vieux décor de western. Au lieu des tintements de verres d'un saloon, Bodie n'offrait rien d'autre que le sifflement du vent brûlant dans les béances des murs.

Lucia repéra une ancienne épicerie, dont il était permis de s'approcher sans risquer de mourir sous la chute d'un élément de toiture. Elle regarda à travers la vitrine, et un frisson lui parcourut le corps. Dans le magasin, le temps semblait s'être arrêté net, comme si le propriétaire était parti précipitamment – ce qui était sans doute le cas –, et ça faisait tout drôle. Une couche épaisse de poussière recouvrait tout, mais Lucia fut surprise de trouver là une boutique presque entièrement préservée : boîtes de conserve en rangées soignées, bouteilles aux étiquettes jaunies, publicités anciennes pour le chocolat Ghirardelli ou le café Mills, et même une vieille caisse enregistreuse mécanique trônant sur le comptoir écaillé. En continuant son chemin, Lucia put observer l'intérieur de certaines habitations, et fut émue aux larmes en découvrant les vestiges d'une vie de famille : un rocking-chair côtoyait une table avec des ustensiles de cuisine, un berceau ovale et un cheval de bois quasiment intacts. Lucia imaginait aisément le désespoir de ces foyers sans ressources une fois la mine fermée, et qui avaient dû se résoudre à tout quitter du jour au lendemain. Abandonnant leur vie, leurs joies, leurs peines, tous les petits riens qui faisaient leur quotidien, leurs souvenirs. La douleur de ce déracinement résonnait en elle, trop sans doute. Elle ferma les yeux quelques instants, suffisants pour lui permettre de calmer son émotion, et reprendre son chemin.

Elle s'était baladée seule dans la ville fantôme, et revenait maintenant vers les autres. Joséphine souriait, au bras d'Hortense qui la guidait. Elle semblait ailleurs. Où ? Personne n'aurait su le dire. Mais elle avait l'air heureuse. Le reste de la troupe – les hommes, donc – était réuni un peu plus loin, mais Lucia comprit qu'ils n'allaient pas tarder à repartir : le lieu était une telle fournaise ! Alors elle prétexta avoir un coup de chaud afin de revenir au minibus avant eux. Seule.

Max la suivit à distance. Il ne voulait pas courir le risque qu'elle se trouve mal. Il attendit quelques instants avant de la rejoindre à l'intérieur du véhicule, et quand il entra, Lucia poussa un cri de surprise… reposant en hâte l'objet qu'elle tenait, telle une enfant prise en faute. Max eut la fâcheuse impression de la déranger.

— Qu'est-ce que tu faisais ?

— Rien du tout… je… j'allais me reposer. Et toi tu n'es pas resté avec les autres ?

— Les autres arrivent, il fait trop chaud. J'ai pris un peu d'avance, j'avais peur que tu fasses un malaise.

— C'est gentil, mais tu vois je vais très bien, merci…

La gêne de Lucia persistait. Elle jeta un œil par la fenêtre, constata en effet que le groupe revenait, alors elle décida de tout avouer à Max.

— Bon, on a très peu de temps. J'ai beaucoup réfléchi à Arsène, le fait qu'on ne le trouve nulle part sur le web, qu'il soit tatoué, qu'il sache manier les armes, etc.

— Encore cette histoire ?

— Chut, ne m'interromps pas, on n'a pas le temps, donc je te la fais courte : je me suis dit que s'il n'y avait pas de résultat, c'était peut-être parce qu'il ne s'appelait pas Arsène Méjean. À mon avis il n'a pas pris le risque de changer de prénom parce que vu l'état de Joséphine, elle pourrait se tromper. Mais le nom en revanche… Donc voilà, je fouillais dans les affaires de Joséphine, parce que Arsène a emporté son sac, mais pas elle. Alors s'il te plaît, laisse-moi aller au bout !

Max eut l'impression saugrenue d'avoir atterri dans un *James Bond*, avec ce décor cinématographique en diable et une espionne espagnole s'agitant sous ses yeux. Il la laissa finir ce qu'elle avait commencé, tout en surveillant la progression du groupe.

— Attention Lucia, dix secondes. Range tout ! Cinq, quatre, trois, deux…

— Quelle chaleur, mes aïeux !

Arsène fut justement le premier à pénétrer dans le minibus. Il regagna sa place, et Joséphine s'installa à ses côtés.

Max aurait préféré être près de Lucia, mais elle était déjà assise sur la première rangée, à gauche de Joséphine. Max lui fit un signe de tête qui signifiait : « Alors ? »

Lucia lui répondit par SMS :

« Bingo ! Sur sa carte d'identité y a écrit Joséphine Méjean épouse Aub… »

« épouse Aub ??? »

« J'ai pas eu le temps de voir !! C'est Aub machin truc… Je vais chercher. Mais j'avais raison. Méjean c'est pas son nom à lui. Donc il cache quelque chose. »

Et c'est alors que l'inquiétude que Max avait ressentie à Alcatraz revint en force.

Max en était sûr maintenant. Cette sensation était liée à Arsène.

Il plongea dans les photos prises ce jour-là, dans la salle d'exposition de la prison.

Il scruta de nouveau les images, mais cette fois, il savait ce qu'il cherchait.

Et c'est là qu'il le vit.

Le tatouage d'Arsène.

Ces pointillés autour du poignet, qui n'avaient rien d'anodin, comme le soulignait le cartel sous cette photographie placardée sur un mur du célèbre pénitencier.

Ces pointillés autour du poignet qui signifiaient : « voleur ».

14

Carnet de Joséphine

Arsène a attendu la fin de notre première danse pour m'avouer son mensonge.

Tandis que les dernières notes s'égrenaient et que nos corps s'étaient rapprochés, il m'a murmuré :

— Pour votre sac… il n'y a jamais eu de type louche. Le voleur, c'était moi. Mais, je ne sais pas… j'ai eu envie de vous connaître… alors je suis revenu.

À cet instant, n'importe qui aurait pris ses jambes à son cou. Mais il était si charmant, mon beau voleur du 14 Juillet, si exotique et si inapproprié pour la jeune fille sage et sans histoires que j'étais… qu'au lieu de cela, je l'ai embrassé.

★

Je suis tombée amoureuse d'Arsène dès le premier soir.

Je ne l'ai pas compris tout de suite, mais maintenant c'est une évidence.

Il m'a ferrée instantanément. Et je crois que c'était réciproque.

Mon amie Françoise, qui avait plus d'expérience que moi pour ces choses-là, ne cessait de me dire que j'allais trop vite, que ce genre d'homme, c'était bon pour un été, certainement pas pour la vie. Qu'on n'était pas du même monde, que ça finirait par me jouer des tours, que je devais arrêter avant qu'il ne soit trop tard.

— Et qu'est-ce que tu feras, quand il se fera attraper ? Tu seras malheureuse pour sûr, mais tu ne pourras pas dire que je ne t'avais pas prévenue. Et puis, il a bien essayé de te voler, le premier soir… Il recommencera, c'est certain. Ouvre les yeux, Joséphine : ta famille a de l'argent, c'est pour ça qu'il s'est rapproché de toi !

— Dis tout de suite que c'est impossible qu'un garçon comme lui tombe amoureux de moi !

— Tu sais très bien ce que je veux dire. Il me fait peur ton Arsène, avec ses copains louches… et tous ces cadeaux qu'il te fait alors qu'on sait très bien toi et moi qu'il n'a pas un rond. Tu en dis quoi ? Oh, et puis débrouille-toi à la fin, j'en ai ma claque de cette histoire !

Françoise tournait déjà les talons, je l'ai rattrapée.

— Françoise, s'il te plaît…

— Ne t'inquiète pas, je ne dirai rien à tes parents, je te l'ai promis. Mais si tu continues comme ça, ils vont finir par le savoir. Tu devrais le leur dire avant que quelqu'un

d'autre ne s'en charge. Surtout que ton beau-père se présente aux élections municipales : il va rencontrer tout un tas de gens, et tôt ou tard quelqu'un bavera sur toi…

J'imaginais bien que mon beau-père, Georges Péronne, ce macho libidineux que j'ai toujours détesté et avec lequel j'ai toujours évité de me retrouver seule, aurait du mal à accepter Arsène, en tout cas dans l'immédiat. Mais je pensais naïvement qu'avec le temps, ma mère et lui tomberaient sous son charme. J'espérais que ma mère me soutiendrait, qu'elle comprendrait que je puisse être amoureuse sincèrement, que je puisse avoir envie de suivre un chemin différent de celui qu'elle avait emprunté, à la mort de mon père.

Un soir, j'ai pris mon courage à deux mains et je me suis lancée. J'ai choisi de parler à ma mère, en tête à tête. Il était tard, mon beau-père était encore à l'usine de feux d'artifice dont il était le nouveau président-directeur général, elle était en train de se coiffer avant d'aller au lit avec un roman de Jane Austen. C'était de bon augure, cette inclination à l'amour, à portée de main. J'y ai vu un encouragement.

Je lui ai dit avoir rencontré un garçon, et son visage s'est illuminé. Elle a posé sa brosse, m'a prise dans ses bras.

— C'est formidable, ma chérie ! Je suis si heureuse pour toi… Je veux tout savoir !

Je lui ai parlé d'Arsène, de sa gentillesse, de son intelligence, de son caractère doux et affirmé à la fois. De son amour pour moi, de mon amour pour lui. Ma mère ne cessait de me sourire, tout en replaçant régulièrement une mèche de cheveux derrière mon oreille – ce geste qu'elle faisait toujours lorsque j'étais enfant, quand nous avions une conversation tendre. Elle m'a demandé où vivait cet Arsène, et quelle était sa profession.

— Il vit de petits boulots : plomberie, serrurerie, peinture… Mais moi je l'encourage à reprendre des études, il est très intelligent, tu verras quand tu le rencontreras. Et il vit… avec des amis, dans le quartier du Mirail.

J'ai évité de parler des caravanes, et du mobil-home dans lequel habitait Arsène, mais à la seule évocation de ce quartier réputé mal famé que mon beau-père prévoyait de raser s'il était élu maire de la ville, afin de « virer toute cette vermine », ma mère s'est décomposée.

— C'est une plaisanterie ? Dis-moi que c'est une plaisanterie, Joséphine !

— Tu sais, le Mirail n'est pas du tout ce qu'on en dit, les gens ne roulent pas sur l'or, mais beaucoup y sont heureux, et la violence ne vient pas forcément d'où on pense…

Ma mère hésitait sur la conduite à tenir, ses tergiversations se lisaient dans ses crispations, dans ses mains qu'elle ne cessait d'agiter.

— Joséphine, je… tu te souviens de Bastien, le fils du cardiologue ? Il était fou de toi, je suis sûre qu'il l'est encore. Je peux organiser un dîner avec ses parents et le convier aussi. Ne te laisse pas aveugler par un beau parleur, une amourette qui n'a aucun sens…

Elle souriait, maintenant. Et arborait cet air que je connaissais si bien et qui signifiait « Je suis l'adulte, je sais mieux que toi ce qui peut te convenir ».

Sauf que je n'avais plus douze ans.

— Maman, je crois que tu n'as pas compris. J'aime Arsène, je n'ai que faire de Bastien, qui soit dit en passant est moche comme un pou…

— Moche ou pas, on s'en moque ! Tu ne vas tout de même pas épouser quelqu'un parce que tu le trouves à ton goût ? Que penseront les gens, si tu te maries avec un moins-que-rien ? Georges brigue la mairie, ce n'est pas le moment de s'afficher avec n'importe qui.

Voilà, nous y étions.

Le qu'en-dira-t-on. L'incapacité de ma mère à penser avec son cœur.

Les mots. Éloquents. « Moins-que-rien ». « N'importe qui ».

Une colère sourde commença à brouiller mes sens, et je ne sais pas ce qui m'a pris, mais j'ai soudain déversé sur ma mère tout ce que j'avais retenu, toutes ces années.

— De quel droit insultes-tu Arsène ? De quel droit penses-tu pouvoir décider pour moi ? Tu sais quoi, maman ? Je préfère vivre dans la pauvreté, dans un quartier mal famé comme tu dis, plutôt que de pourrir dans la même vie que toi. Quand papa est mort, tu as choisi Georges. Georges que tu n'aimes pas, Georges dont tout le monde sait qu'il te trompe avec tout ce qui a une paire de seins – surtout si cette paire de seins a moins de vingt ans. Alors ne viens pas me parler de ce que pensent les gens ! Les gens pensent que tu es une bourgeoise entretenue, cocue, mariée à un ambitieux qui te méprise et que tu n'as jamais aimé… Et c'est Arsène que tu traites de moins-que-rien ?

Tout au long de ma tirade, j'ai regardé ma mère dans les yeux, les poings serrés, les mâchoires crispées. Elle me faisait face, et j'ai soudain eu l'impression que les rôles venaient de s'inverser. Je ressentais une forme de libération. Je percevais le point de bascule, de rupture. Mais toute à l'affrontement avec ma mère, je n'avais pas entendu la porte d'entrée de la maison, ni le pas lourd de Georges derrière moi.

Une main m'a saisi le bras, et l'a serré jusqu'à me faire mal.

J'ai poussé un cri, me suis retournée pour faire face à mon agresseur, et j'ai reçu ce qui reste à ce jour la plus grande gifle de ma vie. Mon oreille s'est mise à bourdonner, j'ai porté ma main à ma joue, et mon beau-père m'a serré le bras de nouveau. Plus fort encore. J'étais sonnée. Ma mère pleurait, conjurait Georges de me lâcher, mais il hurlait.

— Présente tes excuses à ta mère ! Immédiatement ! Après tout ce qu'elle a fait pour toi, c'est comme ça que tu la remercies ? En lui balançant des insanités ?

Puis s'adressant à ma mère :

— Figure-toi que le mal est fait : plusieurs personnes m'ont déjà rapporté où et avec qui se pavane ta traînée de fille. Elle voudrait faire capoter mon élection qu'elle ne s'y prendrait pas autrement.

— Lâche-moi, tu me fais mal ! Lâche-moi !!

Georges a desserré son emprise, je me suis éloignée à reculons.

— Maman, tu ne dis rien ? Tu le laisses me frapper ? Me traiter comme ça ?

Ma mère a baissé les yeux. Sans prononcer le moindre mot. Georges a souri, puis a repris calmement :

— Maintenant, Joséphine, tu vas arrêter ce caprice de petite fille pourrie gâtée. Tu vas dire au revoir à ce garçon et tout rentrera dans l'ordre. Sinon…

— Sinon ?

— Sinon ce n'est plus la peine de remettre les pieds dans cette maison.

Je suis allée dans ma chambre, j'ai jeté ma vie dans une valise, la rage au ventre et la tristesse au cœur, et je suis partie.

Je n'ai effectivement plus jamais remis les pieds chez moi. Et je n'ai revu ma mère que bien plus tard, dans de funestes circonstances.

Lorsque Arsène m'a vue débarquer chez lui avec mon bagage et ma joue écarlate, il a voulu savoir ce qui s'était produit, mais je ne le lui ai pas dit avant plusieurs jours. Il avait compris sans que je prononce un mot, et ne cessait de répéter qu'il allait casser la gueule de mon beau-père, tandis que je lui assurais que cela n'avait rien à voir avec lui.

Je voulais à tout prix éviter d'envenimer la situation… et je voulais surtout faire mentir l'oracle prononcé par ma mère : il ne serait pas dit que mon Arsène s'abaisserait au même genre de violence que celle de mon beau-père.

Alors, j'ai attendu que l'orage passe.

Puis je lui ai dit la vérité, bien sûr. Tout en le suppliant de ne pas se venger.

Et tout en lui révélant ce que j'avais tu jusqu'alors.

— Je vais m'installer chez toi, et on sera heureux… tous les trois.

Arsène m'a regardée, sans comprendre.

Puis son visage s'est illuminé, il s'est mis à rire, m'a soulevée dans ses bras… avant de sortir du mobil-home et de crier dans tout le quartier sa joie d'être bientôt père.

Au son des youyous et des guitares, nous avons célébré notre nouvelle vie qui commençait.

Quatre mois plus tard, j'ai été reçue au concours d'institutrice, et mon beau-père Georges a été élu maire de la ville.

Et sept mois plus tard, une merveille d'enfant a illuminé nos vies.

15

Les trois heures suivantes, la route devint très vite monotone. Grandiose, mais monotone : le paysage sec et lunaire, la lumière aveuglante, le goudron qui paraissait fondre, et au beau milieu, les lignes droites à perte de vue de l'US 95. La proximité de la vallée de la Mort et les panneaux « *Heat kills* » – la chaleur tue – étaient là pour rappeler qu'ils se trouvaient bien dans un désert. La plupart du temps, le minibus était absolument seul, avec parfois, en sens inverse, un 44-tonnes américain : le genre de monstre de quinze mètres de long à l'énorme capot rouge rutilant décoré de flammes ou de dessins représentant une Marilyn Monroe lascive. Ça semblait cliché, mais Lucia et Max – les seuls à ne pas dormir – constatèrent que la plupart étaient exactement comme ils les imaginaient, en tout cas sur cette route noire de soleil traversant le Nevada de part en part.

Si Max ne dormait pas, c'est parce qu'il réfléchissait à ce que pouvait bien impliquer le passé de voleur d'Arsène, la dissimulation de son identité dénichée par Lucia, et ce tatouage signe de reconnaissance entre gangsters – puisqu'il faut bien appeler un chat un chat. Se pouvait-il que cet homme si touchant et d'apparence si inoffensive soit encore dangereux aujourd'hui ? Entre un vieux voyou, une malade d'Alzheimer, une démolisseuse de voiture, une femme enceinte et un suicidaire, ce groupe de chasseurs de trésor était décidément très étrange – surtout si l'on y ajoutait un accompagnateur-acteur accusé d'homicide involontaire… D'ailleurs Hortense avait-elle eu l'Office de tourisme de Californie au téléphone, au sujet de Jim ? Elle ne l'avait pas débriefé de sa tentative d'appel, il le lui demanderait lorsqu'elle serait réveillée. En attendant, il envoya un SMS à Lucia pour lui révéler la signification du tatouage d'Arsène. Celle-ci se retourna immédiatement, écarquillant les yeux avec exagération pour marquer son effarement.

Le SMS de Max amplifia encore l'envie de Lucia de découvrir le nom complet d'Arsène. Incroyables, toutes les combinaisons possibles avec « Aub » : aubade, aubaine, Aubagne, aubier, aubergine, aubépine… Mais bientôt le réseau fit des siennes : au beau milieu du désert, Lucia ne captait plus rien – ni téléphone ni internet – et dut abandonner ses recherches.

Elle jetait des coups d'œil réguliers à Detroit, qui lui souriait parfois dans le rétroviseur. Ce garçon lui plaisait décidément beaucoup. Elle ne savait pour quelle raison exactement. Un *feeling*, un pressentiment. Et tandis que son esprit divaguait, il se produisit la chose la plus bizarre qui lui ait été donnée de vivre. Elle sentit son bébé bouger. Elle crut d'abord à un gros gargouillis et centra son attention sur son ventre. Et cela se reproduisit. Une fois, deux fois, trois fois. Il était en folie. Il ou elle, d'ailleurs. Lucia ne savait pas et ne voulait pas savoir. Surtout, ne pas se projeter. Ne pas s'attacher à cet enfant. Jamais. Alors comme s'il avait entendu ses tourments, comme s'il voulait éviter qu'elle ne l'oublie, il gigota, encore et encore. Depuis que les trois premiers mois et leurs nausées étaient derrière elle, elle essayait de vivre normalement, de penser le moins possible à cette grossesse, et elle y parvenait. Bien sûr, elle savait bien que ça ne durerait pas, que bientôt elle devrait organiser sa vie en fonction de son ventre, de son poids. Mais elle imaginait qu'elle parviendrait à faire comme si ça n'était pas à cause d'un bébé. Le sentir bouger, contre toute attente, venait de la bouleverser.

Et soudain, un bruit sec, de la fumée qui s'échappe du moteur, et le minibus qui ralentit. Réveil en sursaut pour tous les autres. Hortense releva la tête et lança :

— Qu'est-ce qu'il se passe ?

Et à tour de rôle, chacun posa cette même question.

Detroit répondit qu'il ne savait pas, sortit du véhicule et ouvrit le capot.

Hortense regarda le tableau de bord, qui affichait la température extérieure : 110 °F – 43 °C.

— C'est pas bon ça… pas bon du tout…

— Merci Hortense, très constructif.

Lucia lui avait répondu sèchement, comme lors de leurs échanges des premiers jours. Mais la situation avait changé entre elles, et Hortense nota que Lucia semblait réellement soucieuse, alors elle se pencha vers elle et lui dit :

— Je plaisante, Lucia. Ne t'inquiète pas, je suis sûre que Detroit va nous réparer ça comme un chef… Il te fait simplement le coup de la panne !

— T'es bête… mais merci.

Lucia sourit, posa sa tête sur l'épaule d'Hortense.

Detroit, le visage ruisselant de sueur, revint à l'intérieur du véhicule. Jim lui demanda ce qu'il en pensait, et à la mine qu'il fit, tous comprirent avant même qu'il l'explicite :

— *Guys, we have a real big problem. I think the engine is dead. Too hot. We need to call someone, but the closest city is a hundred miles away, we didn't pass anyone in an hour, and within thirty minutes, the temperature will be 110 °F inside the vehicle as well… We're fucking screwed.*

Joséphine demanda ce qu'il venait de dire, et Jim répondit :

— Il dit qu'on est dans la merde. Le moteur est mort, la première ville est à deux heures de route, on n'a croisé personne depuis une heure et il fera bientôt plus de 40 °C dans l'habitacle. Il faut appeler des secours immédiatement.

Jim saisit son téléphone et Lucia le vit blêmir :

— Je n'ai pas de réseau. Quelqu'un a du réseau ?

Personne n'avait de réseau.

— *Fuck fuck fuck fuck fuck fuck fuck*…

De toute évidence, Jim paniquait. Et les autres n'en étaient pas loin.

Max prit la parole.

— La bonne nouvelle, c'est qu'on a au moins 1,5 litre d'eau par personne, et qu'il me semble avoir vu des bornes d'appel d'urgence pas trop loin. Je propose que certains d'entre nous se lancent à pied pour trouver l'une d'elles.

Max demanda confirmation à Detroit, qui affirma qu'en principe, tous les deux à trois miles ils devraient rencontrer un téléphone… mais que tous n'étaient pas forcément en état de marche.

Même si Max savait que la situation pouvait très vite prendre une tournure dramatique, notamment pour les personnes qu'il considérait comme les plus fragiles, à savoir Joséphine, Arsène et Lucia, il s'efforça de rester positif :

— Prenons-le comme une nouvelle aventure excitante… ça en fera des choses à raconter au retour ! Je propose d'y aller… Jim et Detroit, vous venez avec moi ?

Ils acquiescèrent, mais Max comprit aux mines d'enterrement de Lucia et Hortense que son enthousiasme factice n'avait dupé personne.

Les trois hommes commencèrent à préparer des sacs à dos avec de l'eau en quantité et de quoi se couvrir la tête, quand Joséphine cria :

— Une voiture !

Elle montrait l'horizon, désespérément vide.

Max s'apprêtait à lui répondre gentiment que non, il n'y avait rien malheureusement, que dans les déserts les mirages étaient fréquents, mais Lucia cria à son tour :

— Elle a raison ! Il y a une voiture qui approche !!

Elle s'apprêtait à sortir, mais Max la retint :

— Lucia, reste dedans, ce n'est pas prudent, dans ton état…

— Alors écoute-moi bien, Max. Ça fait plusieurs fois que tu me fais le coup de « Je suis un mâle dominant, il y a une femme enceinte, donc je lui balance des injonctions du genre : reste dans la voiture, je sais mieux que toi ce qui est bon pour toi »… et ça me gonfle prodigieusement. Je sais que ça part d'une bonne intention, mais je ne t'ai pas attendu pour savoir me protéger. Je ne suis pas en sucre, je ne suis pas non plus stupide, alors je sais quand je peux faire quelque chose, je n'ai pas besoin d'un homme qui m'apprenne comment prendre soin de moi. Je vais donc sortir de ce véhicule, parce que je le sens bien comme ça et parce que je fais ce que je veux. OK ?

Max baissa les yeux. Elle y était allée fort, mais au fond elle n'avait pas tort. Ce qu'il projetait sur elle, c'était sa frustration de ne jamais avoir eu d'enfant avec Pauline, alors oui il se sentait investi d'une mission de protection qui était nulle et non avenue. Et puis, Lucia lui paraissait si jeune… son attitude était comme paternelle. De paternelle à paternaliste, il n'y a qu'un pas, Lucia avait raison. Il lui présenta ses excuses. Elle lui sourit et ajouta :

— Tu es loin d'être le pire, tu es même un mec super. C'est dommage que tu tombes dans les travers de contrôle de beaucoup d'autres, alors j'ai fait un peu d'éducation, voilà tout !

Elle posa sa main sur le bras de Max en signe d'apaisement, puis elle sortit du minibus et se posta, ventre en avant, bras levés en croix, en travers de la route.

Hortense, Max, Detroit et Jim sortirent à leur tour, et se postèrent à côté d'elle. Impossible pour la voiture de ne pas s'arrêter.

Et le miracle se produisit : il n'y avait pas qu'une seule voiture, mais deux, dont un pick-up – un véhicule équipé d'une plateforme ouverte à l'arrière.

Max constata avec soulagement qu'il serait donc mathématiquement possible qu'ils montent tous à bord. Restait à convaincre ces messieurs, qui claquèrent leurs portières et saluèrent toute la troupe.

Après une discussion avec Detroit et Jim qui leur permit de comprendre la situation, les quatre hommes – la trentaine, looks de marginaux, tee-shirts pas nets et cheveux sales – acceptèrent de prendre tout le monde. Ils ne cessaient de jeter des regards à Lucia et Hortense, Lucia les leur rendait tout en donnant des coups de coude à sa voisine :

— N'oublie pas que si on reste là on va crever, alors fais ton plus beau sourire, ma caille.

Toutes deux s'approchèrent pour leur serrer la main, puis Lucia murmura à Hortense :

— Je pense qu'ils n'ont pas bu que de la limonade, et qu'ils ont sans doute fumé autre chose que du tabac. Ils ne font pas mégapropres sur eux non plus… mais on va bien devoir faire amies-amis, pas le choix. *Let's go.*

Joséphine et Arsène rejoignirent la première voiture, et Lucia insista pour monter dans la partie découverte du pick-up. Max pensa que c'était une imprudence, mais il se força à ne rien dire. Lucia expliqua à Detroit en aparté qu'elle n'avait pas très envie d'aller dans l'habitacle avec ces hommes qui sentaient la bière et l'hygiène approximative, alors Jim et lui se dévouèrent, et Lucia se retrouva avec Max et Hortense à l'arrière. Quand le pick-up démarra, la sensation fut dingue et Lucia leva les bras en criant :

— Je suis le roi du mooooonde !

Ce qui fit sourire Hortense et Max – et c'est vrai que c'était quelque chose. Rouler en plein désert du Nevada à toute vitesse à l'arrière d'un pick-up, c'était grisant…

Les hommes avaient été clairs : il était déjà 18 heures, la première ville n'était pas toute proche, ils ne pourraient pas les y emmener. En tout cas pas aujourd'hui. Chez eux, les réseaux téléphoniques passaient, donc le groupe pourrait appeler des secours, et décider de la suite : soit quelqu'un viendrait les chercher le soir même, soit ils dormiraient sur place et repartiraient le lendemain. Ils étaient en tout cas les bienvenus dans leur camp.

Tous avaient tiqué en entendant le mot « camp », mais tous étaient conscients de ne pas avoir d'autre choix. Personne n'avait donc osé relever.

Lorsque le pick-up fit un virage et s'engagea sur un chemin de terre, Hortense comprit qu'ils approchaient de leur destination, et à vrai dire elle n'était pas mécontente d'arriver, même s'ils étaient au milieu de nulle part. On leur avait promis une virée gastronomique à Las Vegas, et voilà qu'elle venait de cuire quinze minutes à l'arrière d'un pick-up sale. Pas tout à fait le même trip… En attendant, elle expliqua à Max la teneur de son échange avec l'Office de tourisme de Californie, et mit cinq bonnes minutes à aboutir à cette conclusion pourtant simple : elle n'avait rien appris.

De son côté, Lucia relança sa recherche concernant Arsène dès qu'elle capta de nouveau le réseau. Mais avec son patronyme, cette fois-ci : dans l'agitation du transfert vers les autres véhicules, à un moment Lucia s'était retrouvée seule à bord du minibus. Après s'être assurée que personne ne pouvait la rejoindre et en gardant toujours un œil sur le groupe, elle avait pu terminer ce qu'elle avait commencé à Bodie… et avait enfin récupéré le nom de femme mariée de Joséphine : Méjean épouse Aubignac. Donc Arsène Aubignac.

Max s'en aperçut :

— Ne me dis pas que tu as encore fouillé dans les papiers de Joséphine ?

Lucia sourit :

— Tu te souviens ce que je t'ai dit sur le fait de me contrôler ? Ben voilà tu recommences… Je plaisante ! Enfin pas tout à fait mais bon, bref. Ça fait des heures que je me prends la tête à jouer à Motus en essayant de deviner son nom, et maintenant que tu m'as parlé de cette histoire de tatouage et de gang, je veux savoir qui est vraiment Arsène.

La lumière du soleil commençait à décliner quand Hortense entendit le mot « gang » en même temps qu'elle aperçut le camp dont avaient parlé les quatre hommes.

— Quel gang ? De quoi tu parles Lucia ?

— Max a découvert qu'Arsène est un voleur, on cherche des infos, on n'en sait pas plus.

Hortense frissonna, malgré la chaleur. Arsène, un voleur ? Il ne manquait plus que ça pour faire monter son stress… d'autant que les couleurs rougeoyantes donnaient au paysage désertique une allure menaçante. Plus ils avançaient, plus l'inquiétude prenait le dessus dans l'esprit d'Hortense, qui ne manqua pas de remarquer les panneaux de signalisation délabrés couverts de dessins étranges qui encadraient maintenant la route : têtes humaines sur corps d'animaux, signes du zodiaque et autres symboles mystiques… Hortense ne voulait pas interrompre les recherches de Lucia et Max, mais son instinct commençait à lui lancer de sérieux signaux d'alerte concernant le « camp » de leurs hôtes. Ils approchèrent encore, et Hortense vit alors apparaître ce qui était plus une sorte de campement qu'autre chose. Son cœur se mit à battre plus fort dans sa poitrine. Qu'est-ce que c'était que cet endroit ? Il y avait là une dizaine de caravanes en piteux état, quelques voitures couvertes de terre, des tentes sales, et des habitations de tôle dont les sommets étaient ornés d'épouvantails portant des lambeaux de vêtements, flottant au vent tels des spectres.

Hortense s'aperçut qu'elle tremblait. Elle avait l'impression d'être coincée dans un traquenard semblable à un pitch de film d'horreur : « Un groupe de touristes en panne en plein désert, pris en charge par quatre hommes, débarque dans un camp isolé de marginaux pratiquant le sacrifice humain »… Elle n'avait désormais qu'une envie : quitter cet endroit au plus vite.

Son cerveau était en ébullition et rempli de ces joyeusetés lorsque Lucia s'écria :

— J'ai trouvé Arsène !

Lucia parcourait visiblement un article de presse, et à mesure qu'elle le lisait, son visage se décomposait, jusqu'à devenir aussi livide que celui d'Hortense découvrant le campement de ses nouveaux amis cannibales.

Max demanda à Lucia s'il y avait un problème, elle répondit :

— Oui, plutôt.

Et elle lui tendit son téléphone.

Max lut attentivement, et Hortense se pencha pour lire avec lui.

Hortense regarda Lucia, puis Max. Elle se pencha de nouveau sur le téléphone de Lucia, mais l'information restait la même :

> Le 10 juin 1983, Arsène Aubignac a été reconnu coupable de meurtre.
>
> Et condamné à vingt-cinq ans de réclusion criminelle.

Le pick-up s'immobilisa, ils étaient à destination.

Les feux de bois allumés tout autour du camp projetaient des ombres inquiétantes sur le sol, et ces palpitations noires formaient comme une respiration sinistre.

Les tremblements d'Hortense s'intensifièrent. Impossible de les calmer.

Car si elle résumait mentalement sa situation… Elle était donc en plein désert du Nevada, dans un camp de marginaux, lui aussi désert.

Avec un meurtrier.

16

Une fois les véhicules arrêtés, les quatre « chevaliers crasseux » – surnom trouvé par Lucia – expliquèrent à leurs hôtes inattendus qu'ils devaient préparer leur arrivée, et donc les laisser seuls quelques instants.

Hortense préférait ne pas imaginer ce que signifiait « préparer leur arrivée », mais elle n'y pouvait rien, des images de films d'épouvante affluaient, et si l'un d'eux était revenu avec une tronçonneuse et un masque de Scream, elle n'en aurait finalement pas été étonnée…

Les quatre hommes offrirent à Lucia, Hortense et Max d'entrer dans les voitures – plus fraîches, car la climatisation avait fonctionné à plein lors du trajet –, mais le rythme cardiaque d'Hortense lui suggéra que cette proposition anodine cachait peut-être une stratégie pour les séquestrer dans les véhicules. Et puis avec ce qu'ils venaient de découvrir sur Arsène, il était hors de question de se retrouver enfermée à côté de lui… Elle refusa donc poliment, avec tout le sang-froid dont elle se sentit capable :

— La température est tout à fait supportable… Alors merci, mais nous patienterons ici.

Restés à l'arrière du pick-up, Hortense, Lucia et Max entamèrent un conciliabule à voix basse afin de parler de ce qu'ils venaient de découvrir. Hortense, n'en pouvant plus d'attendre, se lança :

— Donc si on récapitule : Arsène a tué quelqu'un, il a fait vingt-cinq ans de prison, et ne nous en a jamais parlé… Ça n'est pourtant pas tout à fait un détail, on est d'accord ?

Les deux autres acquiescèrent, et Hortense continua avec un débit mitraillette qui trahissait son immense inquiétude :

— Jim a été inculpé pour homicide involontaire. OK, il a été acquitté, mais ça non plus c'est pas un détail ! Alors je vais aller au bout du truc : j'ai quelque chose à vous avouer…

— Toi aussi, tu as tué quelqu'un ? lui lança Lucia, mi-incrédule mi-horrifiée.

— Bien sûr que non !! Mais j'ai quelques casseroles… Vous savez, quand j'étais bourrée l'autre soir à San Francisco et que je vous ai raconté l'histoire de mon amie qui avait détruit à coups de marteau la bagnole de son ex… eh bien c'était pas une amie, c'était moi.

Soulagement de Lucia :

— Ah, ça ? On avait compris tout de suite que c'était toi, hein… Ça n'a strictement rien à voir avec un meurtre. Perso, je trouve ça limite comique, et honnêtement, toute femme blessée dans son amour-propre aurait pu faire la même chose. En tout cas, moi j'aurais pu !

— Non mais vous ne comprenez pas où je veux en venir ?!

Lucia et Max secouèrent la tête.

— Vous connaissez le roman d'Agatha Christie, *Ils étaient dix* ? Avant, ça s'appelait *Dix Petits Nègres.*

Ils répondirent que oui bien sûr, ils connaissaient, mais Max ajouta qu'il ne voyait pas le rapport. Hortense s'adressa à lui :

— Max, est-ce qu'en ton âme et conscience tu es coupable de quelque chose ? Un crime, un délit, un truc volontaire ou involontaire ?

Max pensa évidemment à l'accident qui avait coûté la vie à Pauline. Il n'était pas responsable, mais il savait, au fond de lui qu'il était *a minima* coupable de négligence, d'inattention…

— J'ai… j'étais au volant quand ma femme est morte. Je n'ai pas été tenu responsable non… mais c'est moi qui conduisais.

Hortense était en transe. Elle s'adressa à Lucia :

— Et toi ?

— Moi des trucs illégaux j'en ai fait tout un paquet, à vrai dire…

Sans même chercher à analyser la réponse de Lucia, Hortense exposa ses conclusions, dans la plus grande panique.

— Putain mais vous ne comprenez pas ? Chacun de nous est coupable de quelque chose… comme dans le roman d'Agatha Christie ! Vous vous souvenez ? Un taré qui réunit dix personnes qu'il considère comme coupables, et qui les zigouille pour les punir, pour faire justice lui-même. Le tout en prenant bien soin qu'aucun ne s'échappe… ça ne vous rappelle rien ? Souvenez-vous de ces machins de géolocalisation qu'on a trouvés dans nos sacs hier !!

Hortense regarda une nouvelle fois autour d'elle. Elle remarqua que les brasiers qui entouraient le camp étaient disposés en cercle. Comme s'ils délimitaient une arène, au cœur de laquelle ils se trouvaient désormais. L'atmosphère lui parut plus que jamais lugubre. Sa gorge se serra lorsqu'elle finit par lâcher, le souffle court :

— Eh bien moi je crois qu'on n'est pas là par hasard, que quelqu'un tire les ficelles de cette prétendue chasse au trésor, et qu'on va se faire zigouiller ici même, dans ce campement chelou de SDF, au beau milieu de la vallée de la Mort.

17

Ce que disait Hortense – cette hypothèse d'un *Dix Petits Nègres* version yankee – était complètement dingue. Max essayait de se raisonner, de calmer sa nervosité grandissante, mais il ne pouvait s'empêcher de penser qu'il y avait un fond de vérité. Tout était trop bizarre, dans cette aventure : le profil des participants et de l'animateur, les épreuves, les morceaux de carte… Max avait besoin de réfléchir. Ne pas se précipiter vers des conclusions aussi glaçantes.

Il resta silencieux un court instant, puis il dit à Hortense :

— Tu oublies Joséphine et Detroit, dans ton hypothèse. Detroit est arrivé après, alors peut-être qu'il n'a rien à voir avec tout ça. Mais si ta théorie – totalement folle, hein – était vraie, alors Joséphine devrait être coupable de quelque chose, elle aussi… puisqu'on est *tous* censés être coupables de quelque chose. Lucia tu as cherché Joséphine avec son nom d'épouse ?

— Tu sais bien que je n'ai pas encore eu le temps !

Lucia reprit son téléphone et tapa cette fois-ci « Joséphine Aubignac ». Elle tomba tout de suite sur une archive de journal, dont elle parcourut les premières lignes.

Elle murmura pour elle-même : « *No me digas, joder…* », ce que Max décoda peu ou prou comme « Putain, j'y crois pas… »

Lucia leva la tête vers Hortense et Max, et ses yeux étaient emplis de terreur. Ce qui les effraya d'autant plus que la jeune femme n'était pas du genre impressionnable.

Lorsque Lucia leur tendit son appareil, tous deux remarquèrent que sa main tremblait.

Ils découvrirent à leur tour les mots qui avaient provoqué une telle émotion, et eurent l'impression que le sol se dérobait sous leurs pieds.

Sur cette page web irréelle, ils pouvaient lire très distinctement :

> Joséphine Aubignac. Condamnée à vingt-cinq ans de prison.
>
> Pour meurtre avec préméditation.

18

— On ne peut pas rester ici une minute de plus... il faut aller chercher de l'aide !

Sur la plateforme du pick-up, Hortense n'en finissait plus de paniquer. Ses mains tremblaient, elle avait même du mal à respirer.

Le choc passé, Lucia et Max étaient, de leur côté, parvenus à maîtriser leur émotion et retrouver un semblant de calme. Lucia tenta de reprendre le contrôle de sa pensée.

— OK, on ne comprend rien. OK, on devrait s'enfuir, mais les mecs sont partis avec les clés. De toute façon, on irait où ? On est au milieu de nulle part, à minimum deux heures de Las Vegas. Regardez, ils ont d'autres voitures : je ne crois pas que ce genre de types nous laissent leur piquer une bagnole sans se lancer à nos trousses... et pour couronner le tout, on ne sait même pas s'ils sont armés.

Max ajouta :

— Et puis s'enfuir en emmenant qui ? Si on suit ta théorie « Agatha Christie » avec un taré qui voudrait tous nous faire payer pour nos fautes, il faudrait s'enfuir avec Joséphine et Arsène, on ne peut pas les laisser là !

— Et Jim, et Detroit ? demanda Lucia. On ne peut pas non plus prendre le risque qu'ils se fassent zigouiller…

— Oui mais si c'étaient Jim et Detroit, qui devaient nous zigouiller ? rétorqua Hortense.

Lucia réfléchit, mais conclut quasi instantanément :

— Ça ne tient pas. À Yosemite, en pleine forêt, Jim était armé et on était complètement seuls. Franchement s'il avait voulu nous tuer, il l'aurait fait à ce moment-là, non ?

— Vous faites quoi ?

Lucia, Hortense et Max poussèrent un cri d'effroi simultané – ils n'avaient pas vu Jim sortir de l'habitacle. Jim fut surpris de leur réaction, mais puisqu'il n'avait rien suivi de leurs discussions, il resta sur le ton de la plaisanterie.

— *Wow*, quel accueil… OK, nos hôtes sont un peu excentriques, ils vivent dans une communauté à l'écart de tout, ils ne sentent pas très bon, mais ils sont plutôt sympas, dans un style *Projet Blair Witch*…

Jim était mort de rire, mais les autres pas du tout.

— Qu'est-ce qui vous arrive ? Je blague, hein… On capte le réseau maintenant. Si vous n'êtes pas à l'aise pour passer la nuit ici comme ils nous l'ont gentiment proposé, pas de problème j'appelle des taxis, ils seront là dans deux heures et on arrivera à l'hôtel de Vegas vers 23 heures…

Hortense sauta sur l'occasion :

— Oui s'il te plaît, on veut partir le plus vite possible.

Les autres acquiescèrent avec un empressement qui surprit Jim. Il saisit son téléphone, mais il n'eut pas le temps de s'en servir.

Lucia pointa un doigt en direction de points lumineux qui se déplaçaient vers eux. Des lanternes, portées par une vingtaine d'hommes aux vêtements déchirés. Plus les points lumineux se rapprochaient, plus Lucia entendait les râles et distinguait les visages. Creusés. Gris. Livides.

— C'est quoi encore cette connerie ?

Lucia n'en croyait pas ses yeux et sentit son pouls accélérer. Cette apparition était… comment dire ? Une sorte de cauchemar éveillé. Lucia recula, et remarqua que tout le monde était désormais sorti des véhicules.

Tous regardaient les hommes avancer, ne sachant que faire.

Bien sûr que les zombies, ça n'existe pas.

C'était ce que se répétait Max en boucle, le cœur battant.

Mais tout de même, seuls, dans le désert du Nevada… l'apparition de vingt zombies munis de lampes à huile, poussant des gémissements en marchant, bras tendus… il y avait de quoi flipper comme jamais.

Lorsque les zombies ne furent plus qu'à deux mètres d'eux, les jambes d'Hortense ne parvinrent plus à la porter. Elle fut retenue *in extremis* par Jim, qui l'allongea sur le sol.

Les zombies se précipitèrent vers elle, et Jim reconnut le conducteur du pick-up, sous son maquillage. Il se pencha sur Hortense tout en affichant un air désolé. Jim le repoussa violemment :

— Mais vous êtes complètement débiles de nous avoir fait peur comme ça ?!

L'homme présenta des excuses au nom de tous ses camarades.

— On est désolés, vraiment. On fait une soirée déguisée « Walking Dead », on s'est dit que ce serait marrant de vous mettre dans l'ambiance, mais on ne pensait pas vous « terrifier »… En même temps ça veut dire que c'est réussi, ha ha !

Hortense reprit progressivement ses esprits, Jim lui expliqua la situation, et dut batailler ferme pour l'empêcher d'aller flanquer une gifle au chef des zombies.

Jim demanda s'il leur serait possible de se reposer dans un espace tranquille en attendant les taxis qui les ramèneraient vers Vegas – il avait failli dire « vers la civilisation » mais s'était rendu compte qu'entre ces hommes et la folie de la ville-casino, il n'était pas certain de qui était le plus digne du mot « civilisation »…

— Vous ne voulez pas vous joindre à nous ?

— Non merci, tout le monde est fatigué ici – Jim désigna du menton Joséphine, que la chaleur avait rendue amorphe.

On leur proposa une très vaste tente-dortoir-salle-à-manger qui sentait fort le mort-vivant, au sein de laquelle on leur apporta des boissons fraîches. Ces hommes étaient somme toute charmants… Max songea qu'il aurait suffi d'un peu de savon pour qu'ils deviennent tout à fait fréquentables.

Ils s'assirent tous autour de l'enfilade de tables de camping sur lesquelles des verres avaient été déposés, et tandis qu'ils buvaient en silence, Hortense ne cessait d'adresser des regards et des petits mouvements de tête en direction de Lucia et Max.

Jim, qui s'était installé à côté d'Hortense, finit par briser le silence :

— Hortense, Lucia, Max, que se passe-t-il ? Vous êtes bizarres, depuis tout à l'heure.

Lucia, restée collée à Detroit, sourit en lançant :

— Tu veux dire plus que d'habitude ?

Jim était sérieux.

— Je vous sens préoccupés, et c'est aussi mon boulot de m'assurer que vous allez bien…

Ce fut finalement Hortense qui se lança, la bouche sèche et le cœur serré.

— On a découvert des choses importantes… sur Joséphine, sur Arsène… sur chacun de nous, en fait. Et on doute que cette histoire de chasse au trésor existe vraiment. À vrai dire, on ne comprend rien, mais il y a trop de trucs louches. Personnellement, je ne me sens plus en sécurité. Dès que nous serons arrivés à Las Vegas, je me retire du jeu. J'arrête. Je rentre en France.

— Moi aussi, j'arrête.

Lucia et Max se regardèrent : ils venaient de prononcer les mêmes paroles, simultanément.

Jim, surpris, peinait à comprendre ce qui motivait une telle décision. Mais contre toute attente, ce fut Arsène qui se leva et réagit le premier.

— Mais vous ne pouvez pas arrêter maintenant ! C'est beaucoup trop tôt…

Ses yeux étaient embués, l'émotion affleurait, semblable à celle de la veille.

Arsène fit un geste de la main que tout le monde comprit : il demandait qu'on lui donne une seconde, avant qu'il ne reprenne la parole.

Le temps était comme arrêté.

Arsène but une gorgée d'eau fraîche, prit une grande inspiration, et puis il dit :

— Jim, dans combien de temps arrivent les taxis ?

— Dans deux heures environ.

— Bien. Alors je vais vous raconter une histoire. Je n'avais pas prévu de la dire de cette façon, et je raconte tellement moins bien que Joséphine… mais vous ne me laissez pas le choix.

Hortense, Lucia, Max et Jim étaient suspendus aux lèvres d'Arsène. Detroit ne bougeait pas, il se tenait simplement aux côtés de Lucia, car lui aussi avait compris la solennité du moment. Personne ne savait ce qu'allaient contenir ses paroles. Mais tous avaient l'intuition que cet instant était important pour lui.

Il leur demanda de s'engager à ne pas l'interrompre, de le laisser aller jusqu'au bout de son récit. Ils acceptèrent en silence.

Et alors que des rires et des notes de rock résonnaient un peu plus loin dans le camp, la voix d'Arsène s'éleva.

Joséphine, comme souvent depuis deux jours, semblait dans un ailleurs mystérieux, souriant pour elle-même. À part. Mais à cet instant précis, comme si elle avait compris ce qu'Arsène s'apprêtait à dire, elle glissa sa paume dans la sienne.

Après tout, c'était leur histoire qu'il allait livrer.

Cette histoire qu'elle s'était appliquée à retranscrire dans son carnet.

Celle de leurs deux vieux cœurs, meurtris mais tellement grands.

II

HISTOIRE D'UN AMOUR

19

Carnet de Joséphine

Si Arsène se prénomme Arsène, c'est parce qu'il est issu d'une lignée de voleurs.

Une famille qui a toujours conservé le sens de l'humour, malgré les nombreux décès qui ont jalonné son histoire. La famille d'Arsène a ainsi pu compter dans ses rangs, au fil du temps, une Bonnie, un Clyde, une Doris et un Jesse (en l'honneur de la célèbre voleuse de diamants Doris Payne et du braqueur Jesse James). Mais les prénoms de bandits de fiction – tels Arsène ou Robin – étaient les favoris. Les parents d'Arsène étant tous deux morts lorsqu'il avait huit ans – officiellement dans un accident, en réalité dans un règlement de comptes –, Arsène avait été élevé par ses oncles et tantes, qui s'en partageaient la garde mais n'assuraient que très partiellement son éducation. Étant donné ce qu'il avait vécu, c'était fantastique qu'il s'en sorte aussi bien.

J'ai bien évidemment refusé de perpétuer ce cycle, en imposant un prénom dénué de toute connotation hors la loi pour notre premier enfant.

C'était une magnifique petite fille, que nous avons appelée Marie.

À sa naissance, j'ai fait promettre à Arsène d'arrêter ce qu'il nommait ses « affaires ». Il avait alors entamé une formation pour devenir plombier et j'espérais qu'un nouveau départ serait possible, d'autant que nous venions de nous marier, en tout petit comité et dans une ville voisine afin d'éviter de croiser monsieur le maire, alias mon beau-père Georges.

Tout ce temps, je n'avais plus eu aucun échange avec ma mère ni mon beau-père. Ce que je ne savais pas, c'est que Georges avait tenté d'entrer en contact avec moi, afin de me proposer un « marché » destiné à « m'aider à obtenir des avantages, comme une place en crèche », qui collait bien avec ce que je n'avais jamais osé révéler à ma mère, à savoir les multiples tentatives de mon beau-père pour m'embrasser – et plus encore. Le « marché » avait été intercepté par les amis d'Arsène, qui avaient menacé Georges de lui nuire en révélant une relation pour le moins compromettante qu'il avait eue avec une jeune fille de dix-sept ans…

J'avais bien conscience qu'Arsène ne me disait pas tout, mais je lui laissais le temps de terminer ses « affaires » et je lui faisais confiance – on ne rompt pas un cycle de plusieurs générations en quelques semaines. Et puis, je ne sais pas si j'étais aveugle ou si l'amour que je portais à ma fille me rendait particulièrement naïve… toujours est-il que je n'ai rien vu.

J'aimais Arsène, Arsène m'aimait, et cela suffisait.

La municipalité nous ayant refusé toute place en crèche, notre petite Marie devait atterrir chez l'une des tantes d'Arsène, lorsque je commencerais à travailler en tant qu'institutrice dans l'école qui trônait au milieu de la principale cité HLM de la ville voisine. Mais tout juste six semaines après la naissance de Marie, je suis tombée enceinte, de nouveau.

Ça n'était pas prévu, le moment n'était pas propice, d'autant que la toute récente petite entreprise de plomberie d'Arsène était fortement pénalisée par son nom, la réputation de sa famille, et son casier judiciaire – Arsène avait été épinglé, avant notre rencontre, pour flagrant délit de cambriolage, ça n'aide pas à construire la confiance des clients. Nous envisagions donc sérieusement de déménager, afin de repartir de zéro dans une région où personne ne nous connaissait. Et en attendant, je fermais les yeux sur les activités d'Arsène, qui en retour me garantissait qu'il ne prenait aucun risque, qu'il n'assurait que ce qu'il appelait le « back office », n'étant jamais en première ligne des dangers.

Je me suis laissé convaincre par Arsène qui insistait pour que je garde ce deuxième enfant : il était certain qu'il s'agirait d'un garçon, et que nous pourrions l'appeler Gabriel, pour continuer dans ce qu'il appelait en riant mon « délire biblique ».

— C'est toujours mieux que le délire « prénoms de gangsters », je te l'accorde. C'est plus facile en matière d'insertion professionnelle en tout cas…

En 1982, onze mois seulement après Marie, j'ai mis au monde un garçon.

Il était beau, il était merveilleux notre Gabriel.

La vie à quatre a commencé, dans le mobil-home.

Je ne crois pas me tromper en disant que nous étions heureux.

J'ai repris le boulot très vite, mais la tante d'Arsène qui devait garder les enfants étant tombée gravement malade et l'entreprise de plomberie étant toujours au point mort, nous avons décidé de jouer aux couples modernes : Arsène s'occuperait des petits tandis que je travaillerais – j'en avais envie, et c'était plus simple pour nous tous. Pendant quelques semaines, tout s'est bien passé. Je sentais bien qu'Arsène manquait d'adrénaline, mais il prenait sur lui. Et la journée, il s'occupait merveilleusement de nos deux anges.

Un soir d'hiver, Arsène m'a laissée seule avec Marie et Gabriel, qui n'arrêtait pas de pleurer. J'ai commencé à le déshabiller pour lui faire prendre un bain chaud, mais dès que j'ai manipulé ses chevilles, il s'est mis à hurler.

C'est là que j'ai remarqué les ecchymoses, sur le corps de mon fils. Sur ses bras, sur ses jambes, autour de ses côtes.

Les cris de mon petit garçon m'ont horrifiée, et poussée à tenter de joindre Arsène. Je voulais savoir s'il avait remarqué quelque chose, s'il s'était passé quoi que ce soit. Mais à l'époque, les portables n'existaient pas, et je ne savais pas où il se trouvait… Je n'avais donc aucun moyen de le contacter.

J'ai ôté les vêtements de Marie, et j'ai porté la main à ma bouche lorsque j'ai constaté qu'elle aussi, avait des bleus sur les jambes. Contrairement à Gabriel qui pleurait, il était clair que Marie ne souffrait pas, et la localisation des bleus était logique pour une enfant qui commence à marcher. Marie avait par ailleurs un « bobo » au niveau de la tempe, étant tombée sur le coin de la table basse de notre salon la veille, d'après ce que m'avait raconté Arsène.

La douleur de Gabriel était intense. J'ai hésité, mais il m'était impossible de ne rien faire. J'ai pris mes deux enfants sous le bras, j'ai griffonné un mot demandant à Arsène de nous rejoindre dès que possible, et je me suis rendue à l'hôpital.

Les examens de Gabriel ont révélé deux fractures – l'une au niveau du fémur droit, l'autre au niveau de l'humérus gauche – ainsi que deux côtes fêlées. Le médecin m'a prise à part et s'est exprimé sans ambages :

— Les blessures de votre petit garçon sont préoccupantes. Quand les avez-vous remarquées ?

— Tout à l'heure, en rentrant du travail – je suis institutrice à l'école primaire Anatole-France.

— Et qui gardait votre fils aujourd'hui ?

— Mon mari.

— Votre fille était-elle ailleurs, ou bien votre mari en avait-il la charge également ?

— Il gardait les deux. Mais je ne vois pas bien où vous voulez en venir…

— Où est votre mari actuellement ?

C'est là que j'ai aperçu les deux policiers, derrière le docteur.

Mon sang s'est mis à bouillonner. Et j'ai compris à quelle horreur pensait ce médecin.

— Je vous arrête tout de suite, mon mari est un père formidable, il n'a…

— Suivez-nous madame, nous devons vous interroger à notre tour.

L'un des policiers venait de s'adresser à moi.

Je les ai suivis dans une autre chambre de l'hôpital, vide. J'étais dans un état second. Plus rien n'était clair, mais j'aurais eu besoin qu'Arsène soit là, que ces policiers voient à quel point son sourire était pur, à quel point il était doux avec nos enfants.

Tout se bousculait dans ma tête, au moment où le deuxième policier a pris la parole.

— Concernant votre fils, l'expertise médicale exclut une simple chute, qui ne peut pas expliquer à elle seule des fractures aussi éloignées les unes des autres… D'après le médecin, la seule possibilité pour interpréter de telles blessures, ce sont des violences volontaires de la part de la personne qui le gardait. Votre mari, en l'occurrence. Je suis désolé, madame.

— Mon mari n'aurait jamais pu faire une chose pareille !

— Si votre mari n'est pas en cause, alors qui d'autre à part vous ? Madame, votre bébé de quatre mois présente deux fractures et deux côtes fêlées, et votre petite fille de quinze mois a des bleus sur les jambes et une entaille à l'arcade sourcilière gauche.

— Marie sait tout juste marcher, elle tombe et se cogne tous les jours !

— Votre fils ne marche pas, lui. Comment expliquez-vous ses blessures ?

— Je… ne les explique pas. Je ne sais pas. Je suis désolée, je ne sais pas. Mais je sais qu'Arsène n'y est pour rien.

Ce que j'ignorais alors, c'est que la police attendait Arsène au mobil-home, pendant que les enfants et moi étions à l'hôpital.

Arsène – vieux réflexe – a tenté de s'enfuir dès qu'il a aperçu les voitures de flics. Très mauvaise idée.

Il avait tout d'un coupable idéal.

Les policiers lui ont soumis les photos et le diagnostic concernant Gabriel.

Ils y sont allés au bluff. Lui ont dit que tout portait à croire que moi, sa mère, je les avais frappés. Que j'avais même reconnu les faits. Mais qu'eux pensaient que j'essayais, par amour, de couvrir mon mari. Qu'il ne tenait qu'à lui de rétablir la vérité.

Arsène était abasourdi. Anéanti. L'espace d'un instant, il a sans doute cru à cette version, sans comprendre. Il a imaginé que s'il ne disait rien, on risquerait de me retirer la garde des enfants, et que j'en mourrais. Alors comme un idiot héroïque macho et protecteur qu'il est, il a tout pris sur lui. Avouant sa responsabilité dans les blessures de Gabriel, et le manque de surveillance coupable. Assurant surtout que je n'y étais pour rien.

Et tandis que de mon côté, je jurais que personne n'avait levé la main sur quiconque, en coulisses une décision était prise. Elle nous serait annoncée quelques heures plus tard.

La décision de nous retirer purement et simplement la garde de nos enfants.

★

Les mois qui ont suivi ont été un long, un dense, un interminable cauchemar.

Nous avons pris des avocats, et nous nous sommes battus. Mais nous avons eu beau assurer n'avoir jamais touché un cheveu de nos enfants, la chair de nos chairs, rien n'y a fait.

Alors le doute, le terrible doute s'est insinué en moi. Et si Arsène avait vraiment brutalisé Gabriel ? Arsène me suppliait de le croire, mais les faits étaient là, impossibles à nier.

Et puis le coup de grâce inattendu nous a été asséné par l'entremise de mon beau-père.

Georges qui, dans l'ombre, était allé témoigner à la police, inventant de toutes pièces des épisodes violents d'Arsène, qui l'aurait soi-disant menacé… ainsi que des épisodes de perte de contrôle me concernant – allégation corroborée par ma propre mère, qui alla même jusqu'à inventer une gifle que je ne lui ai jamais donnée. Ce mensonge éhonté signa une rupture totale et définitive des liens entre nous. Je me suis rendu compte que j'étais piégée : cela faisait de longs mois que le poison était distillé, de nombreuses personnes – dont le commissaire de police – affirmaient avoir entendu ces anecdotes non seulement de la bouche de mon influent beau-père, mais aussi de celle de ma mère.

Georges est venu me voir et m'a exprimé, avec toute la concupiscence dont il était capable, que si je me montrais gentille avec lui, il ferait son possible pour me réhabiliter. Il se débrouillerait pour que mes enfants me soient rendus, mais il faudrait pour cela « lâcher » Arsène. Je lui ai craché au visage. Il s'est essuyé lentement, m'a dit en souriant que ma résistance l'excitait encore plus, puis il a tourné les talons.

Je n'ai pas parlé de cet épisode à Arsène – de nouveau, je ne voulais pas qu'il tente de se faire justice lui-même – mais à compter de cet instant, je n'ai plus eu aucun doute. Je savais qu'il était innocent. Nous avons reconstitué le schéma le plus probable, même si complètement ubuesque : quelqu'un s'était introduit chez nous pendant qu'Arsène et les enfants faisaient la sieste ce jour-là, et avait blessé Gabriel au risque de le tuer. Nous avions fait l'objet d'un complot visant à sortir Arsène de ma vie ou bien à l'obliger à quitter la scène locale des voleurs. C'était dément, mais plausible, malheureusement.

Dans les deux cas, il nous fallait récupérer nos enfants, quel qu'en soit le moyen, et partir. Nous reconstruire, loin. Alors Arsène a réfléchi, et en quelques semaines, il a monté « le plan parfait » : le soir du 14 juillet 1982, profitant de l'attention détournée par les festivités, il réaliserait un dernier casse qui nous mettrait à l'abri financièrement, et nous permettrait de fuir à l'étranger après avoir repris Marie et Gabriel au foyer de la DDASS… Autrement dit, il s'agissait d'enlever nos propres enfants.

Le soir du casse, Arsène est rentré à la maison en m'expliquant avoir réussi.

Et le lendemain, dès l'aube, il a mis à exécution le plan de récupération de nos enfants.

Je devais pour ma part l'attendre – les attendre tous les trois – dans une chambre d'hôtel, à une vingtaine de kilomètres de là.

J'étais telle une lionne en cage.

Vers 9 heures du matin, je me suis servi un énième café, écoutant fébrilement le moindre bruit de voiture, tressaillant à la moindre sonnerie lointaine de téléphone.

Vers 10 heures, j'ai commencé à vraiment m'inquiéter. J'ai appelé chez nous, au cas où Arsène aurait décidé d'y repasser, pour je ne sais quelle raison.

Aucune réponse. Et l'angoisse qui monte.

Vers 11 heures, je savais qu'il y avait eu un problème.

Vers midi, je me suis décidée à retourner chez moi. La police était là.

Et mon monde s'est effondré, une nouvelle fois.

On m'a expliqué qu'un témoin avait orienté l'enquête sur le casse de la veille vers Arsène, dont il avait reconnu « la patte ». Alors Arsène avait été pisté.

— Lorsque mes collègues l'ont vu approcher du foyer dans lequel sont hébergés – et protégés – vos enfants, ils ont compris que ce qu'on leur avait dit dans la nuit était vrai.

— Je ne comprends pas. Qu'est-ce qui leur a été dit ?

— Le témoin vous a vus acheter deux valises, il y a quelques jours. Il a compris que vous vous apprêtiez à partir. Alors puisque ce témoin était... convaincant... nous avons posté un collègue à l'extérieur du foyer, et un autre à l'intérieur.

Un témoin convaincant qui parvient à mobiliser la police aussi facilement sur un cas comme le nôtre… je n'en voyais qu'un seul. Le maire de la ville. Mon beau-père. Le policier a continué, l'air grave. Je m'attendais désormais au pire. J'étais loin du compte.

— Lorsque votre mari est arrivé, il a été pris en embuscade. Dans la confusion, il a pénétré dans le bâtiment. Il ne savait pas qu'il y avait aussi un policier à l'intérieur. Une violente confrontation a eu lieu, au cours de laquelle un coup est parti.

Mon Dieu. J'avais compris.

— Mon collègue s'est effondré. Mort sur le coup. Votre mari a été maîtrisé. Et immédiatement incarcéré.

20

Carnet de Joséphine

Lorsque le policier m'a annoncé l'arrestation d'Arsène, je me suis mise à vomir.

Et tandis que je vomissais, un visage apparaissait. Un visage pour lequel je ressentais un dégoût incommensurable. J'aurais voulu le détruire, ce visage, en faire de la chair à jeter aux chats errants de mon quartier.

Je suis rentrée chez moi. Dans un mobil-home désespérément vide.

J'ai pleuré longtemps. J'ai hésité, longtemps. J'ai laissé la haine grandir en moi. Jusqu'à devenir une masse noire, informe, incontrôlable.

Et je suis allée voir mon beau-père.

Il était 22 heures. Je savais qu'il serait seul à l'usine.

J'ai sonné, il m'a ouvert à distance en me disant :

— Je savais bien que tu viendrais.

Quand je suis arrivée, je me suis doutée que quelque chose clochait.

Il avait mis de l'encens à brûler, mais l'odeur de cigarette me prenait à la gorge.

J'avais du mal à respirer.

Je l'ai supplié de m'aider, de faire jouer ses relations pour atténuer la peine encourue par Arsène. De retirer tous les mensonges sur lui. De témoigner en sa faveur. En notre faveur.

J'étais brisée. Alors je lui ai dit que j'étais d'accord.

Ses yeux se sont illuminés.

Il a posé sur le rebord de son cendrier la cigarette qu'il venait d'allumer.

— D'accord pour quoi ?

— Tu le sais très bien.

Et j'ai commencé à déboutonner mon chemisier.

Il s'est approché. J'ai reculé. Je lui ai dit :

— Je veux que tu écrives une lettre, là, tout de suite, devant moi. Avant qu'il ne se passe quoi que ce soit.

Il a souri, a caressé mon visage de sa main râpeuse, et m'a glissé :

— Je ne crois pas que tu sois en position de négocier, ma belle. J'accepte ta proposition – même si je la trouve particulièrement indécente –, mais c'est moi qui décide des modalités. Donc tu t'exécutes d'abord. Et ensuite seulement, j'écrirai un courrier et je témoignerai.

Il m'a embrassée et j'ai eu un haut-le-cœur.

Je n'ai pas pu faire autrement que de le repousser.

— Je ne peux pas… je ne peux pas. S'il te plaît, aide-moi mais ne m'oblige pas à ça. Si tu tiens un tout petit peu à maman…

— Si ta mère te voyait, elle aurait honte de la petite pute qu'elle a mise au monde. Maintenant, agenouille-toi, dégrafe mon pantalon, et viens chercher ce pour quoi tu es venue. Et applique-toi s'il te plaît, je veux que tu me montres que tu y prends du plaisir, sinon je ne pourrai pas faire ce que tu me demandes.

Et soudain, je ne sais comment, j'ai eu un sursaut de dignité. De lucidité, aussi.

J'ai compris que le piège était bien plus vaste que ce que j'avais imaginé. Qu'il ne se contenterait pas d'une unique relation sexuelle. Qu'il en redemanderait. Qu'il détruirait ce qui me restait d'honneur et de fierté.

J'ai saisi mon sac à main sans rien dire, et je me suis dirigée vers la porte.

Il m'a rattrapée, m'a barré le passage.

Je lui ai échappé une première fois, puis une seconde.

Il est revenu à la charge, et il est parvenu à me coincer. Je l'ai griffé, giflé de toutes mes forces, puis je l'ai poussé avec toute ma rage, et l'énergie du désespoir.

Il a trébuché, son crâne a heurté un meuble. Et il s'est effondré.

Je suis sortie du bureau en courant… mais voyant qu'il ne me poursuivait pas et n'entendant plus un bruit, je suis revenue.

Dès que j'ai ouvert la porte, j'ai vu son corps tordu, ses yeux ouverts fixant le plafond.

J'ai pensé « Mon Dieu, j'ai tué un homme ».

Alors je me suis enfuie. Sans réfléchir. Sans prendre conscience que sa cigarette posée sur le rebord du cendrier avait glissé, sous le choc de sa tête sur le bureau.

Une cigarette encore allumée, tombée sur le sol moquetté du bureau du directeur d'une usine de feux d'artifice.

Le lieu était désert, fort heureusement. Mais en quelques minutes, un immense feu s'est propagé, et tout s'est embrasé.

L'explosion du stock a été d'une puissance inouïe. Ressentie à des kilomètres à la ronde.

Georges a été retrouvé calciné, mais l'enquête a montré qu'il était mort d'un coup violent à la tête. Or, des fibres provenant de la moquette de son bureau ont été prélevées sous mes chaussures, le visiophone de l'usine, relié à un centre externe, m'avait filmée entrant dans les lieux, on m'avait vue courir sur la route, en larmes, quelques minutes avant que tout explose, et une toute petite goutte du même groupe sanguin que Georges – AB négatif, le plus rare de France – a été retrouvée sous ma bague de fiançailles (il avait dû s'y loger après la gifle, et y demeurer malgré mes lavages de mains).

Les preuves étaient accablantes.

Et mon mobile était d'autant plus clair que ma mère est venue expliciter à la barre à quel point j'avais toujours détesté mon beau-père.

Il a été conclu que j'avais prémédité mon crime, que j'avais assassiné de sang-froid, puis mis le feu intentionnellement à l'usine de mes ancêtres.

Je pouvais m'estimer heureuse d'échapper à la perpétuité.

21
ARSÈNE

Au procès, je ne me suis pas défendu.

J'ai refusé toutes les compromissions, au grand dam de mon avocat, qui m'exhortait à jouer sur la corde sensible, à raconter ma vie passée, l'injustice du retrait de nos enfants alors que nous n'étions en aucun cas responsables des blessures de Gabriel. J'aurais pu fondre en larmes, supplier, tenter d'attendrir les jurés. J'aurais dû, sûrement. Mais je n'en ai rien fait.

J'avais ôté la vie d'un homme. Un homme qui aimait, qui n'avait pas encore d'enfant mais une compagne avec laquelle il faisait des projets d'avenir, aucune circonstance atténuante n'y changerait rien, je devais payer pour cela. Alors mon seul objectif, au cours de ce procès, c'était de m'adresser à la famille de ce policier, à ses parents, à sa femme, et de leur exprimer à quel point j'étais désolé. De leur dire que mes excuses ne le ramèneraient pas, bien sûr, mais que j'étais prêt à endosser toute ma responsabilité, à purger la juste peine que la société déciderait de m'infliger, sans la discuter, même s'il s'agissait de la peine maximale. Jamais je n'ai voulu la mort de cet inconnu, dont j'ai découvert la vie au cours du procès. Il n'y a pas une journée où je ne pense à ce que j'ai fait, où je me blâme, où je regrette, où je prie pour sa famille, même si je ne crois pas en Dieu.

Je m'en veux tellement, encore aujourd'hui, après toutes ces années, pour le mal que j'ai fait autour de moi. Par mon excès de confiance. Je pensais mon plan infaillible, j'ai précipité l'entourage de cet homme, mais aussi tous ceux que j'aimais, dans un gouffre sans fond.

Joséphine aurait dû me détester.

Elle n'a jamais cessé de m'aimer.

Et je n'ai jamais cessé de l'aimer.

Aussi n'avons-nous jamais arrêté de nous écrire. Vingt-cinq années de correspondance, ça en fait du papier gratté, des enveloppes en transit entre nos centres pénitentiaires.

Pendant vingt-cinq ans, nous nous sommes raconté nos lectures, nos activités manuelles, nos ateliers théâtre, notre ennui abyssal, les coups, les blessures au corps et à l'âme que seules les très longues peines de prison comme les nôtres infligent.

Les lettres de Joséphine ont toujours été sublimes. Dans une autre vie, avec un autre que moi, elle serait sans doute devenue autre chose. Une écrivaine, peut-être.

J'ai toujours eu chevillée au corps la certitude que j'avais gâché la vie de cette femme merveilleuse. Elle me répète pourtant sans relâche que malgré ce que nous avons perdu, malgré ce quart de siècle entre quatre murs sales et humides, jamais – « jamais, tu m'entends ? » – elle ne regretterait de m'avoir rencontré, de m'avoir aimé et de m'aimer encore.

Parmi ses missives, certaines étaient encore plus bouleversantes que les autres. Je les espérais autant que je les redoutais, ces lettres dans lesquelles Joséphine tentait d'imaginer la vie de nos enfants. De leur inventer des vies trépidantes, hors du commun.

Sous sa plume, notre adorable Marie devenait une magnifique adolescente, qui avait mes yeux, mon sourire, le courage de sa jeunesse et l'ambition d'être heureuse. Et elle l'était, heureuse, notre petite fille, Joséphine en était sûre. Et puisqu'elle l'écrivait, cela prenait une forme de réalité. Et moi, à force de relire ses phrases sur ce papier quadrillé, je me persuadais que tout était vrai. Je m'enivrais de ces doux contes, et je finissais par y croire dur comme fer. Sinon comment tenir ?

Dans ses lettres, Joséphine imaginait Gabriel comme un enfant solaire, toujours satisfait et fier. Un artiste. Un chanteur, peut-être. Il faut dire que déjà, à trois mois, il avait une voix tonitruante… Mon Gabriel. J'aurais tellement aimé le revoir, sentir son odeur de bébé – la seule que j'aie jamais connue. Alors que les années passaient, qu'il grandissait, et devenait adolescent puis adulte, j'étais obsédé par cette question pourtant triviale, presque idiote : quelle fragrance Gabriel pouvait-il bien avoir à cinq ans, à douze ans, à dix-huit ans ? Un mélange de réglisse et de notes ambrées ? Ou une glace à la fraise avec une touche de jasmin, pourquoi pas ? Tout était possible.

Mais le plus dur pour moi, c'était d'imaginer Raphaël. Car il me fallait inventer.

Combien de fois Joséphine m'a-t-elle raconté ce qu'elle savait de lui ? Ses petits cils minuscules, ses ongles parfaits, ses joues pleines, son premier cri.

Et puis, inlassablement, jusqu'à en devenir folle, Joséphine m'écrivait sa douleur de n'avoir pas pu le garder auprès d'elle. De ne l'avoir connu que quelques jours. Son minuscule bébé, qui pourtant a toujours eu une place si importante, dans son cœur meurtri.

Ce fils dont je n'ai jamais respiré l'odeur, puisque, malgré mes supplications, je n'avais pas été autorisé à venir le voir, ne serait-ce qu'une seule fois. Ce fils qui n'a pas connu mes bras, mais qui a hanté toutes les nuits de mon existence.

Notre troisième, notre tout-petit. Notre dernier enfant.

22

Carnet de Joséphine

Trois semaines après mon incarcération, je me suis rendu compte que j'étais enceinte.

J'ai chéri de tout mon être cet enfant qui grandissait en moi. Il était tout ce qui me restait. Pendant des mois, je lui ai parlé. Je lui ai dit que je l'aimais, que son père l'aimait. Je décrivais tout ce que je ressentais à Arsène, dans de longues lettres, qui devaient être somme toute assez répétitives, mais lorsque je laissais passer trois jours sans lui écrire, il me le reprochait. Alors j'écrivais encore. Je parlais à mon petit, et j'écrivais. Je ne faisais que cela.

Il était prévu de m'emmener à l'hôpital dès les premières contractions, mais tout est allé trop vite, et j'ai finalement accouché en prison, avec l'aide de l'infirmière de l'établissement pénitentiaire.

J'ai serré dans mes bras mon troisième enfant. Mon deuxième fils. Je l'ai prénommé Raphaël, le prénom dont nous avions convenu à l'avance. Mais malgré nos demandes respectives, aucune visite n'a été accordée à Arsène.

Je crois que cet épisode reste le plus difficile – pourtant Dieu sait qu'il y en a eu, dans nos vies. Mais celui-ci, cette déchirure… C'est comme si on nous avait arraché le cœur.

Quand l'assistante sociale est venue me voir, elle m'a calmement expliqué que je pouvais donner une chance de vie normale à mes enfants. Elle ne m'a pas forcée, non. Mais elle m'a énuméré jusqu'à la nausée tous les avantages qu'il y aurait à confier mes trois enfants à l'adoption. Je savais tout ça, bien sûr, mais j'avais essayé de ne pas y penser, avant la naissance de Raphaël. Sinon j'étais certaine que j'en serais morte : comment donner la vie à un enfant qu'on aime déjà plus que tout et dont on sait qu'on ne l'élèvera pas, qu'on ne le reverra sans doute jamais ? C'est impensable, pour une mère.

Mais une fois que l'on a dit ça, alors quoi ? La réalité nous rattrape. Implacable.

Je savais que j'étais coincée en prison pour vingt-cinq ans. Personne dans la famille d'Arsène n'était vraiment digne de confiance, et ma mère n'était pas digne tout court. Il aurait été égoïste de ne pas permettre à cet enfant – à tous nos enfants – de se construire une jolie vie. Un enfant, ce n'est pas fait pour vivre en foyer et rendre visite à ses parents au parloir une fois par mois. Un enfant, ça doit rire, chanter, sauter, s'amuser, jouer. Je savais que si je n'abandonnais pas mes droits parentaux, je condamnerais mes propres enfants à se construire comme des parias. J'entendais déjà les petites phrases : « C'est vrai que tu es le fils de ces deux tueurs, les Aubignac ? » Alors ils auraient été malheureux, mais par-dessus tout – et c'était peut-être ça le pire –, ils nous auraient détestés pour leur enfance volée.

Mes trésors. Mes amours. Mes raisons de respirer.

J'ai dû renoncer à vous voir grandir. Pour vous offrir des vies meilleures.

Vous n'étiez pas responsables de nos erreurs.

Il fallait que vous viviez. Que nous n'ayons pas servi à rien. Que nos existences, à votre père et à moi, n'aient pas été complètement vaines. Qu'elles continuent, à travers vous.

Alors la mort dans l'âme mais l'espoir au cœur, Arsène et moi avons signé les papiers indiquant que nous renoncions à tous nos droits parentaux.

23

ARSÈNE

Je lisais ses lettres, je les chérissais, je m'en nourrissais, je les gravais dans mon âme jusqu'à en connaître les mélodies par cœur. Et plus je les lisais, plus mon amour grandissait. Un amour comme le nôtre, c'est rare, c'est précieux, ça permet de tenir, de traverser le noir.

Alors pendant vingt-cinq ans, je me suis raccroché à l'idée qu'un jour, je la reverrais.

Qu'un jour viendrait où je la serrerais dans mes bras, je lui dirais que je l'aime, et je pleurerais sur tout ce que nous n'avons pas vécu, et je rirais sur tout ce qui nous reste à vivre. Je savais que nous serions déjà âgés lorsque le moment viendrait, mais nous aurions toute une existence à rattraper, pas une minute à perdre et la fureur de vivre, ensemble, enfin.

Joséphine est sortie de prison quelques semaines avant moi, mais nous avions convenu qu'elle ne viendrait pas au parloir. Car aucun de nous ne voulait voir l'autre enfermé. Après vingt-cinq ans, nous pouvions attendre encore un peu. Désormais, ce serait la liberté ou rien.

À sa sortie, Joséphine a continué à m'écrire.

Elle avait trouvé un petit appartement, dans une ville voisine de la prison. Vingt-cinq mètres carrés, « c'est drôle, autant que d'années de séparation ». Elle l'avait décoré avec les quelques euros d'aide à la réinsertion qui lui avaient été attribués.

— Ça n'est pas grand, mais c'est suffisant pour se sentir vivant.

Et puis le 14 mars 2008, le jour de ma deuxième naissance est arrivé.

J'ai passé la sécurité le cœur battant.

Lorsque la porte de la prison s'est ouverte ce matin-là sur ce parking sans âme, j'ai fermé les yeux et je me suis d'abord empli de l'air frais, j'ai laissé les rayons de ce soleil de printemps réchauffer mes os. Une reprise de contact avec le monde extérieur. Comme un sas de réadaptation – il m'en faudrait de nombreux autres, mais la beauté immédiate et violente de celui-ci, c'était déjà quelque chose.

Et puis j'ai entendu un bruissement.

Des pas. Ses pas.

Elle était pourtant à plusieurs mètres de moi, mais je ne sais pas… j'ai eu l'impression de sentir son émotion. Et soudain, je n'ai plus voulu ouvrir les yeux.

Une immense terreur m'a envahi. J'ai dû m'appuyer contre le mur de la prison.

M'empêcher de tomber. Effroi du vide, attraction de l'inconnu.

Joie si intense qu'elle paralyse.

Peur panique d'un bonheur tant attendu, désormais si proche, mais si ténu.

Et si je ne lui plaisais plus ? Et si son amour pour moi n'avait pas survécu ?

Je savais que moi, je l'aimerais comme au premier jour, mais elle ? Aimerait-elle le vieil homme que j'étais devenu ? Mon visage froissé, mes cheveux argent, mes inquiétudes, mes insomnies et mes regrets, les embrasserait-elle ?

Et soudain, sur ce parking absurde, les yeux toujours fermés, j'ai entendu un clic, puis une mélodie familière. Je l'ai reconnue dès les premières notes. Et tandis que la voix de Christophe me projetait des décennies en arrière, je me suis mis à pleurer.

Je pleurais et souriais à la fois.

Mélange indicible de douceur, de mélancolie et de tendresse.

Alors j'ai enfin ouvert les yeux, et je l'ai vue.

Mon Dieu.

J'ai tout aimé de nouveau, d'un seul coup, sans condition. Son visage froissé, ses cheveux argent, ses inquiétudes, ses insomnies, ses regrets.

Elle s'est avancée, et m'a demandé dans un souffle :

— M'accorderez-vous cette danse, Arsène Aubignac ?

J'ai observé ses yeux embués. Ses yeux qui ne m'avaient jamais quitté.

J'ai simplement répondu :

— Avec plaisir, Joséphine Méjean épouse Aubignac.

Elle a ri, et j'ai posé mes mains sur ses hanches, pour la première fois depuis vingt-cinq longues années. J'ai senti une décharge électrique parcourir mon corps, et soudain nous étions un soir de 14 Juillet. Tempe contre tempe, cœur contre cœur. Sur ce parking de prison, les lampions soudain s'animaient. Et tandis que la chanson se terminait, tel un jeune amoureux, frémissant comme la première fois, je l'ai embrassée.

Et j'ai su que plus jamais je ne voudrais que l'on nous sépare.

*

Il nous a fallu quelques jours pour reprendre nos marques. Mais très vite, tout est revenu.

Les gestes, la saveur de nos baisers, le goût de sa peau, et son sourire si léger malgré la gravité de ce que nous avions traversé.

La mère de Joséphine n'est jamais venue la voir en prison, ne lui a jamais écrit – pas une seule fois. Et quand elle est morte, Joséphine a appris par son notaire que sa génitrice avait tout tenté pour la déshériter. Lorsqu'elle avait compris que ce serait impossible – le droit français étant ainsi fait –, elle avait entrepris de tout dilapider, et avait même écrit à sa fille un courrier d'insultes dans lequel elle l'accusait d'avoir détruit sa réputation et sa vie, et se targuait d'avoir fait en sorte qu'il ne lui reste plus rien. Le notaire a informé Joséphine que son héritage s'élevait à 10 000 euros de dettes… qu'elle a poliment refusées.

À notre âge et avec un CV incluant un trou béant de vingt-cinq ans, il était tout bonnement impossible de retrouver du travail. Bien sûr, les minima sociaux nous auraient permis de vivoter, mais moi, après tout ce temps perdu, je voulais plus. Je voulais vivre.

Aussi me suis-je mis en tête d'aller récupérer mon butin. Ce que j'avais mis de côté, ce fameux soir de 14 Juillet, après ce dernier casse réalisé sans blessé, sans témoin ni bavure, mais qui avait finalement précipité notre existence dans le vide. J'étais parvenu ce soir-là à mettre en lieu sûr ce qui devait nous permettre de nous enfuir, une fois nos enfants récupérés.

Vingt-cinq ans après ce jour funeste, j'espérais que personne ne l'avait trouvé, qu'aucun projet immobilier n'était venu remuer la terre malgré l'isolement absolu de ce coin de forêt, à des kilomètres de la moindre route. L'argent et les bijoux dormaient là depuis tout ce temps, dans une boîte que j'avais choisie pour sa résistance extrême aux intempéries.

Au début des années 1980, les caméras de surveillance étaient inexistantes, et les smartphones – ces mouchards puissance mille – n'avaient pas encore été inventés. Et malgré les menaces lors de mes procès, jamais je n'ai révélé l'emplacement de ma cache. Cela m'a valu une condamnation plus lourde encore… mais je n'étais plus à cela près.

Joséphine savait que ce trésor existait, bien entendu, mais elle refusait que je prenne le risque de le retrouver. J'avais beau lui assurer que tout se passerait bien, rien n'y faisait.

Jusqu'au jour où elle m'a parlé de son souhait. Sa seule et unique obsession.

L'argent ne fait pas le bonheur, je suis bien placé pour le savoir. Mais dans notre cas, il pouvait fortement y contribuer. Tout changer.

Il a fallu six mois avant que Joséphine parvienne à formuler ce qui la hantait.

— Je veux retrouver les enfants. Savoir qu'ils vont bien. Les voir, même si c'est juste une fois. Je sais que je ne pourrai pas prétendre à autre chose, mais j'ai besoin de savoir qu'ils sont heureux.

Nous avons remué ciel et terre, exposé notre demande à différents interlocuteurs, certains méfiants et cassants eu égard à notre statut de repris de justice… d'autres compatissants, mais ne pouvant évidemment enfreindre la loi sans risquer de lourdes sanctions.

Après quelques mois, nous avons compris que les retrouver serait impossible par la voie légale. Restait l'autre chemin. Un chemin pour lequel il nous fallait de l'argent.

C'est ce qui a décidé Joséphine. À cet instant, le désespoir a pris le pas sur la raison, et Joséphine a accepté que j'aille chercher mon butin.

J'ai pris toutes les précautions possibles et imaginables. Toutes.

Le matin où j'ai pris la route vers la cache, Joséphine m'a serré dans ses bras avec la conscience aiguë que si j'étais suivi – par les autorités ou l'un de mes anciens complices –, je retournerais en prison, et nous pourrions ne plus jamais nous revoir. Mais à quoi bon continuer à vivre s'il nous était impossible de savoir ce qu'étaient devenus nos petits ?

Je suis parti vers 6 h 30 ce jour-là, j'ai pris un bus – payé en liquide – jusqu'à l'arrêt le plus proche du sentier forestier que j'avais emprunté il y a vingt-cinq ans. À l'époque, il n'y avait pas de GPS, les coordonnées de l'emplacement de mon trésor étaient stockées dans ma tête. Je m'étais servi de repères que j'estimais facilement identifiables, mais je n'avais pas prévu qu'un temps si long s'écoulerait avant mon retour. Alors tandis que je me frayais un passage dans cette forêt dense, je priais pour que le rocher en forme de bec d'aigle n'ait pas subi un éboulement qui l'aurait rendu méconnaissable, et pour qu'en grimpant dessus je retrouve bien le triangle qu'il formait avec le château d'eau du village le plus proche et la croix de fer plantée depuis des siècles au point culminant du lieu.

Tout était là. Rien n'avait bougé.

Je me suis posté au pied de la croix, j'y ai attaché un fil de laine. J'avais utilisé la date de ma rencontre avec Joséphine – le 14.7.79 – comme moyen mnémotechnique pour retenir l'emplacement de mon trésor :

j'avais creusé, à 14,7 mètres de la croix et en direction du rocher en bec d'aigle, un trou de 79 centimètres de profondeur. J'ai déroulé plusieurs pelotes, et arrivé au point supposé, j'ai constaté que la terre était couverte de buissons épais. J'ai sorti de mon sac à dos les sécateurs, la bêche et la petite pelle, puis je me suis attelé à la tâche. Tandis que je déblayais puis creusais, je ne cessais de penser à Joséphine, à Marie, à Gabriel, à Raphaël. Le sang battait mes tempes si fort que parfois, ma vue se brouillait, me forçant à me redresser. À laisser mon rythme cardiaque redescendre.

Lorsque ma pelle a heurté le coffret, j'ai senti une poussée d'adrénaline m'envahir et j'ai accéléré la cadence. Le moindre bruit me faisait sursauter, évidemment. Je n'arrêtais pas de regarder autour de moi, terrifié à l'idée que tout s'arrête au dernier moment.

J'ai dégagé la terre, sorti le dégrippant afin de pouvoir tourner les mollettes des deux cadenas à code – 1407 pour le premier et 1979 pour le second, on ne se refait pas –, mais je n'ai pas réussi à ouvrir. Je m'en suis voulu de ne pas avoir pris de pince, mais je n'ai pas eu d'autre choix que d'emporter la boîte tout entière.

Je me suis lavé les mains avec l'eau et le savon que j'avais emportés, j'ai changé de vêtements et me suis épongé, afin de reprendre un aspect de promeneur tout ce qu'il y a de plus classique. J'ai fourré la boîte dans mon sac à dos, et je me suis remis en route.

J'ai vécu le trajet retour dans la hantise : hantise d'avoir été suivi, hantise de faire un malaise et que quelqu'un trouve le coffret pendant mon évanouissement, hantise que l'on me demande de montrer l'intérieur de mon sac pour raison de sécurité… Mais rien de tout cela ne s'est produit, je suis arrivé sans encombre jusqu'à notre petit appartement.

Lorsque j'ai finalement réussi à ouvrir, Joséphine m'a regardé, les yeux brillants.

Elle n'a pas eu besoin de parler. Je savais parfaitement ce que je devais faire.

24

ARSÈNE

C'est ainsi qu'un froid matin de décembre 2010, j'ai débarqué dans les locaux d'un détective privé qui ne ressemblait en rien au cliché qui nous est servi dans de nombreux films hollywoodiens : chez *Declerc et associés*, pas d'ancien flic chauve ayant vécu un drame personnel et noyant son chagrin dans l'alcool et les clopes, non, rien de tout ça. Je me suis retrouvé en face de la patronne, Mme Declerc elle-même : grande, blonde, élégante, souriante, et sirotant un thé matcha acheté dans un magasin bio.

Je lui ai exposé ma demande, elle m'a exposé son tarif, nous nous sommes serré la main et je n'ai plus entendu parler d'elle pendant dix longs mois.

Nous étions en octobre 2011 lorsque j'ai enfin reçu un coup de fil de sa part.

Joséphine se trouvait dans notre tout nouveau jardin – quelques bijoux habilement revendus nous avaient autorisé le loyer mensuel d'une petite maison isolée dans la campagne cévenole. Je lui ai fait signe de me rejoindre, mais elle ne m'a pas vu. Alors j'ai décroché, seul.

— Bonjour monsieur Aubignac. J'ai du nouveau concernant votre affaire, mais je ne peux rien vous dire par téléphone. Passez me voir au bureau demain matin. 10 heures, ça vous irait ?

Bien sûr que ça m'allait.

J'étais fou de joie, et je pense que ma réponse suintait littéralement l'euphorie. Je n'avais qu'une hâte : annoncer à Joséphine que nous irions voir la détective le lendemain.

Mais mes espoirs ont été douchés instantanément.

— Monsieur Aubignac… cher Arsène… Venez seul, s'il vous plaît. Et ne dites rien à votre femme de notre rendez-vous, pour l'instant.

J'ai eu l'impression d'avoir été plongé dans un bain d'eau glacée.

Je savais ce que cette requête signifiait. La détective n'ignorait rien de notre passé, de l'obsession de Joséphine, et de son désir éperdu de renouer avec nos enfants. Me demander de venir sans elle était forcément synonyme de mauvaise nouvelle.

Joséphine a remarqué que j'étais au téléphone, elle m'a souri, s'est approchée.

J'ai raccroché.

— Qui était-ce ?

— Un démarcheur téléphonique… qui voulait encore nous refourguer une piscine ! Je lui ai dit que je ne savais pas nager et comme chaque fois, je lui ai donné les coordonnées de Mme Marquisan, notre si désagréable voisine, ça lui fera les pieds !

Joséphine a ri.

— Tu es incorrigible…

La soirée a été douce, malgré les pensées qui m'agitaient. Nous l'avons passée au coin du feu, chacun plongé dans un livre, l'un à côté de l'autre, emmitouflés dans un plaid moelleux. Mais je ne cessais d'élaborer toutes sortes de scénarios.

Maintenant que je sais ce qu'elle avait à m'annoncer, je lui en veux terriblement, à cette foutue détective. En tentant – de bonne foi, je crois – de préserver Joséphine, elle m'a doublement anéanti. Me forçant non seulement à entendre toute l'histoire une première fois, mais aussi à l'annoncer moi-même à l'amour de ma vie.

Lorsque je me suis assis dans le bureau de Mme Declerc, l'ambiance était tendue, le sourire crispé, le thé matcha amer.

Elle a plongé son regard dans le mien, et n'a pas cillé – je dois lui reconnaître ce courage.

— Monsieur Aubignac, j'ai commencé ma recherche en choisissant au hasard l'un de vos trois enfants. Le petit Gabriel, en l'occurrence.

Elle a marqué une pause, a tourné quelques feuilles pour se donner une contenance, mais elle était mal à l'aise, c'était visible. Même si mon cœur s'emballait dans ma poitrine, même si j'avais le souffle court, je l'ai laissée prendre le temps nécessaire. Elle a continué.

— Vous avez été accusé à l'époque de violences sur votre petit garçon…

— C'était entièrement faux !

— Je sais.

Cela m'a surpris, cette réponse immédiate, sans détour. Elle a même levé une main pour stopper une quelconque défense de ma part. Ça n'était pas nécessaire.

Comment savait-elle, alors même que depuis trente ans, le doute était dans la tête de toutes les personnes m'ayant côtoyé de près ou de loin ?

Elle a repris, calmement. Et au fur et à mesure de son monologue, j'ai senti mon cœur qui se serrait. Jusqu'à étouffer.

— Votre fils a été confié à l'adoption. Il a été accueilli par une famille vivant en Normandie, loin de son lieu de naissance. Une famille aimante, qui attendait depuis des années l'arrivée d'un enfant. Évidemment, rien ne leur a été transmis concernant les parents biologiques, ils n'ont jamais entendu parler de vous. Quelques mois plus tard, Gabriel a été hospitalisé pour une fracture au fémur, située exactement au même endroit que la précédente. Les médecins se sont voulus rassurants : il y avait certainement eu un problème de consolidation, et étant donné qu'il commençait à se mettre debout, une chute avait probablement provoqué une nouvelle cassure de cette zone fragilisée… Ce n'est qu'à l'hospitalisation suivante qu'une enquête médicale plus approfondie a été menée. La famille avait été agréée en long et en large par les services sociaux préalablement à l'adoption, à aucun moment elle n'a été soupçonnée de mauvais traitements. Monsieur Aubignac, connaissez-vous la maladie de Lobstein ?

J'ai secoué la tête. Je ne connaissais pas, mais j'étais en train de comprendre.

Et je savais que ce que je devinais déjà allait me terrasser.

— Votre petit Gabriel était atteint de cette maladie génétique que l'on nomme plus communément « ostéogenèse imparfaite », ou encore « maladie des os de verre ». Rarissime. Dans ses formes les plus graves, une manipulation un peu brusque peut provoquer une fracture… et une simple chute peut suffire à briser un crâne et provoquer des hémorragies fatales.

Elle a marqué une pause, a baissé les yeux et m'a annoncé dans un souffle :

— Votre fils est décédé à l'âge de quatre ans.

J'ai accusé le coup.

Je ne suis pas parvenu à pleurer. Pas tout de suite.

En un instant, j'ai tout revu. Les fractures de Gabriel, les doutes qui emplissaient les yeux de Joséphine. Et puis ces accusations abjectes, ces heures passées à subir des interrogatoires visant à me faire avouer que j'avais frappé mon fils, à me faire dire que j'étais un mauvais père… Les blessures de Gabriel, c'était le point de départ de tout. De cet engrenage infernal dans lequel nous avions été projetés : la perte de la garde des enfants, le désespoir qui pousse à la faute, au dernier casse pour s'enfuir et les garder auprès de nous.

Si ce diagnostic avait été posé à l'époque, notre vie aurait été radicalement différente.

J'étais incapable de prononcer le moindre mot.

Les poings serrés, les mâchoires crispées, les yeux humides et le cœur tellement sec.

Je suffoquais, littéralement.

La détective m'a tendu un verre d'eau, puis elle m'a laissé reprendre ma respiration.

Après un long moment qui ressemblait à un recueillement, je lui ai demandé :

— Pourquoi ? Pourquoi personne ne nous a jamais dit tout ça ? La mort de Gabriel, et ce diagnostic qui m'innocente…

— Parce que le lien avec vous était rompu, définitivement. C'est le principe de l'adoption. Le parent qui confie son enfant renonce à savoir ce qu'il devient, et les parents adoptifs n'ont aucun moyen de connaître l'origine de l'enfant.

— Mais alors… comment avez-vous remonté la piste de Gabriel ?

— J'ai retrouvé l'assistante sociale qui avait recueilli la parole de Joséphine, à l'époque. Elle connaissait la destination de l'enfant, et avait été particulièrement émue par ce petit garçon qu'elle pensait maltraité. Alors en dehors de toute règle déontologique, elle avait discrètement pris des nouvelles. Elle a compris la terrible erreur qui avait été commise à l'époque, et a hésité à aller voir votre femme au parloir, pour tout lui dire. Mais elle savait également que vous étiez tous deux en prison pour de très longues années. Si elle vous racontait, elle prenait le risque que vous parliez à votre tour, et dans ce cas elle-même aurait eu de gros ennuis, ayant brisé le secret professionnel. Tout bien considéré, elle s'est dit qu'il valait mieux que vous imaginiez votre fils vivant, que c'était sans doute préférable. Pour tenir bon…

Je suis resté silencieux, longtemps. Hébété. Le cœur en miettes. Mme Declerc a respecté ce temps, qui m'était nécessaire, avant de poursuivre la conversation.

— J'imagine que vous n'allez pas me donner le nom de cette femme ?

— Non, en effet.

— Et… les deux autres ? Marie et Raphaël ?

— L'assistante sociale n'en a aucune trace. Elle sait simplement qu'ils ont été séparés, afin de faciliter leur adoption. Il m'a fallu du temps pour retrouver la piste de Gabriel. Je vais maintenant m'attaquer à la suite.

J'ai mis trois heures à rentrer chez moi.

Joséphine a tenté de me joindre à plusieurs reprises, elle m'a inondé de textos, me demandant si j'allais bien… Mais je n'ai pas répondu. Je ne pouvais pas. J'étais dans un état second.

Qu'allais-je lui dire ?

Comment lui annoncer la mort de son fils sans qu'elle s'effondre ?

Il n'y avait aucune bonne solution.

J'ai maladroitement tenté d'adoucir tout ce qui pouvait encore l'être. Je ne suis pas sûr d'y être parvenu, mais j'ai essayé.

Lorsque je suis revenu à la maison, j'ai demandé à Joséphine de s'asseoir, et elle s'est instantanément mise à pleurer. Sans même que j'aie prononcé la moindre phrase.

Dans ses rêves merveilleux, ceux qu'elle couchait sur papier, elle serrait ses enfants dans ses bras, elle leur demandait de lui pardonner, ils s'exécutaient et lui disaient s'être souvenus d'elle toute leur vie. Mais dans ses cauchemars les plus sombres, elle apprenait que tous les trois étaient morts, ou bien qu'il était impossible de les retrouver, et elle était condamnée à errer sans jamais pouvoir les toucher.

Alors quand je suis rentré, les yeux rouges et le dos courbé, elle a su tout de suite.

Je lui ai dit la vérité avec des mots aussi doux que possible.

Elle m'a écouté attentivement.

Puis elle a poussé un long cri qui a déchiré ce qui me restait de cœur.

Je l'ai attirée contre moi, et nous sommes restés comme cela, longtemps.

La nuit était tombée lorsqu'elle s'est enfin redressée.

Elle a planté son regard dans le mien, et m'a asséné :

— Je ne veux plus savoir.

Je ne comprenais pas ce qu'elle voulait dire.

— Pour les deux autres. Je ne veux plus savoir. Je veux qu'on arrête tout. Si je découvrais qu'eux aussi sont morts, je crois que j'en mourrais. Et puis... si je les rencontrais finalement, qu'est-ce que je leur dirais ? « Je suis votre mère, une meurtrière ayant passé vingt-cinq ans en prison, je vous ai abandonnés, mais s'il vous plaît aimez-moi » ? Je crois qu'un rejet de leur part me tuerait...

Elle a marqué une pause, puis a redressé la tête. Résolue.

— Cette idée de les retrouver, c'était de la folie. Je préfère les garder vivants ici.

Elle a montré sa tête, son cœur. Puis elle m'a souri, d'un sourire mélancolique à vous retourner l'âme. Et nous n'en avons plus reparlé.

Joséphine a sombré dans une dépression qui a duré trois longues années, et nous avons cessé de chercher nos enfants.

Jusqu'à cette annonce qui allait tout changer, de nouveau.

25

ARSÈNE

Après trois années effroyables au cours desquelles Joséphine n'était plus que l'ombre d'elle-même, elle a progressivement remonté la pente, repris goût à la vie.

Je n'ai jamais perdu espoir – jamais lâché l'affaire, comme disent les jeunes.

Et à l'issue de ce long tunnel, la lumière. Enfin.

Randonnées, voyages, sorties au cinéma – pas trop loin et à petites doses pour ne pas éveiller de soupçons en adoptant un train de vie déconnecté de nos moyens, puisque officiellement nous ne disposions que d'une minuscule retraite. Mais nous n'avions pas besoin de plus. La nature, le grand air, des spectacles, tout ce qui nous avait manqué était là, à portée de main. Notre seul regret « matériel » était de ne jamais avoir pu faire ce voyage en Californie dont nous rêvions depuis notre mariage. Mais je ne crois pas me tromper en affirmant que nous avons alors vécu nos quatre plus belles années.

Nous nous sommes baladés en montagne, nous avons découvert Paris, Londres... et surtout, notre beau pays. Nous ne connaissions que le Sud-Est, nous avons arpenté l'Alsace, la Bretagne, l'Auvergne, nous sommes tombés amoureux d'Angers, de Bordeaux, de Strasbourg, du château de Chambord, nous avons découvert le maroilles, le kouign-amann, la flammekueche, l'aligot, les cannelés...

Nous avons été heureux. Vraiment.

Dans la simplicité, dans l'évidence de notre couple.

Bien sûr, il y avait parfois des regrets, au fond des yeux de Joséphine. Et je la connais si bien que je savais qu'un jour, elle me dirait se sentir prête, de nouveau. Alors je rappellerais la détective, et nous relancerions la machine. Ce serait très rapide, car ce que j'avais caché à Joséphine, c'est que j'avais laissé Mme Declerc continuer son enquête, sans jamais lui demander aucune information.

En attendant le signal de Joséphine, j'ai préparé l'avenir de nos enfants.

Je me suis rendu en Suisse avec le reste de mon trésor, j'y ai été accueilli à bras ouverts.

Là-bas, j'ai obtenu de l'aide pour effectuer les transferts financiers nécessaires pour mettre à l'abri Marie et Raphaël. J'ignorais leurs patronymes, mais tout était prêt. Il me suffirait de transmettre à ma banque cette simple information, et le tour serait joué.

Il y a un peu plus d'un an, Joséphine a commencé à avoir des pertes de mémoire, des comportements et propos de plus en plus étranges.

Au début je ne me suis pas inquiété : j'oubliais moi aussi parfois où j'avais posé mes clés, à quelle heure nous devions nous rendre à la gare... ce genre de choses anodines.

Mais un jour, Joséphine n'est pas rentrée. Elle était allée faire quelques courses, opération qui lui prenait habituellement une grosse heure. Ne la voyant pas revenir, je me suis d'abord dit qu'elle avait rencontré quelque embouteillage, ou décidé de s'arrêter à la librairie. Au bout de trois heures, je suis parti à sa recherche, et je l'ai trouvée assise dans un coin du parking du supermarché. En larmes. Je lui ai demandé si quelqu'un lui avait fait du mal, elle m'a regardé et s'est mise à pleurer de plus belle après m'avoir dit :

— Je n'ai pas retrouvé la voiture.

J'ai ri, je me suis gentiment moqué d'elle en lui disant que même si le parking était grand, il lui aurait suffi de parcourir méthodiquement les allées : elle serait tombée dessus, au bout d'un moment. Mais elle a prononcé ces quelques mots, si lourds de sens :

— Le problème... c'est que je ne me souviens plus à quoi elle ressemble.

Dix jours plus tard, le couperet s'abattait.

Alzheimer. À évolution rapide.

Et nos deux cœurs disloqués.

La parenthèse de bonheur avait duré quatre ans. Quatre ans pour remplir une vie, c'est tellement peu. D'autant que très vite, Joséphine m'a exprimé sans détour sa volonté absolue de ne pas « finir folle ».

— Je ne veux pas. Je ne veux pas que tu deviennes mon infirmier. Je ne veux pas ne plus me souvenir de toi. Je ne veux rien de tout ça. Alors quand le moment sera venu, quand je sentirai mon esprit sur le point de se faire la malle pour de bon, je veux mettre fin à mes jours. Et si je ne suis plus suffisamment lucide, je veux que tu promettes de m'y aider.

Je ne m'attendais pas à une demande aussi abrupte, aussi claire et décidée.

La brutalité de ce qu'elle venait de formuler était telle que j'ai répondu de manière épidermique, avec la plus grande fermeté.

— Tu ne peux pas me demander ça. Je préfère te garder près de moi, m'occuper de toi. Même si tu ne me reconnais plus, moi je te reconnaîtrai. Je t'aime, je ne peux pas te tuer.

— Je ne te demande pas de me tuer, Arsène. Juste de ne pas me laisser devenir quelqu'un qui ne me ressemble plus. C'est justement parce que tu m'aimes, que tu dois faire ça pour moi. Ne me laisse pas devenir une autre, je t'en supplie. Je te le demande aujourd'hui, alors que j'ai toute ma tête. C'est ce que je veux. Vraiment.

Je me suis mis à sangloter comme un enfant, répétant que je ne voulais pas la perdre.

Je ne parvenais déjà pas à sortir de cette tristesse collante, épaisse, dans laquelle l'annonce de sa maladie m'avait jeté tout entier, mais alors ce qu'elle me demandait là... c'était une douleur inconcevable.

J'ai enfoui ma tête dans son cou, elle m'a pris dans ses bras, et j'ai continué à pleurer longtemps. Puis au bout d'un moment, elle m'a dit avec un grand sérieux :

— Réfléchis, s'il te plaît. Je sais que c'est dur, mais considère-le comme une ultime preuve d'amour.

J'ai réfléchi. Et j'ai promis.

Tout en pensant que je mourrais sûrement, dans la foulée, du tako tsubo, cette maladie où le cœur, à la suite d'un choc émotionnel, est comme paralysé, incapable d'assurer sa fonction de pompe et de se contracter. Lorsque, en prison, j'étais tombé sur un article mentionnant ce « syndrome du cœur brisé », je nous ai reconnus, Joséphine et moi. J'ai toujours pensé que nous étions de ceux-là. Ceux dont le cœur serait incapable de vivre une seule minute sans l'autre.

Quelques mois plus tard, l'esprit de Joséphine s'est mis à vaciller de plus en plus. L'originalité tragique de l'Alzheimer à évolution rapide, c'est, comme son nom l'indique, la vitesse à laquelle les fonctions cognitives se dégradent. Forçant parfois l'esprit à se recentrer sur des obsessions essentielles, des gouffres anciens, des manques insurmontables.

Au registre des douleurs puissantes inapaisées, il y a évidemment celle qui a défini nos vies, et cruellement dominé nos destins. En toute logique, Joséphine s'est mise à évoquer de plus en plus souvent son rêve, son besoin impérieux de retrouver nos petits. De les serrer, ne serait-ce qu'une fois, dans ses bras. Après cela, elle pourrait mourir.

Un matin, j'ai donc rappelé Mme Declerc.

La détective n'était pas étonnée. Elle avait enquêté régulièrement sur nos enfants, mettant un point d'honneur à se tenir au courant de leurs principales évolutions de vie : d'une part parce qu'elle avait été payée pour cela, et d'autre part parce qu'elle se doutait bien qu'un jour, nous réclamerions des réponses, et que nous les voudrions vite. Les bons détectives sont de fins psychologues. Tant mieux.

Je lui ai exposé notre nouvelle situation, la maladie de Joséphine créant une forme d'urgence. Avant toute chose, elle a tenu à me rassurer : elle avait retrouvé Marie et Raphaël. Ils étaient bien vivants, et en bonne santé.

La joie qui m'a envahi était indescriptible.

Je suis sorti de la maison et j'ai marché, seul, le sourire aux lèvres, dans le soleil de la campagne cévenole. Et tout m'a semblé magnifique. Les arbres, le vent, les nuages, les montagnes au loin. J'ai pensé : c'est incroyable comme une grande joie peut balayer d'un seul coup des années de douleur. Et c'était vrai. J'ai eu, pour quelques heures, l'impression qu'il n'y avait rien d'autre dans mon cœur qu'une gratitude infinie. Je ne savais pas encore comment, ni quand, mais à partir de cet instant, une intime conviction s'est frayé un chemin dans mon cœur tremblant, et ne l'a plus quitté : mon amour, ma Joséphine, allait revoir ses enfants.

Je n'ai pas voulu lui en parler tout de suite. Pas avant de connaître tous les tenants et aboutissants. Il était hors de question de lui donner un espoir quelconque puis de le reprendre. Elle n'y aurait pas survécu, cette fois-ci.

Alors sans rien lui dire, je me suis rendu au bureau de la détective trois jours plus tard, et pendant deux heures, elle m'a raconté où ses recherches l'avaient conduite.

J'ai alors découvert que notre petite Marie, née en 1982 et qui n'avait pas dix-huit mois lorsque Joséphine et moi avions été incarcérés, avait été officiellement rebaptisée. Et qu'il en était de même pour notre petit Raphaël, né en prison en 1984.

Notre fille s'appelle désormais Hortense.

Et notre fils, Maxime.

Arsène laissa passer un temps.

Il voulait donner à Hortense et Max la possibilité de réagir.

Tous deux avaient les bras croisés, les mâchoires serrées, le regard obstinément tourné vers le sol. Dans une attitude et une posture si similaires qu'Arsène eut l'impression fugace, pour la première fois, de voir apparaître un frère et une sœur.

Mais après de longues minutes, ils n'avaient toujours pas bougé.

Leurs visages demeuraient fermés. Crispés.

Comment aurait-il pu en être autrement ?

Alors Arsène continua.

Quand j'ai découvert vos vies, j'ai compris qu'aucun de vous n'était véritablement heureux. Et ça m'a dévasté.

Une fois vos deux situations exposées, évidemment j'ai eu envie de vous aider. Alors j'ai confié de nouvelles missions à la détective. Et ce qui est paradoxal, c'est que grâce à son intervention, je suis parvenu à en savoir plus sur certains aspects de vos existences que vous n'en savez vous-mêmes…

Mais revenons à Joséphine.

J'ai toujours été convaincu que si je vous disais la vérité crue, si je vous approchais la fleur au fusil, si je vous avouais nos passés criminels tout en vous demandant de bien vouloir serrer votre mère dans vos bras avant qu'il ne soit trop tard, je ne récolterais que des refus catégoriques. Deux personnes âgées ayant passé chacune vingt-cinq ans en prison, qui assurent être vos parents et vouloir vous rencontrer… Quel aurait été votre premier réflexe ? Lancer une recherche internet, bien sûr. Une recherche dont le résultat aurait agi comme un répulsif puissant : personne n'a envie de rencontrer des gens comme nous. Et même en admettant que vous ayez fait fi de toute prudence et décidé de nous voir malgré tout… vous auriez demandé du temps pour peser le pour et le contre, réfléchir, prendre conseil, cheminer. Mais du temps, je n'en avais pas. Je savais que d'ici à quelques mois, quelques semaines, Joséphine ne serait plus lucide. Il me fallait agir vite, tout en avançant masqué. Je n'ai pas toujours été le meilleur pour faire des plans, mais je ne manque ni d'imagination ni de détermination.

C'est alors qu'a commencé à germer dans mon esprit une idée folle.

Et si Joséphine vous rencontrait d'une manière peu conventionnelle, qui lui permettrait peut-être même de créer une forme de lien avec vous ?

Quand je lui ai exposé mes intentions, elle a d'abord refusé. Dès le départ, elle m'avait affirmé ne pas vouloir interférer dans vos vies : elle voulait vous voir, éventuellement trouver un stratagème pour vous parler, vous serrer la main, que sais-je ? Mais moi j'ai toujours su que dans ses rêves les plus fous, elle passait des heures avec vous, elle vous connaissait, pour de vrai. Alors je me disais bien que la petite graine que j'avais plantée ferait son chemin.

Joséphine a fini par accepter. Je lui ai promis de faire en sorte que tout se passe bien, et avec l'aide de la détective, je me suis lancé dans la création de ce dispositif. Très vite, l'idée d'un voyage en Californie s'est imposée : puisque c'était notre envie de toujours, pourquoi ne pas aller au bout, et le partager avec nos petits ? Et puis la Californie, c'était pour une autre raison encore, mais j'y reviendrai.

En toute honnêteté, c'est Mme Declerc – qui s'est prise au jeu bien au-delà de ses missions – qui m'a soufflé l'idée principale :

— Les points communs entre vos deux enfants sont le besoin d'argent… et le côté « pas grand-chose à perdre »… Avez-vous déjà entendu parler de la chasse au trésor de la Chouette d'or ?

Et c'est comme cela que tout a débuté.

J'ai demandé à des développeurs informatiques qui m'ont été recommandés par Mme Declerc pour leur extrême discrétion, de créer la présence du jeu sur le web : sites internet, articles de blogs montés de toutes pièces… puisque j'imaginais bien que quiconque recevrait une telle invitation se renseignerait plutôt deux fois qu'une. Je savais cependant qu'un argument, facile à vérifier, s'avérerait déterminant : le fait de recevoir des billets d'avion déjà réglés, déjà établis à votre nom. « Si l'opération n'était pas réelle, personne ne m'offrirait des billets aussi chers, non ? »

L'opération était bien réelle. Pas tout à fait de la nature annoncée, mais bien réelle.

Afin de payer toutes les personnes impliquées, une entreprise a été créée en Irlande. Je lui ai donné le nom de « MGR inc. » – les initiales des prénoms de nos trois enfants.

Pour que tout fonctionne, il faudrait que Joséphine et moi soyons de véritables participants, et que j'aie l'air de tout découvrir comme les autres : les défis, bien sûr, mais aussi le détail de vos vies. Le plus difficile a été de ne pas révéler ce que je savais, lors de l'épisode en forêt : j'ai dû attendre que Jim parle lui-même des traceurs de géolocalisation – je les avais intégrés au jeu car je ne voulais en aucun cas prendre le risque de perdre mes enfants de nouveau –, mais si la situation avait duré quelques minutes de plus, j'aurais évidemment été forcé d'intervenir…

Lorsque j'ai engagé Jim, je me suis fait passer pour une certaine Grace Floyd – en clin d'œil à Grace Kelly, l'actrice favorite de Joséphine, et Pink Floyd, mon groupe de musique préféré. « Grace Floyd » a rédigé les lettres et fourni les enveloppes, puis a envoyé l'ensemble à Jim, en lui demandant de tout poster de San Francisco. J'ai évidemment prévu une lettre pour Joséphine et moi afin que Jim nous considère comme de véritables participants, mais j'ai pris soin de ne pas utiliser mon nom de famille : il suffit d'une rapide recherche internet pour débusquer nos condamnations. Je ne voulais pas non plus utiliser un nom totalement inventé, j'avais trop peur que Joséphine lance « mais on ne s'appelle pas comme ça ! ». Alors j'ai opté pour son nom de jeune fille… plus sûr.

J'ai donné à Jim quelques règles à respecter : insister pour que personne ne mette jamais rien sur les réseaux sociaux, puisque je ne voulais pas qu'un employé du véritable Office de tourisme de Californie se pose des questions. Et puis, ne pas modifier les épreuves que j'avais planifiées. Je savais qu'entrer dans la prison d'Alcatraz serait très difficile pour Joséphine : trop de souvenirs d'enfermement, trop de douleurs. Aussi « Grace Floyd » a-t-elle été particulièrement ferme dans son retour à Jim, après son choix de visiter l'île. Mais avec le nouveau changement à Yosemite, « Grace Floyd » a compris que ses remarques étaient contre-productives, « elle » est donc restée silencieuse.

Ensuite, une fois les lettres envoyées… eh bien, j'ai attendu.

J'ai espéré des réponses positives. De toutes mes forces et de toutes mes prières.

Si ça n'avait pas fonctionné… je ne sais pas ce que j'aurais fait.

Lorsque j'ai reçu, sur l'adresse mail du jeu, la première réponse – la tienne, Max – mon cœur a bondi dans ma poitrine, mais je me suis gardé de dire quoi que ce soit à Joséphine. Je voulais attendre l'acceptation d'Hortense, également.

Elle est arrivée deux jours plus tard. Et j'ai fondu en larmes.

Nos enfants, à portée de main. À portée de nous.

Puis très vite, je me suis remis en branle pour finaliser la suite.

J'ai découpé la carte du lieu-dit le Bec d'aigle en plusieurs morceaux, je suis retourné dans ma planque – puisqu'elle avait conservé le secret de mon trésor vingt-cinq ans, je savais qu'elle pourrait bien garder encore quelques papiers – et j'ai déposé, dans la même boîte rouillée, les identifiants d'accès aux comptes suisses ouverts pour chacun… et l'original du carnet de souvenirs écrit par Joséphine – celui qu'elle transporte avec elle n'est qu'une copie partielle.

J'aurais pu éviter la case « trésor en forêt » bien sûr, puisque comme vous l'avez compris, l'Aigle d'or n'a jamais existé. Mais je ne voulais pas que vous « subissiez » notre héritage. Je voulais que vous ayez le temps d'y réfléchir, que vous compreniez que l'accepter impliquerait d'une certaine façon l'acceptation de son illégalité. Même si l'action d'aller déterrer le trésor est symbolique et ne représente pas un vrai danger, elle me semble importante pour que chacun de vous ait conscience de sa nature et de sa provenance.

Ce n'est qu'après avoir tout mis en place que « Grace Floyd » a demandé à Jim de poster l'enveloppe rouge contenant les billets d'avion et la convocation de « Joséphine et Arsène Méjean » pour cette aventure californienne.

Quand Joséphine a lu le courrier à voix haute, les phrases que j'avais écrites, pourtant banales, se sont teintées d'une étrange euphorie, fébrile et mélancolique, qui lui a serré la gorge à plusieurs reprises.

Joséphine a ensuite plié la lettre, considéré mon visage, puis la lettre de nouveau.

Ses yeux brillaient, et les miens sans doute plus encore.

Elle a saisi mes mains, m'a embrassé puis enlacé, la tête posée contre mon torse.

Et nous sommes restés longtemps ainsi, nos deux émotions entremêlées.

Car au bonheur de retrouver nos enfants se mêlait autre chose.

Nous n'en avions pas reparlé dernièrement, mais chacun de nous savait.

Et j'avais tout préparé, comme elle me l'avait demandé.

Comme je le lui avais promis.

Au bout de cette aventure, Joséphine a été claire : il sera temps de tirer sa révérence.

Alors autant que le voyage soit beau…

Je crois qu'il l'est.

26

Lorsque la voix d'Arsène retomba, un lourd silence envahit l'espace.

Un silence relatif, puisqu'à quelques mètres de là, la fête des zombies battait son plein, à grand renfort de lignes de basses, riffs et vociférations plus ou moins inspirées des participants alcoolisés.

Mais de ce côté du camp, personne n'écoutait ce qui se passait autour.

Malgré la densité et la longueur de ses explications, personne n'avait interrompu Arsène. Il n'avait rien caché, tout mis sur la table. Y compris le projet de Joséphine de partir définitivement, avant d'avoir perdu l'esprit.

Joséphine avait souri tout au long des explications d'Arsène. Sans autre forme de réaction. Comme si ce récit l'avait autorisée à être elle-même, enfin. À laisser son cerveau lâcher prise. À laisser la maladie l'emporter.

Les coups qui venaient d'être assénés à Hortense et Max étaient durs à encaisser.

Le fait que cette chasse au trésor soit totalement *fake* était le cadet de leurs soucis… Leurs vies venaient de prendre une tournure inattendue, c'était le moins que l'on pouvait dire. Un virage qui les projetait sans préavis au bord d'un précipice.

Depuis toute petite, Hortense savait qu'elle était une enfant adoptée, mais elle n'avait jamais tenté d'en savoir plus sur ses géniteurs. Parce que malgré tout le mal qu'elle pouvait dire de ses parents, malgré l'éloignement physique, malgré la déchirure liée à leur divorce, Hortense les aimait, tout simplement. Et puis, à quoi bon chercher ses origines, si c'était pour découvrir quelque chose qui la traumatiserait plus encore que l'ignorance ? Était-elle l'enfant d'une adolescente ? D'une mère morte en couches ? Ou bien le fruit d'un viol ? Toutes ces questions, Hortense les avait ruminées, mais elle avait préféré ne rien savoir. Et voilà qu'aujourd'hui, on lui imposait son histoire. Hortense était perdue. Le souffle coupé. Incapable de réagir.

De son côté, Max avait les yeux humides et le cœur gros, mais les questions qui l'animaient étaient si vertigineuses qu'il ne parvenait même pas à pleurer.

Il y a quelques minutes de cela, il ne savait même pas que ses parents l'avaient adopté. Il se demandait si c'était vrai, si cet homme, ce voleur, ce criminel pourtant si doux et si sensible, était vraiment son père. Si cette femme devant lui, qui ressemblait tellement à une enfant, était vraiment sa mère. Et si cette première rencontre avec elle était aussi la dernière.

Max demeura mutique un long moment, puis voyant qu'Hortense ne prenait toujours pas la parole, il s'adressa à Arsène avec un air de défi.

— Et tu as des preuves de ce que tu avances ?

Au moment même où il prononçait ces mots avec une agressivité qui ne lui ressemblait pas, il pensa : « Si cet homme est vraiment ton père, cette phrase demeurera à tout jamais la première que tu aies jamais prononcée après l'avoir appris. » Il n'en était pas fier, mais il n'avait pas réfléchi. C'était la seule chose dont il se sentait capable, à cet instant : accuser Arsène de mensonge pour ne pas avoir à affronter ceux des autres, ceux de ses parents, qui ne lui avaient jamais révélé qu'il n'était pas leur fils biologique.

Arsène sourit à Max avec une grande délicatesse, et lui dit :

— Tout est vrai, mon garçon.

— Ne m'appelle pas comme ça.

Arsène continuait de sourire. Même si la réaction de Max lui écorchait le cœur, il la comprenait.

— Tout est vérifiable, et vérifié. Je n'aurais jamais pris le risque de faire tout ça s'il y avait eu le moindre doute. J'ai un dossier complet, sur un serveur dont je vous enverrai le lien dès que possible. Il y a tout dedans, y compris des analyses ADN – la détective s'est débrouillée pour récupérer des éléments et faire effectuer des tests, dès le tout début de ses investigations : il suffit d'un verre sur une table de bar…

C'est à cet instant qu'Hortense, restée jusque-là à l'écart, explosa.

— Alors on a été suivis, espionnés, traqués pendant des années ? Et tu n'as pas honte, de t'être immiscé dans nos intimités comme ça ?!

De nouveau, l'âme d'Arsène qui se fissure, mais beaucoup de calme et de douceur, dans sa réponse et dans ses yeux – autant que possible, en tout cas.

— Non, je n'ai pas honte. J'ai fait beaucoup de choses dans ma vie dont j'ai honte. Mais tout mettre en œuvre pour retrouver mes enfants… je n'en aurai jamais honte. Quand vous nous avez été arrachés, c'était un peu comme si on nous avait arraché le cœur. Je n'ai jamais vu ton premier jour d'école, je ne connais pas ton rire de petite fille, je ne sais pas si tu aimes les glaces à la vanille, les bains de mer, l'odeur de l'herbe après la pluie, je ne t'ai pas bercé les soirs de fièvre, je ne t'ai jamais entendu dire « papa »… et tu vois, avoir manqué toutes ces choses banales, anodines, ce n'est pas de la douleur, que je ressens. C'est bien au-delà. Avoir la chance de vivre ces quelques jours à vos côtés, pour moi – pour nous – c'était réparateur. Consolateur. Alors, si c'était à refaire, je le referais : je te ferais espionner plutôt deux fois qu'une, je réglerais à nouveau ton problème avec Fred, je ferais tout pour tenter de rendre ta vie plus douce. Peut-être que tu me détestes pour ça, mais j'espère qu'un jour tu comprendras à quel point ta mère et moi nous t'aimons.

Hortense baissa la tête. Ainsi c'était lui, le mystérieux ange gardien azertyuiop123456789... lui qui avait tout fait pour la retrouver, mais aussi pour l'aider. Hortense prit le temps d'assimiler l'émotion contenue dans la tirade d'Arsène, puis au bout d'un moment qui sembla être une éternité, elle regarda Joséphine qui souriait, encore et toujours. Et soudain, elle qui s'était jusque-là drapée dans un manteau de colère, ne put retenir ses larmes. Elle se mit à pleurer si fort que spontanément, ce fut Max qui accourut pour la réconforter. La prendre dans ses bras.

Il allait falloir du temps pour que Max puisse digérer tout ce qui venait d'être dit. Apprendre que tout dans son existence n'était qu'imposture... Il avait connu de meilleures soirées. S'il avait eu besoin d'autres raisons de se foutre en l'air, on venait de les lui fournir sur un plateau d'argent. Il se disait cela, et en même temps, il ressentait tout le contraire. Bien sûr, tout était sens dessus dessous. Mais alors qu'Hortense sanglotait dans ses bras, il ne pouvait s'empêcher de penser que lui, l'enfant solitaire, avait peut-être désormais une sœur. Est-ce que cela changeait quelque chose ? Peut-être pas. Mais peut-être bien. Rien que le mot « sœur » est extraordinaire. Dans « sœur », on entend « son » et « cœur », c'est implacable. Alors la sentir contre lui, comme ça… Max n'aurait su l'exprimer, mais il y avait comme un goût déconcertant de nouveau départ.

Dans l'assemblée silencieuse, puisque personne n'osait plus parler, Arsène reprit, s'adressant de nouveau à ceux qu'il avait toujours appelés intérieurement « mes enfants ».

— Vous le constatez, bientôt Joséphine… votre mère… ne sera plus tout à fait elle-même. Je ne sais même pas si elle se rend compte de ce qui est en train de se passer.

Les regards se tournèrent vers Joséphine. Comme souvent, elle paraissait ailleurs.

Arsène s'agenouilla à côté de sa femme, prit délicatement son visage entre ses paumes, puis lui dit, en désignant Hortense et Max :

— Ma chérie, ils sont là. Marie et Raphaël. Regarde comme ils sont beaux.

Joséphine leva les yeux, mais n'eut pas de réaction.

Tous pensèrent qu'il était trop tard, sauf Arsène qui y croyait encore.

— Si vous acceptiez de la prendre dans vos bras… peut-être que ça débloquerait quelque chose…

Max planta un regard froid dans les yeux d'Arsène.

— Je suis désolé que ce soit trop tard pour elle, mais pour moi c'est trop tôt. J'ai besoin de voir les preuves, de parler à mes parents. Ceux qui m'ont élevé. Et de réfléchir. Vous nous imposez tout ça d'un seul coup… Je comprends pourquoi tu ne nous as pas contactés directement… Tu as raison, je ne vous aurais pas crus, et encore moins rencontrés. Mais une fois que nous étions tous ici ensemble, pourquoi tant de circonvolutions ? Pourquoi ne pas nous avoir parlé dès San Francisco ?

Les yeux d'Arsène brillaient désormais d'une autre lumière. Il sentait que la situation lui échappait, qu'il ne parviendrait sans doute pas à convaincre Hortense et Max de serrer leur mère dans leurs bras. Ça le rendait malade, mais il savait depuis le début que l'échec à ce stade-là était une possibilité. Il respira longuement, et tenta malgré tout de répondre à la question de Max de la manière la plus intelligible possible.

— À la base, Joséphine et moi étions convenus que nous ne vous révélerions pas notre identité, jamais. Nous ferions connaissance, nous nous lierions d'amitié. Et puis à la fin, à Las Vegas, vous nous auriez suffisamment appréciés pour que Joséphine puisse vous serrer longuement dans ses bras comme de bons amis, au moment de vous quitter. Bien sûr, cette étreinte n'aurait pas eu la même signification pour vous, mais elle aurait eu lieu, et c'était là l'essentiel. Ensuite, vous auriez rassemblé les morceaux de carte, et dans ma boîte à trésor, vous auriez trouvé les codes bancaires, le contact du notaire… mais aussi une copie du carnet de Joséphine. J'y ai ajouté une note indiquant que ce carnet n'était à ouvrir que si vous souhaitiez en savoir plus sur vos origines… en vous prévenant que cela risquerait de bouleverser pas mal de choses dans vos vies.

Nous voulions vous laisser le choix de savoir ou pas, afin de perturber vos vies le moins possible.

— Eh bien c'est réussi ! Nos vies ne sont pas du tout perturbées, là…

C'était Hortense qui venait de dire tout haut ce qui lui passait par la tête.

Et soudain, sans prendre la moindre précaution oratoire, elle demanda :

— Est-ce que… Est-ce que vous avez une photo de Gabriel ?

Arsène sourit tristement et répondit :

— J'ai mieux que ça.

Il se leva, fouilla dans son sac à dos, et en sortit un cliché aux couleurs jaunies, qu'il tendit à Hortense et Max.

Mon Dieu.

On reconnaissait parfaitement Joséphine et Arsène. Avec près de quarante années de moins, mais tout de même : les regards étaient les mêmes. L'allure générale, aussi. Et les sourires. Magnifiques. Une famille heureuse comme une autre.

— C'était quelques jours avant que les premières blessures de Gabriel n'apparaissent. Marie… pardon, Hortense… tu as un peu plus d'un an sur la photo, et Gabriel a quatre mois. Quant à toi Max, tu n'es pas dessus, puisque tu es né après. Ton véritable prénom, Raphaël, c'est le prénom de ton grand-père, le père de Joséphine, celui qui est décédé quand elle était adolescente, et qu'elle adorait.

Max se pencha sur la photo.

Et l'émotion qu'il ressentit à cet instant fut d'une violence inouïe.

Ce petit garçon, ce n'était pas lui, non. C'était Gabriel, il le savait, Arsène venait de le dire. Et pourtant... il lui ressemblait tellement.

Et c'était cela, le plus terrible : reconnaître ses propres traits sur le visage de cet enfant dont il ignorait l'existence quelques instants auparavant, ça signifiait que tout était vrai.

Qu'Arsène était bien son père. Que Joséphine était bien sa mère.

Et soudain, Max ne sut plus comment se sortir de là. Il eut l'impression d'être piégé, de devoir décider tout de suite d'accorder à ces deux êtres son amour et sa confiance, alors qu'il avait besoin de temps.

Tandis que Max était plongé dans ses tourments, Hortense n'était pas plus vaillante.

Elle s'était reconnue sur la photo, évidemment. Il ne pouvait y avoir aucun doute.

Elle se tourna vers Joséphine, et elle comprit la tendresse, l'attraction évidente qu'elle avait ressentie pour elle, depuis le début de l'aventure. Comme un instinct. Un animal qui flaire sa mère, qui la reconnaît. Et qui ne parvient jamais à la détester, quoi qu'elle ait fait.

Hortense savait qu'elle avait été adoptée à l'âge de deux ans, et toute sa vie, elle avait tenté de mobiliser sa mémoire. En vain : aucune personne au monde n'a de réel souvenir de ses deux premières années, c'est scientifiquement démontré. Certains ont parfois l'impression d'en avoir, mais il s'agit de constructions mentales, d'épisodes racontés plus tard, le psychiatre d'Hortense le lui avait suffisamment répété.

Et voilà qu'aujourd'hui, Joséphine était là.

Alors c'était elle, la femme qui lui avait donné naissance ?

Quand on pense avoir été une enfant abandonnée parce que non voulue, encombrante, de trop, peut-être même le fruit d'un crime sexuel... savoir qu'on a été désirée et aimée par un père et une mère... eh bien ça change tout.

Alors pour la première fois depuis le début de ce long échange, Hortense se posa *la bonne question.* Sans doute la seule qui vaille la peine.

Lui était-il possible de refuser une étreinte à sa mère ?

Et plus important encore : pouvait-elle se refuser cela à elle-même ?

Hortense s'approcha. Elle s'agenouilla auprès de Joséphine, qui leva les yeux vers elle.

Et soudain, il n'y eut plus qu'elles deux.

Joséphine et Hortense.

Ou plutôt, Joséphine et Marie.

Arsène observait la scène avec l'impression que son cœur allait sortir de sa poitrine.

Hortense prit la main de Joséphine dans la sienne, et tout doucement, dans un murmure qui n'appartenait qu'à elles, elle prononça un mot simple qui n'est pas un simple mot :

— Maman…

Et elle ajouta :

— Je te reconnais.

Joséphine leva les yeux et continua de sourire comme elle le faisait depuis plus d'une heure. Il n'y eut pas de changement. Ni dans son regard, ni dans sa posture.

Et tout à coup, comme si son âme reprenait le dessus sur son esprit vacillant, le visage de Joséphine s'éclaira. D'un vrai sourire, enfin. Un sourire présent, fort, lumineux. D'une beauté renversante.

Joséphine se pencha vers Hortense, et lui dit :

— Comme tu es belle… Et comme tu m'as manqué…

Elle tendit une main vers le visage d'Hortense, lui caressa tendrement la joue, et Hortense se mit à pleurer.

Alors Joséphine prit Hortense dans ses bras et lui murmura :

— Ne pleure pas mon trésor, maman est là.

27

Arsène était bouleversé, mais le mot est trop faible pour dire le raz-de-marée qui venait de déferler dans son cœur. Il l'avait tant espéré, tant attendu, ce moment. Et il se déroulait là, sous ses yeux.

Lorsque Hortense s'approcha finalement de lui, ses jambes tremblèrent tant qu'il faillit s'évanouir. Il la serra dans ses bras, mais il ne savait pas comment faire, et des tas d'idées parasites le traversaient : quelle est la bonne intensité d'étreinte, celle correspondant à sa propre fille, mais une fille que l'on n'a pas vue depuis près de quarante ans ? Où placer ses mains ? Où commence et où doit s'arrêter l'intimité, la bienséance ? Hortense sentit son trouble, ses hésitations, ses tremblements.

Alors elle le regarda et lui dit :

— Moi non plus je ne sais pas comment faire, mais je sais qu'il faut se laisser aller.

Elle posa la tête sur l'épaule d'Arsène. Arsène sourit, caressa les cheveux de sa fille, respira son odeur.

Et pour la première fois depuis ce qui lui semblait être une infinité de jours, Arsène pensa qu'il était heureux, vraiment. Il le ressentit au plus profond de lui.

Lucia était émue d'assister à cette scène – on le serait à moins. Elle s'approcha de Max, resté à distance, et lui passa une main dans le dos en lui murmurant quelque chose comme « Chacun va à son rythme. Je crois que personne ici ne t'en veut ». Et Max fut surpris de la clairvoyance de cette jeune femme dont il savait si peu de choses, mais qui lui avait, depuis Alcatraz, semblé d'une intelligence et d'une finesse allant bien au-delà de ce qu'elle dégageait au premier abord.

Depuis le début des révélations d'Arsène, Lucia avait espéré qu'il s'adresse à elle, qu'il lui dise qu'elle non plus, n'était pas là par hasard. Mais puisqu'il était maintenant clair qu'elle était comme une pièce rapportée à un mariage qui ne la concernait pas, elle avait respecté le moment, consciente de l'importance du choc pour Hortense et Max.

De son côté, Jim, touché lui aussi, se demandait surtout s'il serait payé pour cette chasse au trésor qui n'existait pas vraiment. Il faudrait attendre que tout ce petit monde soit apaisé avant de pouvoir poser la question à Arsène-*alias*-cette-satanée-Grace-Floyd…

Quant à Detroit, eh bien cinq minutes après le début du monologue d'Arsène, ne comprenant strictement rien – mis à part que sa prise de parole allait durer longtemps –, il s'était éclipsé pour aller boire des bières avec les fêtards en attendant les taxis pour Las Vegas. Quand il revint sous la tente, passablement ivre, il annonça que les voitures seraient là d'ici à une dizaine de minutes, et fut surpris de découvrir en face de lui des visages dévastés. Il demanda à Lucia de lui expliquer, mais elle éluda.

— *Long story... you don't wanna know. But you can kiss me instead.*

Alors Detroit l'embrassa, et elle dit en riant – et en français :

— Mon Dieu, j'ai eu l'impression d'embrasser un fût de bière...

Ce qui eut le mérite de faire marrer tout le monde.

★

Ils remercièrent pour leur hospitalité les zombies éméchés – qui étaient loin d'imaginer à quel point cette pause dans le désert avait été riche en émotions pour leurs invités –, puis ils montèrent dans les taxis.

Hortense grimpa avec Joséphine et Arsène, tandis que Max fut coincé à l'arrière de la deuxième voiture avec Lucia et Detroit – Jim ayant préempté la place à l'avant. Max eut peur de tenir la chandelle mais les émotions de la journée avaient épuisé tout le monde, et la totalité des voyageurs s'endormit. Sauf Arsène, qui mit un point d'honneur à envoyer à Hortense et Max tous les éléments de preuve promis.

Les autres passagers ne se réveillèrent que lorsque les lumières et le bruissement de la ville devinrent impossibles à ignorer. Avant d'ouvrir les yeux, Lucia eut même l'impression fugace qu'un paparazzi la prenait en photo… mais ça n'était rien d'autre que les éclairages roses rutilants du *Flamingo*, premier hôtel jamais construit à Las Vegas, noyé aujourd'hui au milieu de milliers d'établissements rivalisant de créativité ostentatoire pour attirer les dollars de touristes venus s'encanailler.

Ils arrivèrent à leur hôtel autour de 23 heures, comme Jim l'avait prédit. « Grace Floyd » n'avait pas lésiné, pour ce qu'il estimait être la dernière nuit : il avait opté pour l'un des plus grands palaces de la ville, agrémenté de grandiloquentes fontaines lumineuses s'animant toutes les heures au son d'une musique classique tonitruante. Spectacle pas forcément du meilleur goût, mais pour lequel une foule dense se pressait. D'ailleurs qu'est-ce que le meilleur goût ? Vaste question, avait pensé Arsène en découvrant Vegas…

Il régla les taxis, puis avant que tout le monde regagne sa chambre, il proposa de continuer la soirée ailleurs. Max commença par refuser, arguant d'une fatigue extrême, renforcée par l'ambiance qui régnait dans les rues. Ce qui l'avait frappé en sortant du taxi, c'était l'excès de tout. Las Vegas était décidément trop pour lui. Trop de bruit, trop de musique, trop de lumière, trop de monde, trop d'odeurs de cigarette et de marijuana, légale ici. Mais Arsène insista, révéla « avoir quelques dernières histoires à raconter »... et Max céda.

En écoutant Arsène, Hortense comprit ce qu'il ne disait pas ouvertement : que cette nuit serait sans doute la dernière tous ensemble. Elle se rappela alors les paroles, lourdes de sens, qu'il avait prononcées sous la tente des zombies : il disait avoir tout préparé, pour qu'au bout du voyage, Joséphine puisse « tirer sa révérence ». Hortense sentit une décharge électrique lui traverser le corps : elle devait impérativement l'empêcher de mettre sa promesse à exécution. Ils étaient debout dans le vaste lobby de l'hôtel, ce n'était pas le lieu, mais Hortense n'avait pas le choix : elle devait laisser parler son cœur.

— C'est le dernier soir, c'est ça ?

Arsène se contenta de la regarder sans rien dire. Hortense reprit, la rage au ventre.

— Vous ne pouvez pas faire ce que vous avez prévu... *Tu* ne peux pas faire ça. Tu n'as pas le droit de l'aider à se donner la mort. Pas maintenant, pas alors qu'on vient seulement de se retrouver. Moi je m'en moque, qu'elle n'ait pas toute sa tête. Elle est présente, putain. Présente !

La colère d'Hortense était viscérale, et Arsène s'en voulut de voir les yeux de sa fille briller ainsi. Mais il répondit fermement.

— C'est sa volonté. Elle a été extrêmement claire là-dessus, crois-moi. Tu sais… il y a énormément de choses dans sa vie qu'elle n'a pas choisies. Elle veut choisir sa mort sans avoir à subir les derniers stades de la maladie. Je sais bien que ce choix est discutable à l'infini. Mais je suis désolé… je n'irai pas contre le souhait de la femme que j'aime.

Hortense baissa les yeux.

Une autre question lui brûlait les lèvres, une question qu'elle n'était pas certaine de vouloir poser : Arsène aiderait-il seulement Joséphine à mourir, ou partirait-il avec elle ? Elle avait senti tant d'absolu dans ses paroles, dans son évocation de cet amour si fort qu'il avait résisté à vingt-cinq ans de prison, à des drames impossibles, des douleurs innommables… Arsène se sentirait-il capable de continuer à vivre sans sa moitié, son double, son tout ?

Hortense pensait connaître la réponse. Alors elle décida de ne pas poser la question.

Et de suivre, une dernière fois, le plan d'Arsène.

28

Detroit étant « complètement HS », Lucia demanda si sa présence était nécessaire ou s'il pouvait aller cuver ses bières dans sa chambre, et Arsène répondit d'un énigmatique :

— Detroit est le seul qui ne soit pas concerné. C'est l'agence de chauffeurs mandatée par Jim qui l'a engagé. Il n'a rien à voir avec nos histoires. Il peut donc aller « cuver ses bières » comme tu dis, en toute quiétude…

Lucia n'avait évidemment pas manqué de réagir :

— Ça signifie que Jim et moi on est concernés ?

Arsène avait souri, et avait simplement dit :

— Patience… D'ici à une heure, vous saurez tout.

Quelques instants plus tard, ils débarquaient au *sky bar* d'un hôtel de luxe, et découvraient dans une ambiance feutrée contrastant avec le vacarme de la rue, l'une des plus belles vues du Strip, l'artère principale de Las Vegas. À leur droite, une statue de la Liberté et un ensemble de gratte-ciels new-yorkais format réduit étaient traversés par le Big Apple Coaster, incroyable montagne russe serpentant entre les faux buildings... tandis qu'à leur gauche, une tour Eiffel de cent soixante-cinq mètres de haut illuminée bleu-blanc-rouge côtoyait un Arc de triomphe et un ballon dirigeable siglé « Paris ». Ahurissant paysage en carton-pâte, ressemblant à s'y méprendre à un gigantesque parc d'attractions.

La salle était pleine, mais Jim – sur l'insistance de « Grace Floyd » – avait demandé un espace un peu à l'écart, avec une vue plongeante sur la partie « parisienne » de la ville.

Tous s'installèrent, Hortense se plaça à côté de Joséphine, dont elle ne lâchait plus la main. Mais l'état de grâce n'avait pas duré. Joséphine chantonnait, et semblait loin, de nouveau. Arsène commanda une tournée de « Vegas Bomb » – et une version sans alcool pour Lucia, qui se demanda si le nom de ce cocktail était prémonitoire quant aux nouvelles révélations qu'Arsène s'apprêtait à délivrer.

Ce fut d'ailleurs une Lucia fébrile qui lança le sujet :

— Est-ce que je peux savoir ce que je fais là, maintenant ?

Arsène répondit calmement qu'il commencerait par Jim. Lucia pesta intérieurement, et Jim faillit s'étouffer avec sa boisson.

— Mon cher Jim... J'ai bien connu ta maman.

Un blanc passa, au cours duquel tout le monde se demanda si Arsène avait couché avec la mère de Jim. Celui-ci se raidit, mais Arsène coupa court aux spéculations.

— Tu n'es pas mon fils… mais c'est tout comme.

Jim, aussi silencieux que nerveux, n'en finissait plus de mélanger son cocktail avec sa paille, observant Arsène avec de grands yeux interloqués.

— Mon cher Jim, ta maman était l'une de mes meilleures amies. Une voleuse, elle aussi. Nous avons été élevés dans le même quartier, la même communauté. Nous avons fait les quatre cents coups ensemble… mais elle a su s'arrêter avant moi. Quand elle a rencontré ton père, un militaire de passage, elle est tombée enceinte. Au début, elle pensait que son bel Américain l'avait effacée de sa mémoire, alors tu es né en France et elle ne lui a pas parlé de ta naissance. Mais quelques mois plus tard, il est revenu. Loin de l'avoir oubliée, il l'a demandée en mariage sur-le-champ. Elle a décidé de le suivre aux États-Unis, de changer de vie radicalement… mais nous n'avons jamais cessé de nous écrire, et ses cartes postales de Californie ont contribué à entretenir notre rêve de voyage. Ta mère a été d'un grand soutien moral, tout au long de nos années d'incarcération – la seule amie qui ne nous ait pas tourné le dos. Nous avons été très peinés d'apprendre son décès quelques mois seulement avant notre sortie de prison. Et d'apprendre que tu avais du mal à trouver de nouveaux rôles, depuis cette histoire d'accident d'arme à feu sur un tournage. Tu n'y étais pour rien et tu as été innocenté, pourtant tu as pâti du désastreux adage : « Il n'y a pas de fumée sans feu. » Et comme tu peux l'imaginer, rien ne me révolte plus que les accusations injustes et leurs conséquences…

Arsène marqua une pause. Tous les yeux étaient tournés vers Jim. Qui était ému, évidemment. Arsène reprit ses explications.

— Je cherchais un moyen de t'aider et j'avais déjà décidé de te donner une part de ce que j'appelle, un peu pompeusement je l'avoue, mon « trésor ». Et puis, lorsque j'ai commencé à réfléchir à cette opération, deux options s'offraient à moi : t'inclure comme participant – mais cela aurait nécessité d'intégrer une personne extérieure pour gérer tout ça sur place, en prenant le risque d'une trahison –, ou bien tenter de t'enrôler comme organisateur. Je n'ignorais rien de tes problèmes financiers, j'imaginais que tu serais partant. Et nous voilà aujourd'hui.

Jim ne s'attendait pas à grand-chose… mais alors certainement pas à voir surgir la mémoire de sa mère, en même temps qu'un improbable trésor.

Tout cela, dans ce décor de Las Vegas, paraissait bien irréel.

Il observa Arsène, puis Joséphine, longuement. L'émotion au bord des cils.

Puis il finit par sourire, et répondre simplement :

— Je… ne sais pas quoi vous dire. À part merci.

29

Lucia n'en pouvait plus d'attendre son tour.

Elle élaborait toutes sortes d'hypothèses concernant son lien à Joséphine et Arsène. Avec le passé de prostituée de sa mère, tout était envisageable… Une chose était cependant certaine : mathématiquement, il était impossible qu'elle soit elle aussi leur fille, puisqu'à sa naissance, ils étaient incarcérés depuis de longues années. Alors quoi ? Sa mère, qui avait traîné dans tout un tas de milieux interlopes, les avait-elle croisés ? Ou bien connaissaient-ils son salaud de père ?

Plutôt qu'un long discours, Arsène choisit de tendre à Lucia une photo.

Lorsqu'elle posa son regard dessus, elle reconnut immédiatement la femme qui y figurait, souriante et solaire telle qu'elle la connaissait, mais son corps se tendit, comme un réflexe. Elle ne comprit cependant pas où Arsène voulait en venir.

Il lui fallut lire les mentions situées juste en dessous, apparemment prises sur une application de réservation médicale, pour s'apercevoir que cette femme lui avait menti sur son identité. Et faire le rapprochement.

Le cœur de Lucia se mit à battre très fort, et comme s'il avait senti son trouble, comme s'il savait que la suite tournerait autour de lui, son bébé lui envoya plusieurs petits coups d'affilée. Elle mit sa main sur son ventre, et regarda Max, qui n'avait pas encore deviné ce qui se jouait.

Lucia se tourna vers Arsène et, d'un mouvement de tête muet, lui demanda de lui confirmer ce qu'elle était en train de comprendre.

Arsène acquiesça, les yeux brillants. Et le monde de Lucia se mit à trembler.

Mon Dieu, cette femme sur la photo.

Cette femme dont elle n'avait plus de nouvelles depuis des mois.

Cette femme dont elle portait l'enfant.

Cette femme était en réalité Pauline Albertini.

La femme de Max.

30

C'était il y a un peu plus de six mois.

Pauline était à Barcelone. Elle participait à un colloque international autour de la procréation médicalement assistée : prise en charge psychologique des patients, nouvelles techniques, le programme était vaste. Même si pour elle la PMA était une grande douleur, le traitement de l'infertilité demeurait sa spécialité, elle tenait à rester à la pointe.

Pour son dernier soir à Barcelone, Pauline, profondément perturbée par tout ce qu'elle avait entendu d'espoir et de détresse entremêlés, avait eu besoin de s'enivrer. « Ça ira mieux demain », se disait-elle. Ou pas. Elle s'était donc posée dans un bar au hasard de ses pérégrinations, et puis, seule jusqu'au bout de la nuit, elle avait enchaîné les verres de sangria.

La serveuse avait été étonnée que Pauline tienne aussi bien, étant donné son petit gabarit. Toutes deux avaient sympathisé, et lorsque vers 2 heures du matin, la jeune femme avait commencé à ranger le bar afin de le fermer, Pauline avait proposé de l'aider. L'autre pensait qu'elle plaisantait, alors elle lui avait répondu, dans un français impeccable :

— Chiche !

Pauline avait remarqué le joli prénom de sa camarade nocturne, inscrit sur son badge : *Lucia* – la lumière, ça lui allait bien.

Pauline lui avait demandé pour quelle raison elle parlait si bien sa langue.

— J'ai passé toute mon enfance et mon adolescence en France.

— Tu vis seule, ici ?

— Je vis en coloc, mais je te préviens tout de suite, je ne suis pas lesbienne…

Pauline avait ri, avait précisé être mariée à un homme, ce à quoi Lucia avait répondu :

— Ça n'a jamais empêché qui que ce soit !

De fil en aiguille, de conversation anodine en plus sérieuse, toutes deux avaient continué à discuter, seules à l'intérieur du bar, jusqu'à près de 4 heures du matin.

Au cours de leurs échanges, Lucia n'avait rien caché de ses soucis d'argent, et Pauline n'avait rien caché de cette obsession d'avoir un enfant qui constituait le métronome de son existence depuis des années. La conversation allait bon train, et Lucia évoqua, de manière totalement ingénue, le concept de gestation pour autrui.

— Pourquoi votre mari et vous, vous n'essayez pas ça ? J'ai vu que ça se faisait aux USA, au Canada, au Danemark, aux Pays-Bas…

— Oui mais en France et en Espagne, c'est impossible.

— Il y a plein de gens qui le font de manière illégale, on est d'accord ? Moi je trouve que c'est bien, si une femme est OK pour porter l'enfant de personnes qui ne peuvent pas en avoir… Pourquoi lui interdire ? Pour empêcher une famille d'être heureuse ? C'est totalement con, non ?

Pauline avait ri de l'impertinence, de la liberté folle de cette jeune femme. Ça lui faisait du bien, cette façon de se moquer de tout, cette légèreté qu'elle aurait parfois aimé retrouver. Elle lui avait répondu, elle aussi, avec sincérité.

— Pour se lancer dans un truc pareil, il faut avoir une confiance absolue. C'est ça qui me fait peur, avec une mère porteuse illégale : qu'elle s'attache à ce bébé qui grandit en elle, même si elle sait qu'il n'est pas vraiment le sien. J'aurais trop peur qu'elle s'enfuie avec mon enfant. Alors ce serait pire que tout…

Pour Lucia, c'était un simple fragment de conversation. Cinq minutes au beau milieu de deux heures à parler de tout et de rien, à bâtons rompus. Une discussion comme une autre sur un sujet de société. Sujet important certes, mais dialogue banal.

Pour Pauline, c'était beaucoup plus que cela.

À tel point que dix jours plus tard, Pauline était revenue.

Elle avait attendu que Lucia ferme le bar. Qu'elles se retrouvent seules, comme la dernière fois. Puis elle avait pris son courage à deux mains.

Et elle avait sauté à pieds joints dans l'inconnu.

— Lucia, tu m'as dit l'autre soir que tu avais besoin d'argent, et moi je t'ai dit que j'avais besoin d'un enfant. J'en crève, de ne pas parvenir à en avoir. À chaque fois qu'on a essayé d'implanter un embryon, mon corps l'a rejeté. Est-ce que…

Elle avait hésité, avait plongé son regard dans celui de Lucia, avant de continuer.

— Est-ce que tu serais d'accord pour porter notre enfant, à mon mari et moi ?

Lucia avait regardé Pauline étrangement, et puis elle avait explosé de rire.

— C'est une blague ? Putain, un instant j'ai cru que tu étais sérieuse !

Mais Pauline ne riait pas.

— Je n'ai jamais été aussi sérieuse. Comme je te l'ai confié il y a dix jours, c'est pour moi une très grande souffrance, depuis des années. Or il se trouve que je suis gynécologue-obstétricienne… et comble de l'ironie, je travaille dans une clinique de PMA. Je ne passe pas une semaine sans réaliser plusieurs fécondations *in vitro*, plusieurs inséminations artificielles ou transferts d'embryons. Les lois française et espagnole interdisent la gestation pour autrui et le transport d'embryons à l'étranger, mais il se trouve que moi, j'ai tout le matériel à ma disposition. Je peux venir ici à Barcelone avec un de mes embryons, dans une glacière… un embryon formé à partir d'un de mes ovules et d'un spermatozoïde de mon mari, et réaliser moi-même le transfert : c'est très simple, indolore et rapide. Il me faut juste un échographe portable de la clinique – ce que je peux emprunter aisément le week-end, sans que personne s'en aperçoive. On peut réaliser le transfert dans une chambre d'hôtel, au bon moment de ton cycle.

— Tu es complètement folle. Va-t'en, s'il te plaît.

Pauline s'était exécutée, mais elle avait malgré tout tendu son numéro de téléphone à Lucia en lui glissant qu'elle serait à Barcelone pour encore deux jours.

Ce que Lucia ignorait, c'est que le numéro était celui d'un téléphone prépayé qu'elle venait juste d'acheter. Quant à son nom… Pauline avait noté « Amélie Marcadet ». Elle s'était rendu compte qu'elle n'avait jamais donné son prénom à Lucia, et s'était dit que tant qu'elle n'était pas certaine de ce que cette jeune femme déciderait, elle ne courrait pas le risque d'une dénonciation. Alors Pauline avait donné le nom d'une consœur exerçant dans la banlieue de Toulouse et pour laquelle une recherche ne montrait aucune photographie. Sa véritable identité – le docteur Pauline Albertini, exerçant à Marseille – serait particulièrement difficile à retrouver, en cas de problème.

Évidemment, si la jeune fille acceptait et si l'embryon prenait, elle lui révélerait toute la vérité.

Une journée passa sans que Pauline reçoive de message de Lucia.

Mais pendant ce temps, Lucia réfléchissait.

Elle était tiraillée... puissance dix.

D'un point de vue purement moral et théorique, elle était plutôt favorable à la gestation pour autrui. Mais jamais elle n'avait imaginé s'impliquer elle-même dans une telle aventure. Lucia se documenta sur le sujet, et trouva tout un tas de témoignages de femmes pour qui tout s'était parfaitement passé, qui étaient heureuses d'avoir pu aider des couples, homosexuels ou hétérosexuels. Des femmes qui avaient toujours été très claires sur leur position par rapport à cet enfant : il ne serait pas le leur, elles prendraient la place qu'elles souhaiteraient prendre, place déterminée à l'avance en accord avec les parents. Certaines décidaient de ne jamais revoir l'enfant, d'autres de jouer le rôle d'une tante éloignée, d'autres encore de s'impliquer vraiment.

Lucia ne savait pas combien d'argent Pauline comptait lui proposer, mais elle imaginait plusieurs milliers d'euros... et se prenait à rêver. Et si, en portant un enfant neuf mois, elle faisait pour la première fois de sa vie une vraie bonne action, œuvrant au bonheur d'une famille... tout en s'offrant un peu de souffle ? Peut-être qu'elle pourrait, en économisant bien, tenir un an ou deux sans avoir à travailler la nuit ? Se concentrer sur ses études, et les réussir. Et si porter cet enfant devenait un tournant dans son existence ? Une chance à saisir, inattendue et unique ?

Le surlendemain de la conversation, Lucia envoya un SMS à Pauline :

« Si j'acceptais, ce serait payé combien ? »

Il ne fallut que quelques minutes pour que Pauline réagisse :

« J'avais pensé à 15 000 euros. »

C'était une belle somme, clairement. Mais avec cela, Lucia ne tiendrait pas deux ans, financièrement. Elle avait calculé que pour vivre correctement – sans aucun excès, bien sûr – elle allait avoir besoin de 1 000 euros par mois minimum. Alors elle y alla au culot et renvoya :

« Je propose 25 000. »

Une heure plus tard, Pauline répondit :

« OK. »

Lucia pensa : « Merde, j'aurais dû demander plus. »

Mais leur accord était scellé, et Lucia en était satisfaite.

Pauline était aux anges. Son comportement changea du jour au lendemain.

Max nota qu'elle avait l'air plus joyeuse, plus vivante, mais il mit cela sur son acceptation de leur situation. Il se dit que Pauline était enfin parvenue à faire le deuil de cet enfant naturel qu'ils n'auraient jamais.

L'implantation de l'embryon se passa à merveille, et Pauline donna 1 500 cents euros à Lucia.

Elle ne pouvait pas faire plus, pour le moment : son poste de médecin dans cette clinique n'était pas si bien payé – le genre de métier passion, comme on dit – et elle avait investi toutes ses économies pour aider Max à démarrer sa petite entreprise, il y a trois ans. Métier passion également pour lui… dont le retour sur investissement se faisait attendre.

Dès qu'elle aurait confirmation de la grossesse de Lucia – qu'elle espérait de tout son être –, elle contracterait un prêt, puis elle donnerait sa véritable identité à la jeune femme… et surtout – surtout ! – elle annoncerait la bonne nouvelle à Max. Il serait surpris, il la sermonnerait d'avoir pris de tels risques… mais il finirait par se faire à l'idée, et partagerait son bonheur fou.

Quand Lucia lui envoya ses résultats d'analyses de sang, Pauline se mit à pleurer de bonheur. Et à prier, aussi. Pour que le bébé s'accroche. Mais elle le sentait au fond de son cœur : cette fois-ci, tout se passerait bien. Dans moins de neuf mois, elle serait maman. Elle tiendrait son enfant dans ses bras.

Le jour de l'accident, Pauline avait décidé d'emmener Max dîner dans un lieu exceptionnel, afin de tout lui révéler. Elle était surexcitée, mais tentait de contrôler son émotion. Tandis que Max conduisait sur la corniche Kennedy, elle le regardait dans le soleil déclinant, et se demandait si leur petit garçon ou leur petite fille lui ressemblerait. Elle aimerait cela, que leur enfant ressemble à Max. Max qu'elle trouvait tellement beau. Max qu'elle aimait tellement.

C'est cela, la dernière image que Pauline a vue : le sourire de Max dans l'orangé du soir.

Et puis du jour au lendemain, Lucia n'eut plus aucune nouvelle d'Amélie Marcadet.

Malgré ses SMS, malgré ses appels affolés.

Après quelques semaines de silence radio, évidemment Lucia pensa à l'avortement, puisqu'il était encore temps.

Hésitations. Tergiversations. Dilemme.

Bien sûr, avorter. C'est ce qu'il faudrait faire.

Mais si Amélie avait eu un accident, si elle se réveillait d'un coma après quelque temps ? Ça peut arriver, ce genre de chose…

Hésitations. Tergiversations. Dilemme.

Lucia avait fait ça pour l'argent, oui. Mais pas seulement. Elle n'aurait pas fait *n'importe quoi* pour de l'argent. Si elle avait accepté, c'était aussi parce qu'elle aimait l'idée d'offrir une belle vie à un bébé. Offrir à un autre l'enfance qu'elle-même n'avait jamais eue.

Hésitations. Tergiversations. Dilemme.

Et puis un jour, Lucia comprit que c'était maintenant elle, qui avait envie d'aller au bout de la démarche. C'était important, pour elle aussi, que tout cela n'ait pas servi à rien. Alors elle décida que quoi qu'il arrive, elle donnerait naissance à cet enfant. Cet enfant n'était pas le sien, elle ne souhaitait pas l'élever. Elle comptait bien en avoir, des enfants à elle, plus tard. Mais pas maintenant. Pas celui-ci, qui était celui d'Amélie. Si Amélie se manifestait, il serait toujours temps pour elle de lui expliquer son si long silence. Sinon le bébé serait adopté, et trouverait, là aussi, une famille aimante. Lucia serait toujours aussi pauvre, mais elle serait au moins riche de ça, cette satisfaction d'avoir amené du bonheur quelque part.

*

Lorsque Mme Declerc, la détective employée par Arsène, enquêtait sur Max, elle avait noté les déplacements étranges de sa femme, les 1 500 cents euros sortis en liquide, et puis ce deuxième téléphone qu'elle laissait dans la boîte à gants de sa voiture, et dont elle s'était finalement débarrassée lorsqu'elle s'était dit qu'elle révélerait son identité à Lucia. Mme Declerc avait tout découvert. Et tout raconté à Arsène.

Quand il avait appris qu'un enfant grandissait à Barcelone, dans le ventre de cette jeune femme, l'évidence lui avait sauté aux yeux : il en savait maintenant plus sur la vie de Max et Lucia qu'ils n'en savaient eux-mêmes.

Alors, de la même façon qu'il avait prévu de régler le problème d'Hortense en demandant à la détective de retrouver son maître chanteur, Arsène voulait faire en sorte que Max et Lucia se rencontrent, afin qu'ils décident ensemble de l'avenir de ce bébé. Quoi qu'il en soit, il était clair pour Arsène que cette Lucia, dont la détective lui avait raconté l'enfance difficile, méritait, elle aussi, sa part du trésor familial.

Car cet enfant n'était pas n'importe lequel : c'était la descendance d'Arsène et Joséphine. Leur petit-fils ou leur petite-fille. Lorsque la détective avait évoqué la grossesse de Lucia la première fois, Arsène avait été fou de joie. Puis il l'avait annoncée à Joséphine, qui avait fondu en larmes.

Ainsi, il y aurait un après. La vie continuerait, quand ils ne seraient plus là.

C'était beau. C'était inespéré. C'était fantastique.

De cette histoire, Max ignorait tout.

Jusqu'à ce soir d'été à Las Vegas.

31

Max était sonné.

D'abord l'histoire de Joséphine et Arsène, la remise en question de tout ce qu'il savait de sa vie, de ses origines… et maintenant, ça ?

Les mensonges de Pauline, mais aussi l'explication de sa joie retrouvée… et la solution de cette énigme qui le torturait : pourquoi sa femme avait-elle organisé ce dîner joyeux et romantique, le soir de l'accident ?

Max s'approcha de Lucia, comme au ralenti.

Il l'interrogea du regard, elle hocha la tête en souriant.

Alors il posa une main, puis les deux, sur le ventre de la jeune femme.

Et il éclata en sanglots.

Il y avait tout dans ces sanglots longs, irrépressibles.

La peine, la douleur de Pauline, sa détresse absolue de ne jamais devenir mère, la mort qui rôde, puis l'ironie du sort, le bonheur, l'envie de vivre.

Un enfant.

Un coup de pied, contre sa main gauche.

Un petit rien qui devient tout.

Les yeux de Max qui s'élèvent vers le visage de Lucia.

Est-ce que ?…

Un hochement de tête, de nouveau.

Le sourire de Max.

Et la vie qui gagne.

32

Soudain, tout sembla évident.

Il était clair pour Lucia que Max s'occuperait de cet enfant. Qu'il l'aimerait, le chérirait pour deux, pour mille même, s'il le fallait.

Il était en revanche impératif qu'il accepte le point clé sur lequel elles étaient tombées d'accord avec Pauline, à savoir que l'accouchement ait lieu en Roumanie, afin de permettre à Lucia de ne pas apparaître dans la filiation. Ensuite, ce serait à Max d'engager les procédures pour que sa paternité, établie dans cet autre pays de l'Union européenne, soit reconnue sur le sol français. Mais d'après ce qu'elle en savait, il ne s'agirait que de formalités administratives.

Comme s'il avait lu dans les pensées de Lucia, Max lui sourit et lui dit :

— Ne t'inquiète pas. Tout se passera selon tes souhaits. Ce que tu fais là est tellement immense. Merci, Lucia.

Les yeux de Max se remirent à briller, alors Lucia, qui ne voulait pas sombrer dans la sensiblerie, lui lança :

— Ah non, ça suffit les chialades… Je propose qu'on aille faire la teuf toute la nuit, maintenant ! Ils en pensent quoi, tata Hortense et tonton Jim ?

Hortense et Jim, qui avaient suivi tout ce qui s'était dit dans ce *sky bar* sans en perdre une miette, étaient restés silencieux. Probablement conscients que l'instant était assez dingue pour Max. Mais aussi pour eux tous. Ils levèrent la tête vers Lucia, presque simultanément, et celle-ci poursuivit son idée :

— Hortense, toi tu es officiellement la tante de l'enfant que je porte, c'est un fait, donc prépare tes meilleurs gouzi-gouzi et ton meilleur sourire. Et puis, Jim, tu as deux options : soit tu restes un oncle éloigné, le fils de l'amie de Joséphine et Arsène… soit tu vas un cran plus loin, tu assumes ton attirance pour Hortense, tu l'épouses et tu deviens le vrai tonton !

Lucia avait parlé très fort, et était maintenant hilare.

Hortense et Jim étaient mortifiés, mais ils ne pouvaient nier qu'il y avait toujours un fond de vrai, dans les « pieds dans le plat » de Lucia…

Lucia pensa un instant que tous les clients de ce lieu feutré s'étaient retournés vers leur espace parce qu'elle avait fait beaucoup de bruit, mais ce n'était pas ça, non.

Face à eux, au loin derrière la tour Eiffel de pacotille, se déroulait un spectacle étonnant.

Un feu d'artifice venait de commencer, et tous les clients l'observaient.

Les bruits d'explosions étaient étouffés, mais le spectacle, mêlé aux scintillements lumineux de la ville, était assez fabuleux.

Quelqu'un dans le bar lança « *Happy 4th of July!* ». Ils n'avaient absolument pas prêté attention à la date… mais ce jour-là était le 4 Juillet, la fête nationale des États-Unis, le fameux Independence Day.

C'est cet instant que choisit Max pour s'approcher d'Arsène.

Max n'avait pas besoin de parler, mais il le fit quand même.

Il plongea ses yeux dans ceux d'Arsène, et murmura simplement :

— Merci. Pour tout.

Puis Max prit Arsène dans ses bras, et Arsène fut surpris.

Pendant trente-huit ans, il n'avait jamais imaginé cet instant autrement que dans l'autre sens : c'était lui, le père, qui devait prendre son fils dans les bras. Arsène était un peu décontenancé, mais après tout, n'était-ce pas l'ordre des choses ? Son petit garçon, son petit Raphaël devenu Max, était un adulte, bientôt père à son tour. Alors Arsène se débarrassa de toute idée préconçue, et s'abandonna. Il plongea son nez dans le cou de son fils, son petit garçon né en prison, celui qui n'avait jamais eu de réalité tangible, celui dont l'odeur lui était inconnue, ce petit garçon était là, et Arsène était lové contre lui. Ça n'était pas exactement ce qu'il avait imaginé, non. C'était encore mieux.

Et comme pour clore cette soirée d'une note à la fois loufoque, tragique et merveilleuse, soudain sans que l'on parvienne vraiment à comprendre si elle était consciente de ses gestes, Joséphine se leva.

Elle esquissa en souriant quelques pas de danse d'autant plus étranges et dérisoires qu'il n'y avait pas de musique, et se dirigea vers Arsène et Max, les bras grands ouverts.

Elle souriait, en les enlaçant tous les deux.

Max souriait et pleurait en même temps, ça faisait comme un arc-en-ciel sur son visage.

Tous trois furent rejoints par Hortense, et devant les feux d'artifice, ils entamèrent une danse absurde, silencieuse, d'une beauté inouïe.

Lucia et Jim observaient la scène. Bouleversés, forcément.

Mais Lucia eut tout de même la présence d'esprit de sortir son téléphone, et d'immortaliser l'instant.

Cette photographie précieuse resterait à jamais la première et la dernière de cette famille.

Réunie. Enfin.

33

La suite, c'est un au revoir en forme d'adieu.

Hortense qui explique à Max ce qu'elle pense avoir compris des intentions d'Arsène.

Cette fin planifiée, ensemble. Joséphine et Arsène, indissociables.

Cette fin dont Arsène n'avait jamais parlé mais dont Hortense avait acquis la certitude, au fil de la soirée. C'était une telle évidence.

La suite, c'est Max qui tente de jouer sur la corde sensible d'Arsène, évoquant l'enfant à naître, la descendance qu'il ne connaîtra jamais.

La suite, c'est le sourire d'Arsène qui lui dit que c'est bien comme ça.

Qu'elle et lui, c'est à la vie, à la mort, depuis toujours.

Qu'il ne peut pas en être autrement.

Qu'il est heureux de l'avoir enfin rencontré. Lui, son fils, son petit garçon.

D'avoir rencontré ses deux enfants.

D'avoir permis à Joséphine de les serrer dans ses bras.

D'avoir pu les avoir contre lui, d'avoir pu leur dire à quel point il les aimait.

— J'espère que ça vous aidera à avancer.

Et puis la suite, ce sont les routes qui se séparent.

Un taxi anonyme qui file au petit matin, direction Big Sur, la côte sauvage.

À son bord, deux jeunes amoureux.

Arsène a tout prévu, bien sûr. Lui qui prévoit toujours tout, cela aurait été un comble que cet instant-là soit laissé au hasard.

Il a promis à Joséphine du grandiose. Il n'a pas menti.

D'ici à trois heures, ils monteront à bord d'une montgolfière, spécialement louée pour l'occasion. Arsène tendra à son interlocuteur son brevet de « pilote de ballon libre », obtenu il y a quelques mois. Douze vols, dont deux à plus de mille mètres d'altitude et deux réalisés en étant seul à bord. Une vingtaine d'heures de pilotage, et le merveilleux sésame entre ses mains.

Lorsque Joséphine et lui seront tout là-haut, Arsène coupera les gaz, afin que l'appareil entame sa lente descente, et que son propriétaire puisse le récupérer dans les eaux du Pacifique, quelques dizaines de minutes plus tard.

Et là, au-dessus du vaste océan, au-dessus de la folie des hommes, au-dessus de la maladie, au-dessus d'une vie souvent injuste mais parfois extraordinairement généreuse, Arsène allumera son téléphone, et la musique recouvrira ses doutes.

Il ouvrira la porte de la cabine, invitera Joséphine à une dernière danse.

Les Mots bleus retentiront, et ils s'enlaceront, comme au premier jour.

Elle lui sourira, il le sent au fond de son vieux cœur.

Se souviendra-t-elle de lui, alors ?

Se souviendra-t-elle de leur amour, si fort ?

Peu importe. Car lui, se souviendra pour deux.

Il se souviendra de sa beauté dans les scintillements d'un bal d'été, de son rire, de sa peau, de ses yeux, de tout ce qu'elle lui a donné, de tout ce qu'ils ont vécu.

La route était belle, malgré tout, mon amour.

Et quand les ultimes notes retentiront, quand il n'y aura plus que le silence, Arsène prendra la main de Joséphine.

Il l'aidera à monter sur le rebord.

Il l'embrassera, comme si c'était la première fois.

Il la prendra dans ses bras.

Et ils s'envoleront.

ÉPILOGUE

3 ANS PLUS TARD
MAX

Avant de partir, Arsène avait laissé, à chacun de nous, une enveloppe contenant l'ensemble des morceaux de la carte du « Bec d'aigle ». Il était initialement prévu que nous nous rendions tous les quatre sur les lieux, mais Lucia ne l'avait pas vu ainsi :

— Je crois que c'est à vous seuls, Hortense et Max, d'aller chercher ce que vous ont laissé vos parents – et je ne dis pas ça pour éviter une nouvelle rando… je le pense vraiment.

Elle avait mille fois raison.

Car le bien le plus précieux, celui qui panserait nos plaies les plus intimes, c'était le carnet original et complet de notre mère. Alors Hortense et moi nous sommes mis en route, rien que tous les deux. Bien décidés à le récupérer.

Il faut nous visualiser, incapables de nous repérer malgré les indications d'Arsène… Hortense poussant des petits cris au moindre crissement, imaginant qu'un puma pouvait surgir, tout en convenant que c'était impossible, dans une forêt française. Ça me faisait marrer, alors je lui chatouillais régulièrement l'épaule ou la joue, à l'aide d'inoffensifs brins d'herbe qui provoquaient des bonds incontrôlables et des gloussements irrépressibles. Et à travers ces jeux de gamins qui évoquaient douloureusement ceux qui nous avaient été volés, j'ai eu tout à coup la conscience aiguë qu'elle et moi étions en train de vivre nos tout premiers instants de frère et sœur. C'est à ce moment-là, je crois, que j'ai compris que plus rien ne serait comme avant. Et qu'est-ce que c'était bon…

À l'emplacement prévu, Hortense et moi avons bel et bien trouvé la boîte promise, et le soir venu, serrés l'un contre l'autre et buvant quelques verres pour tenter d'atténuer la peine, nous avons lu les mots, si beaux, de Joséphine. Impossible de décrire les émotions que nous avons alors ressenties, tant elles furent diverses, profondes, puissantes. Mais je crois que ce qui dominait, quand nous avons tourné la dernière page et constaté les ravages de ce simple carnet sur nos visages et dans nos cœurs, c'était une forme d'apaisement. Car nous venions d'avoir, sous sa plume à elle, la confirmation de ce qu'Arsène nous avait affirmé le dernier soir : notre mère nous aimait. Nos parents nous aimaient, plus fort que tout. Ça paraît simple, dit comme ça, mais c'est loin de l'être. Ça répare, ça guérit, ça soulage. Ça fait du bien. Nous sommes restés longtemps accrochés l'un à l'autre, pleurant et riant comme deux gosses, et dans cette étreinte muette, il y avait une promesse : devenir une famille, et ne plus jamais se lâcher.

Trois jours plus tard, Lucia et Jim nous rejoignaient chez un notaire à Zurich.

Lorsque cet homme nous a parlé de la somme totale et de nos parts respectives, je dois avouer que nous avons été surpris. Ce cadeau tombé du ciel, qui par la grâce de petits arrangements fiscaux devenait pour nous totalement légal, c'était considérable. Attention, nous ne rivalisions pas soudain avec Bill Gates ou Jeff Bezos, mais pour chacun de nous, c'était bien suffisant pour s'offrir un nouveau départ. Ce qui fit dire à Lucia cette phrase qui est depuis devenue une sorte d'expression de connivence, entre nous :

— Trop fort, papi Arsène.

*

De mon côté, j'ai évidemment eu quelques explications houleuses avec mes parents, mais il n'a jamais été question de leur en vouloir. J'ai trop vécu dans le passé, les regrets et la douleur pour ne pas savoir qu'il est temps pour moi d'avancer.

J'ai eu besoin de changement, alors je me suis installé à Barcelone. J'y habite depuis deux ans, maintenant. Pour démarrer une nouvelle vie, il me fallait un nouveau lieu, vierge de tout souvenir. Un nouveau projet, aussi. En Catalogne, je me suis associé avec deux entrepreneurs, et après avoir passé des années à m'occuper de cendres de défunts, j'ai choisi l'autre extrémité du spectre, puisque nous sommes spécialisés dans la construction et la gestion de crèches. J'ai décidé de ne plus côtoyer que la vie. Et j'adore ça.

Depuis près de trois ans, le centre névralgique de mon existence, celui autour de qui tout tourne, c'est Gabriel. Ma merveille de fils.

Il ressemble tellement à Pauline, c'est fou. À travers son rire, j'ai l'impression qu'elle est vivante, d'une certaine façon. Mais je ne regarde plus vers le passé. J'ai d'ailleurs dispersé ce qui restait de ses cendres la veille de la naissance de notre fils. Pour permettre à un nouveau chapitre de ma vie de s'écrire.

J'ai confiance en l'avenir. Je n'en ai plus peur. Depuis quelques mois, je me suis même inscrit sur des applications de rencontre. Rien de sérieux pour le moment, c'est encore trop tôt. Mais je sais que j'arriverai à avancer auprès d'une autre femme, un jour.

J'avance déjà. À pas de géant.

*

Aujourd'hui est un jour particulier.

Je passe récupérer Gabriel chez celle qu'il appelle affectueusement « tata Lucia ».

Lucia ne s'occupe pas de Gabriel au quotidien, pas du tout. Mais elle a finalement décidé d'être présente dans sa vie. Elle fait partie de la famille, et le garde de temps en temps. Gabriel sait que c'est elle qui l'a porté et lui a donné la vie, même s'il ne comprend pas encore tout de nos relations, bien sûr. Il aime sa tata Lucia, et sa tata Lucia aime son petit Gabriel, c'est aussi simple que cela.

Lucia vit à vingt minutes en métro de chez nous. Avec l'argent du trésor d'Arsène et Joséphine, elle s'est acheté un petit appartement dans le cœur de Barcelone. Elle y vit seule, pour la première fois de sa vie – ça lui fait des vacances, d'après ses propres mots. Avant notre départ de Las Vegas, Lucia a dit au revoir à Detroit « comme il se doit », mais elle ne l'a plus jamais recontacté. Depuis, elle papillonne – ça au moins, ça n'a pas changé.

Comme elle se l'était promis, elle a repris les études. En septembre, elle entrera en master d'écriture littéraire, tout en continuant à jouer régulièrement sur les planches, avec la compagnie qu'elle a rejointe il y a deux ans. Elle veut devenir autrice et actrice. Elle a du talent, et ça lui va bien. J'avais déjà repéré ses facilités lorsque nous étions en Californie, mais ce qu'elle m'a fait lire récemment m'a impressionné. Elle est née pour ça. Elle va y arriver, j'en suis certain.

En réalité, je ne passe pas seulement chercher Gabriel chez Lucia, je les récupère tous les deux, et nous partons vers Blanes, station balnéaire de la Costa Brava située à une petite heure de route d'ici.

Hortense nous rejoindra directement là-bas.

Hortense vit toujours à Paris, où elle enchaîne les formations, sans jamais se décider pour une voie ou une autre. Elle a, tour à tour, envisagé de devenir conseillère en patrimoine, fleuriste, organisatrice de voyages ou inspectrice des impôts… un grand écart qui la fait rire, et moi avec. C'est encore bizarre de l'énoncer aussi clairement, mais ça y est, Hortense est devenue ma sœur. Pour de vrai. Pour nous qui avions toujours été enfants uniques, la transition a été brutale, mais nette. Il ne se passe plus une journée sans que nous nous appelions. Il y a quelques mois, Hortense a rencontré quelqu'un. Un mec bien, d'après elle. Pas marié – elle l'a fait vérifier par la détective d'Arsène… Je ne suis pas sûr que les bases de cette relation soient tout à fait saines, et Lucia ne manque pas de l'asticoter là-dessus, mais dans un mois, elle viendra passer quelques jours à la maison avec celui qu'elle appelle « son homme ». Elle veut me le présenter officiellement, et stresse déjà beaucoup à cette idée. On verra bien.

Alors que nous roulons vers Blanes, Lucia à mes côtés et Gabriel endormi dans son siège à l'arrière, je lui demande si elle a eu des nouvelles de Jim, récemment.

— J'allais justement te poser la même question. Pas pressé de nous appeler, celui-là.

Lucia et moi suivons Jim sur les réseaux sociaux, et le moins que l'on puisse dire, c'est qu'il profite de son pécule. Sans doute un peu trop, à mon avis. La somme qu'il a reçue n'est pas infinie, et contrairement à Lucia, Jim semble plutôt du genre flambeur. Il a l'air heureux, en tout cas. Je sais que Jim est le genre de garçon qui retombe toujours sur ses pattes, alors je ne me fais pas de souci pour lui. Mais je ne suis pas mécontent que ça n'ait pas collé avec Hortense – oui, il s'est finalement passé quelque chose, dans l'euphorie de la visite chez le notaire, mais ça n'a été que l'affaire d'un soir, et je pense comme ma sœur : un séducteur comme lui, ça n'était pas le mec idéal pour elle…

★

Nous arrivons à Blanes juste à temps pour trouver une place dans l'un des parkings municipaux, puis nous nous hâtons vers la plage, déjà noire de monde. Hortense, débarquée directement de l'aéroport mais arrivée avant nous, s'est battue avec la moitié de la population locale pour garder ce petit rectangle de sable sur lequel nous nous installons. J'ai préparé des sandwichs, que nous mangeons en bavardant et en riant, tandis que le soleil se couche.

Aujourd'hui a lieu le lancement du Festival international pyrotechnique de Blanes, alors comme toujours, un soir comme celui-ci – un soir de feu d'artifice –, nous évoquons Joséphine et Arsène. C'est pour eux que nous sommes ici.

Quand elle parle d'eux, Lucia a coutume de dire en riant qu'ils ont quand même réussi la plus grande évasion de tous les temps :

— Puisqu'on n'a jamais retrouvé leurs corps, tout est possible ! Si ça se trouve, ils sont en train de vivre leur meilleure vie à se dorer la pilule dans un paradis fiscal…

Alors nous rions aussi, et c'est sans doute mieux comme ça.

★

Les lumières de la ville s'éteignent, plongeant la plage dans l'obscurité.

Gabriel vient s'asseoir entre mes jambes, et me murmure avec cette lueur d'excitation délicieuse qui caractérise les enfants de son âge :

— Ça commence, papa !

Hortense est à ma gauche, Lucia à ma droite.

Et tandis que le feu d'artifice démarre, je serre mon fils contre mon cœur.

Il n'a pas peur des déflagrations, au contraire. Il sourit, tourne sa tête vers moi, émerveillé.

C'est un festival international, alors les musiques qui accompagnent le spectacle sont hétéroclites. Une sorte d'Eurovision du feu d'artifice qui nous donne droit à du fado, un peu de sirtaki, et un bon vieux tube d'Eros Ramazzotti pour la partie italienne. C'est kitsch à souhait, mais dans cette famille étrange qui est la nôtre désormais, on aime beaucoup ça.

Soudain, la partie française débute, et je me mets à trembler.

Je n'en crois pas mes oreilles.

Cette chanson… c'est la leur.

Lucia et Hortense se regardent, se tournent vers moi, les yeux brillants.

Puis Hortense murmure :

— Comment est-ce possible ?

L'émotion brouille mes sens.

Je pense à eux, à mon fils, à nous tous, et tout se mélange.

J'ai un peu froid, tout à coup.

Je serre Gabriel plus fort encore.

Quand je lève les yeux vers le ciel de nouveau et que j'aperçois une étoile filante, je crois simplement avoir rêvé. Jusqu'à ce que Gabriel me demande ce que c'était que ce point lumineux « qui allait beaucoup trop vite ».

Je commence par lui expliquer rationnellement ce dont il s'agit.

Et puis ma gorge se serre, et je ne sais pas pourquoi, j'ajoute autre chose.

Je lui glisse qu'une étoile filante, c'est parfois des gens qui nous ont aimés très fort qui nous font un signe, de là-haut.

Il rit, me demande si je lui fais une blague, et je suis incapable de lui répondre.

Je sais bien que c'est insensé.

Évidemment, c'est insensé.

Pourtant, je n'y peux rien, mon cœur s'emballe.

Car l'espace d'un instant, j'ai eu l'impression de voir Joséphine et Arsène danser.

QUELQUES MOTS POUR FINIR…

Le titre de ce livre m'est venu en écoutant une chanson des Innocents, *Un homme extraordinaire*, chanson que j'aime beaucoup et dont les paroles résonnent étrangement avec l'histoire de Joséphine et Arsène. Et puisque l'on évoque la bande-son du roman, impossible de ne pas mentionner mes 172 heures d'écoute de Sofiane Pamart… dont le piano m'a enveloppé tout au long de l'écriture.

*

L'année 2023 a été riche en émotions concernant *La Chambre des merveilles*… une sorte de « boucle bouclée », pour laquelle je ne remercierai jamais assez toutes les personnes ayant contribué, de près ou de loin, à cette formidable odyssée.

Ma gratitude va en tout premier lieu à ma géniale éditrice, Caroline Lépée, qui y a cru tout de suite très fort, ainsi qu'à Philippe Robinet, qui porte ce livre à mes côtés depuis le début, et qui a résolument engagé toutes les forces vives de la maison Calmann-Lévy afin de donner à mon premier roman ses différentes vies : en librairie, à l'étranger, en bande dessinée, au cinéma, au théâtre. Merci aux forces vives de Calmann-Lévy, donc ☺ : Camille Lucet, Valérie Taillefer, Patricia Roussel, Anne Sitruk, Virginie Ebat, Mélanie Trapateau, Adeline Vanot, Solène Marivain, Antoine de la Burgade, Sarah Chamard, Adélaïde Sorel, Clément Ripoche, Doriane Auvray, Charlotte Varlet, Mélanie Rousset. Merci également aux équipes commerciales Hachette et à toute l'équipe du Livre de Poche : Béatrice Duval, Audrey Petit, Sylvie Navellou, Zoé Niewdanski, Florence Mas, Anne Bouissy, Ninon Legrand, William Koenig.

Des milliers de mercis à tous les libraires, journalistes, blogueurs, organisateurs de festivals, qui défendent mes livres depuis le début : sans vous, sans votre soutien passionné, rien n'aurait été possible. J'ai beaucoup de chance, j'en suis conscient, et j'en suis très reconnaissant.

Merci évidemment à Jean-Philippe Daguerre, Fleur et Thibaud Houdinière, aux merveilleux acteurs et aux équipes d'Atelier Théâtre Actuel et du Théâtre des Variétés pour la magnifique adaptation théâtrale.

Et un immense merci à Eric Jehelmann, Philippe Rousselet, Lisa Azuelos, Alexandra Lamy, Muriel Robin, Juliette Sales, Fabien Suarez, ainsi qu'aux équipes de Jerico et SND, pour cette incroyable aventure au cinéma : je suis fier d'avoir défendu ce film que j'adore, et heureux d'avoir sillonné les salles obscures de France aux côtés d'Alexandra, Lisa et Eric. Pour celles et ceux qui ne l'auraient pas encore vu… je ne peux que vous conseiller de vous précipiter sur la VOD ! ☺

★

Merci à ma famille, qui m'a accompagné, avec toujours la même ferveur, aux avant-premières, aux premières, aux soirées de lancement… Et qui m'accompagne tout court, au quotidien, dans les moments de joie comme dans les doutes.

Mathilde, Alessandro et Eléonore, mes trois amours. Vous reconnaîtrez, dans ce roman, des lieux, des atmosphères, des ambiances… c'est aussi pour fixer certains moments dans nos mémoires, que j'écris. Merci d'être vous, vous êtes tout ce dont j'ai besoin.

Merci à mes parents, Muriel et Serge. Votre amour l'un pour l'autre, après toutes ces années, c'est beau, c'est inspirant… ça méritait bien un roman ♡ Je rassure tout de suite les lecteurs : il n'y a aucun lien entre vos parcours de vie et ceux de mes personnages, mais il y a des sentiments qui, sous la pudeur des silences, sonnent comme des évidences.

Merci à ma team, toujours fidèle au poste : Alex et Andréa, mes *little bros* qui ne lisent pas mais soutiennent (et c'est bien là l'essentiel, non ? ☺)… ma super belle-famille Raphaèle, André, Pierre etAnne-Marie, mes belles-sœurs lectrices favorites Fanny, Floriane et Coralie, sans oublier mes neveux et nièces Jules, Garance, Noé, Juliette et Arthur, qui me font bien marrer avec leurs moues dubitatives devant certains cadeaux de Noël, leurs déguisements de Reine des neiges, leurs « perruques de papi », leurs sifflotements de compétition et leurs sourires gracieux…

★

Enfin, merci à vous, lectrices et lecteurs. Vous qui me suivez depuis 2018 ou qui venez d'arriver, vous qui « avez tout lu, il sort quand le prochain ? » ou qui « découvrez, c'est le tout premier que je lis »… C'est une telle joie de savoir que mes romans vous touchent, vous surprennent, vous questionnent, vous font rire, pleurer, frémir, vibrer. Si l'on m'avait dit il y a six ans que vous seriez aussi nombreux et aussi enthousiastes, je ne l'aurais sans doute pas cru.

Tout ce que vous m'écrivez, toutes les bonnes ondes que vous m'envoyez, tous vos sourires et confidences, sont autant de précieux bonheurs que je stocke dans mon esprit, que je grave dans mon cœur.

Merci d'être là, tout simplement.
À très bientôt.
Julien

Photocomposition PCA, 44400 Rezé

Achevé d'imprimer en avril 2024
par CPI BRODARD & TAUPIN (72200 La Flèche)
pour le compte des Éditions Calmann-Lévy
21, rue du Montparnasse, 75006 Paris

PAPIER CERTIFIÉ

CALMANN LÉVY s'engage
pour l'environnement en réduisant
l'empreinte carbone de ses livres.
Celle de cet exemplaire est de :
850 g éq. CO_2
Rendez-vous sur
www.calmann-levy-durable.fr

N° d'éditeur : 6518985/01
N° d'imprimeur : 3056741
Dépôt légal : mai 2024
Imprimé en France.